民国

武侠小说
典藏文库

平江不肖生卷

民国

武侠小说
典藏文库

平江不肖生卷

江湖异人传
回头是岸

平江不肖生 著

中国文史出版社

平江不肖生论（代序）①

张赣生

在民国通俗小说史上，若论起划时代的人物，便不能不提及平江不肖生，他不仅是推动中国通俗社会小说由晚清过渡到民国的一位重要作家，更是拉开中国武侠小说大繁荣序幕的开路先锋。

平江不肖生（1890—1957），原名向恺然，湖南平江人。他出生于一个富裕家庭，其祖父以经营伞店发家，其父向碧泉是个秀才，在乡里间颇有文名。向恺然五岁随父攻读，十一岁习八股，恰逢清政府废八股，改以策论取士，遂改习策论，十四岁时清政府又废科举，改办学校，于是向氏考入长沙的高等实业学堂。其时正值同盟会在日本东京成立并创办《民报》鼓吹革命，日本文部省在清政府的要求下，于1905年11月颁布"取缔清韩留日学生规则"，镇压中国留日学生的革命活动，引起留日学生界的强烈反对，同盟会发起人之一陈天华于12月8日在日本愤而投海自杀，以死激励士气。转年，陈天华灵枢运回湖南，长沙各界公葬陈天华，掀起了政治风潮，刚刚入学一年的向恺然就因积极参与这次风潮而被开除学籍，随后他自费赴日留学。

---

① 本文节选自张赣生著《民国通俗小说论稿》。

民国二年（1913），袁世凯派人刺杀了宋教仁，群情激愤。向恺然回国参加了"倒袁运动"，任湖南讨袁第一军军法官，讨袁失败后，他再赴日本，结交武术名家，精研武术，这使他成为民国武侠小说作家中真正精通武术的人；同时，他因愤慨一般亡命于日本的中国人之道德堕落，执笔写作《留东外史》。民国四年（1915），向恺然重又归国，参加了中华革命党江西支部，继续从事反袁活动。袁世凯去世后，他移居上海以撰写小说谋生，直至1927年返回湖南，他的主要通俗小说作品均在这十年间先后问世。1930年至1932年，向恺然曾再度在上海从事撰著，但这一时期所作均为讲述拳术的短篇文章。1932年"一·二八"日寇进犯上海，向恺然应何键之请返回湖南创办国术训练所。1937年，抗日战争全面展开，他随二十一集团军转战安徽大别山区，任总办公厅主任，兼安徽学院文学系教授。1947年返湖南，1957年反右斗争后患脑溢血去世。

　　关于"平江不肖生"这一笔名的来历，向恺然在1951年写的简短"自传"中说："民国三年因愤慨一般亡命客的革命道德堕落，一般公费留学生不努力、不自爱，就开始著《留东外史》，专对以上两种人发动攻击。……因为被我唾骂的人太多，用笔名'平江不肖生'，不敢写出我的真名实姓。"此后他发表武侠小说时也一直沿用这一笔名。

　　至于"平江不肖生"的含义，向氏哲嗣在回忆文章中说："当时有人问为何用这'不肖生'？父亲说：'天下皆谓道大，夫惟其大，故似不肖。'此语出自老子《道德经》。原来其'不肖'为此，并非自谦之词。"其实这是向氏本人后来提出的一种解释，不一定真是采用这笔名的初意。《老子·六十七章》曰："天下皆谓我道大似不肖。夫惟大，故似不肖；若肖，久矣其细也夫。"这里的"不肖"是"不像""不类"的意思。道是抽象的，道涵盖万物之理，而不像某一具体物，从不像、不类、不具体，引申为"玄虚""荒诞"。这用以反驳某些人后来对《江湖奇侠传》的批评，颇能说明作者的立场；但在创作《留东外史》时采用这一笔名的初意却非如此，《留东外史》第一回《述源流不肖生饶舌，勾荡妇无赖子销魂》中说："不肖生自明治四十年，即来此地，……既非亡命，又不经商，用着祖先遗物，说不读书，也曾进学堂，也曾毕过业；说是实心求学，一月倒有二十五日在花天酒地中。近年来，祖遗将罄，游兴亦阑。"这段话把"不肖"二字的含义说得很清楚，应无疑义。

向恺然从写社会小说改为写武侠小说，是应出版商之请。包天笑在《钏影楼回忆录》中说："《留东外史》……出版后，销数大佳，于是海上同文，知有平江不肖生其人。……我要他在《星期》上写文字，他就答应写了一个《留东外史补》，还有一个《猎人偶记》。这个《猎人偶记》很特别，因力他居住湘西，深山多虎，常与猎者相接近，这不是洋场才子的小说家所能道其万一的。后来为世界书局的老板沈子方所知道了，他问我道：'你从何处掘出了这个宝藏者？'于是他极力去挖取向恺然给世界书局写小说，稿资特别丰厚。但是他不要像《留东外史》那种材料，而要他写剑仙侠士之类的一流传奇小说，这不能不说是一种生意眼。那个时候，上海的所谓言情小说、恋爱小说，人家已经看得腻了，势必要换换口味，……以向君的多才多艺，于是《江湖奇侠传》一集、二集……层出不穷，开上海武侠小说的先河。"这段话有助于我们了解向恺然的武侠小说。

向恺然是由晚清的通俗小说模式向新风格过渡的作家之一。因此，在他的小说中就必然存在着新与旧的两方面因素。从他最初的成名作《留东外史》来看，晚清小说模式的痕迹十分明显。

鲁迅在《中国小说史略》中谈到《官场现形记》《二十年目睹之怪现状》等晚清"谴责小说"时，曾指出："揭发伏藏，显其弊恶，而于时政，严加纠弹，或更扩充，并及风俗。虽命意在于匡世，似与讽刺小说同伦，而辞气浮露，笔无藏锋，甚且过甚其辞，以合时人嗜好"，是此类小说的共同特征。《留东外史》不仅在内容取材和创作思想上明显地带有晚清"嫖界小说"和谴责小说的痕迹，而且在故事的组织形式上也体现着晚清小说结构松散的时风，缺乏严谨的通盘考虑。我这样说，并非要否定《留东外史》的艺术成就，而是要表明客观存在的事实，《留东外史》是具有过渡性质的民初作品，它不可能完全摆脱晚清小说模式的影响。这是很自然的，《官场现形记》发表于1902—1907年，《二十年目睹之怪现状》发表于1902—1910年，《海上花列传》发表于1892—1894年，《海上繁华梦》发表于1903—1906年，《九尾龟》刊行于1906—1910年；当向恺然在民国三年（1914）撰著《留东外史》时，正值上述诸书风行之际，相距最近者不过三四年，《留东外史》与之实属于同时代产物，假若两者之间毫无共同之处，那反倒是怪事。

从另一个方面来看，《留东外史》之所以能称为过渡性质的作品，还在于它确实提供了新的东西，甚至在某种程度上有令人耳目一新之感。首先是他如实地描绘了异国风情，中国通俗小说中的外国，向来是《山海经》式的，《西游记》《三宝太监西洋记》《镜花缘》等不必说了；林琴南的小说原是翻译，但他笔下的外国也被写得面目全非；再看看晚清的其他作品，如《孽海花》中对欧洲的描写，大都未免流于妄诞。不肖生在《留东外史》中却能把日本的风土民俗写得生动、鲜明，这正是此书出版后大受读者欢迎的重要原因。但是，这还仅是浅层的新奇；更深一层来看，不论作者是否自觉地意识到要运用西方的创作方法，实际上他已经表现出这种倾向，如上所说之照实描绘异国风情，就是西方文学的"写实主义"方法，特别是在《留东外史》的某些段落中还显示了进行"心理分析"的倾向，这些都是从旧模式向新风格过渡的重要迹象。

总之，就《留东外史》总体而论，旧模式的深刻痕迹还是主要的，但不能因此而忽略它所显示的新倾向之重要意义。两方面的因素杂糅在一起，是过渡时期的必然现象。处于洪宪复古浪潮中的向恺然，能做到这一步已经难能可贵，不应对他提出不切实际的过高要求。看一看《玉梨魂》《孽冤镜》等在复古浪潮中极享盛名的扭捏之作，或许更有助于认识《留东外史》的可贵之处。

《留东外史》使向恺然崭露头角，但他之得享盛名却是因为写了武侠小说《江湖奇侠传》。

《江湖奇侠传》当年所引起的轰动，今天的读者或许难以想象得到。这部作品首刊于《红》杂志第二十二期，《红》杂志为世界书局所办周刊，1922年8月创刊，至年底发行二十一期，转年始连载《江湖奇侠传》。1924年7月，《红》杂志出满一百期，改名为《红玫瑰》，仍为周刊，继续连载，至1927年向氏返湘，遂由《红玫瑰》编者赵苕狂续写，现今通行的《江湖奇侠传》一百六十回本，自一百零七回起为赵氏所续。

《江湖奇侠传》掀起的热潮一直持续了十年。据郑逸梅《武侠小说的通病》一文说："那个付诸劫灰的东方图书馆中，备有不肖生的《江湖奇侠传》，阅的人多，不久便书页破烂，字迹模糊，不能再阅了，由馆中再备一部，但是不久又破烂模糊了。所以直到'一·二八'之役，这部书已购到十有四次，武侠小说的吸引力，多么可惊咧。"在《江湖奇侠传》小说一版再版的同时，由它改编成的连台本戏也久演不衰，更加轰动的是明星影片公司改编拍摄的《火烧红莲寺》，由当时最著名的影星胡蝶主演。沈雁冰在《封建的小市民文艺》（作于1933年）一文中说："1930年，中国的'武侠小说'盛极一时。自《江湖奇侠传》以下，模仿因袭的武侠小说，少说也有百来种吧。同时国产影片方面，也是'武侠片'的全盛时代；《火烧红莲寺》出足了风头……《火烧红莲寺》对于小市民层的魔力之大，只要你一到那开映这影片的影戏院内就可以看到。叫好、拍掌，在那些影戏院里是不禁的，从头到尾，你是在狂热的包围中，而每逢影片中剑侠放飞剑互相斗争的时候，看客们的狂呼就同作战一般，他们对红姑的飞降而喝采，并不尽因为那红姑是女明星胡蝶所扮演，而是因为那红姑是一个女剑侠，是《火烧红莲寺》的中心人物；他们对于影片的批评从来不会是某某明星扮演某某角色的表情哪样好哪样坏，他们是批评昆仑派如何、崆峒派如何的！在他们，影戏不复是'戏'，而是真实！如果说国产影片而有对于广大的群众感情起作用的，那就得首推《火烧红莲寺》了。从银幕上的《火烧红莲寺》又成为'连环图画小说'的《火烧红莲寺》，实在是简陋得多了，可是那疯魔人心的效力依然不灭。"这是一位极力反对《江湖奇侠传》者写下的实录，我认为他所描绘的这幅轰动景象是可信的。

如此轰动一时的《江湖奇侠传》，它的魅力在哪里？要说简单也简单，不过是把奇闻异事讲得生动有趣而已。

向氏初撰《江湖奇侠传》时，并无完整构思，只是随手摭拾湖南民间传说，加以铺张夸饰，以动观听，用类似《儒林外史》的那种集短为长的结构，信笔写来，可行可止。作者在此书第八回中说："说出来，在现在一般人的眼中看了，说不定要骂在下所说的，全是面壁虚造，鬼话连篇。以为于今的湖南，并不曾搬到外国去，何尝听人说过这些奇奇怪怪的事迹，又何尝见过这些奇奇怪怪的人物，不都是些凭空捏造的鬼话吗？其实不然。于今的湖南，实在不是四五十年前的湖南。只要是年在六十以上的湖南人，听了在下这些话，大概都得含笑点头，不骂在下捣鬼。至于平、浏人争赵家坪的事，直到民国纪元前三四年，才革除了这种争水陆码头的恶习惯。洞庭湖的大侠大盗，素以南荆桥、北荆桥、鱼矶、罗山几处为渊薮。逊清光绪年间，还猖獗得了不得。"就说出了此书前一部分的性质。

总之，《江湖奇侠传》有其不容忽视的长处，确实把奇闻逸事讲得生动有趣；但也有其不容忽视的短处，近乎于"大杂烩"，它之得享盛名，除了它自身确有长处之外，还与当时的环境条件有关，在晚清至民初的十多年间，中国通俗小说几经变化，公案小说和谴责小说的浪潮逐渐消退，"淫啼浪哭"的哀情小说维持不久已令人厌烦，此时向氏将新奇有趣的风土民俗引入武侠说部，道洋场才子之万不能道，自然使人耳目一新，其引起轰动也就是情理中应有之事了。

向恺然还写过一部比较现实的武术技击小说，即以大刀王五和霍元甲为素材的《侠义英雄传》，这部作品的发表与《江湖奇侠传》同时，于1923年至1924年间在世界书局出版的《侦探世界》杂志连载，全书八十回，后出单行本。或许是由于向氏想使此书的风格与《江湖奇侠传》有鲜明的区别，也或许是向氏集中精力撰写《江湖奇侠传》而难以兼顾，这部《侠义英雄传》写得不够神采飞扬，远不如《江湖奇侠传》驰名。此外，向氏还著有《玉玦金环录》《江湖大侠传》《江湖小侠传》《江湖异人传》等十余部武侠小说，成为二十年代最引人注目的武侠小说名家。

通观向氏的武侠小说创作，无论是《江湖奇侠传》或《侠义英雄传》，都还未能形成完善形态的神怪武侠小说或技击武侠小说风格。当然，对于这一点，我们不能苛求，向氏是一位过渡阶段的作家，他在民国通俗小说史上属于开基立业的先行者，他的功绩主要是开一代风气，施影响于后人。正是他的《江湖奇侠传》引起的巨大轰动，吸引了更多读者对武侠小说的关注，也推动报刊经营者和出版商竞相搜求武侠小说。后起的还珠楼主、白羽、郑证因、王度庐、朱贞木等都是在这种风气下，受报刊之约才从事武侠小说创作的，就这个意义上说，若没有向恺然开风气之先，或许也就不会有北派四大家的武侠名作。另一方面，向氏也的确给予后起的还珠、白羽、郑证因很大影响，只要看看还珠、白羽、郑证因早期的作品，就能发现其受向氏影响的痕迹。所以，向氏在民国通俗小说史上是一位重要的人物，他的功绩不容贬低，不能只从作品本身来衡量他应占的地位。

目　　录

江湖异人传

回头是岸

江湖异人传

第一章

楔　子

这篇记事的材料，十成中有两成，是我亲目所见，八成是得之诚实可靠的友人，于今将它详细写了出来。在看官们的眼光，看了这一篇满纸荒唐神怪的文字，未必不存一个"姑妄言之，姑妄听之"，和看《封神传》《西游记》一般的念头。但是此刻的我，在提笔记述这一回事，脑筋中觉得有三种缺恨。

三种什么缺恨呢？第一，是恨我自己的文笔太恶俗，每次提笔作文，词不达意的地方太多。有许多曲曲折折的情事，我这恶俗的文笔，不能描摹尽致，不能使看官们，对于文字上，发生一种美感。若在平日，作那些不相干的小说和种种消遣的小品文字，却马马虎虎地胡诌一会子。所记述的事，半是空中楼阁，文笔所能达得出的，就写了出来；达不出的，便不写它也罢了，文章对不住事实的时候还少。唯有记这一篇的事，不能由着我这支笔乱写。

我这支笔，既是恶俗，将事实写出来，必不能使看官们发生美感，则是我的文字，对不住这一篇事实了。我的文字对不住事实，便是我本人对不住做这事实的人和那几位诚实可靠的朋友。所以这是我对于这篇记述的第一个缺恨。

第二，是恨我自己不曾研究过神学，对于此篇所记述的事，不能说出一个所以然来。使看官们见了，增加信任的心，甚且认作

《西游记》《封神传》等一类像思造的神话。

第三呢，是恨我缘分浅薄，不得多与篇中记述的异人周旋，耳闻目见的情事有限。即尽情写出来，仍不是仿佛其本领之万一。只是我未提记述这篇事实之先，已有了这么大的三种缺恨，不好就放下来不写的吗？这却又办不到，因为我一腔好奇的念头驱使着我，时时刻刻不能将这些事放下。风晨月夕，亲朋过从的时候，将这些事一件一件地翻出来，作为清谈的资料。亲友总是听得忘饥废寝，动辄连宵达旦。在他人或者以为甚苦，而我因被一腔好奇的念头所驱使，乃欣然而乐道之。

自居沪作文字苦工以来，曩日聚谈的亲友，都天南地北。莫说几年来不能相见一面，便是音问也很稀少。我好奇的念头结果，所得来的一肚皮奇闻怪事，遂无从宣泄。《西厢记》上头说得好，"除纸笔代唇舌，千种相思向谁说"，我于今也是"除纸笔代唇舌，千种奇闻向谁说"。

我做这篇的意思已说明了，毕竟异人是谁呢，有些什么奇闻怪事呢？待我一件一件地，分作一篇一篇地，在下面写将出来。

第二章

千里眼与顺风耳

戊午年十一月，我从汉口到上海来，寄居在新重庆路一个姓黄的朋友家里。我这朋友，夫妻两个，也是在上海做寓公，年龄都在三十上下。两夫妻好奇的念头，和我也差不多。我住在他家，终日所谈论的，自然有大半，是我平日由好奇之念，得来的奇闻怪事了。

这日黄昏时候，我们三人，正围火炉坐着谈鬼。忽然来了一位朋友，这位朋友姓张，因他排行第四，我们大家都叫他张四爷。张四爷进房脱了外套，我们就腾出点座位来，给他坐了。他即笑着问道："你们正在这里说些什么？我在门外听得声音，好像是说得很有趣味的样子。"黄太太嘴快，抢着笑说道："我们正在这里，青天白日谈鬼话呢！"说时随用手指着我道："老向肚子里的鬼话最多，在这里住几天，也不知谈了多少的鬼了。"

张四爷听了，便笑嘻嘻地问我道："你肚子里有许多的鬼，毕竟眼睛里见过鬼没有呢？"我摇头答道："实在不曾见过一次鬼。你是这么问我，难道你是真见过鬼吗？你又何妨加入我们这谈鬼的团体，谈些亲眼见过的鬼来听听哩。"张四爷也摇着头道："我也不曾亲眼见过一次，但是我此刻同住的，有一位姓陈的先生，他实在是有驱神役鬼的本领。他这本领，我却是亲眼见过的。"我们三人，当下听了这话，登时都觉得比谈那些虚无缥缈的鬼，更加有趣味些。不约

5

而同地齐声问张四爷，见了些什么驱神役鬼的本领，而且都一迭连声地催着张四爷快说。

张四爷道："这位陈先生，和我同住了将近一个月，直到前夜，我才得领教他的本领，知道他是一个很奇怪，很有研究价值的人。我只知道他姓陈，至今尚不知道他叫什么名字。他初来我那旅馆的时候，据我那旅馆主人向我说：'这位陈先生，是湖南平江人，才从广东到上海来，全没一些儿行李。这么寒冷的天气，他身上还只穿一件青大布夹袍，其穷就不问可知了。因碍着一个介绍人的面子，不能不给他住下，开给他吃的伙食和住的房间，只怕是肉骨子打狗有去无回。'我当时听了这些话，也不在意。出门人在外，短少了盘缠的事，本来不算什么稀罕。况且这位陈先生，还有一个有面子、能介绍他到旅馆里来住的朋友，就只少了点行李衣服，更是极寻常的事，一晌也没人将他搁在心上。

"到了前天夜里，旅馆主人到我房里来闲谈，因我和他认识得久，我住在他旅馆里，他一得闲，就到我房里来坐。前夜他来了，笑容满面地向我说道：'张先生你说，看人是不容易么？'我就点了点头道：'那是自然，古人不是说了，"知人难，知人则哲"的吗？你说这话，是看谁看走了眼么？'主人伸开那巨灵掌，在他自己大腿上拍了一下道：'你知道我前次和你说的，那位从广东来的陈先生，是个什么样的人么？'我说不曾见过面，怎得知道。主人举着大拇指道：'这人有神出鬼没的本领，真是了不得。你也是一个老江湖，这种人倒不可不见识见识。'我说你怎么知道他有神出鬼没的本领哩？

"主人道：'我家里这个瘫废了的侄女，你是见过的呢。她不是从两三岁上就害筋骨痛，直病到此刻二十二岁，手足都蜷曲得作一团，已成了废人的吗？不知陈先生听得谁说，知道我家里有这么一个废物，前几日，忽然向我大小儿说：你不是有一位残废了的姐姐么？大小儿自是答应有的。他说：曾请医生诊过没有哩？大小儿见他问得没有道理，随口抢白他道：没请医生诊过，两三岁害筋骨，还能活到二十多岁吗？

"'他受了大小儿的抢白，也不生气，仍是和颜悦色地说道：那么筋骨痛是已经诊好了吗？大小儿更加不高兴道：诊好了时，也不说是残废了。他还是不介意的样子说道：你府上的人，也都愿意你姐姐的病好么？大小儿再也懒得答话了，提起脚要走。在这里就很奇怪，他见大小儿提起脚要走，忽然打了一个哈哈道：你定要走这么急，得仔细你自己口袋里的东西，不要被你少奶奶破获了，难为情呢。大小儿已走出了房门，一听这话，心里不由得吃了一惊。

"'原来大小儿不成材，最是爱嫖，我早知他不上正路，横竖一文钱也不落他的手。他在外面东拉西扯地欠了好些嫖账。这日是小月底，实在被逼得没有法子，就起了不良的心，趁他妻子不在跟前，偷开了首饰匣，拿了一朵值洋四五百元的珠花，一对八两重的金镯，打算去当店押了钱还账。只因见我坐在客堂里陪客，他是虚心人，怕我问他去哪里，只得到这陈先生房里，想胡乱支吾一时半刻，等我送客走了，便好出去。

"'他偷这两样首饰的时候，房中并没第二个人，陈先生的房间相离得很远，并且小儿的房在楼上，陈先生的房在楼下，这两样首饰，又是放在贴肉的一件小褂口袋里，外面罩着皮袍、皮马褂。见陈先生是这么说出来，小儿如何能不吃惊呢？但是这时我已送客走了，客堂里没人，打陈先生房里出来，便是客堂，出客堂便是大门。小儿虽是吃惊，只是心想跳出大门，就不要紧了，这时客堂无人，还不趁此出去，更待何时。所以虽听了陈先生的话，也不回头，三步作两步地一溜就出了大门。

"'谁知事真凑巧，他刚溜出大门，劈面正撞着他妻子。他妻子因昨夜见他唉声叹气，说话露出没钱使用，要找当头去抵当的意思来，已就存着提防他偷首饰的心了。这日见他的马褂，不在衣架上了，打开首饰匣一看，独不见了这两样贵重的。急得问话的工夫都没有，匆匆忙忙地追了出来，以为若是走得不远，还可以追赶得上。追到马路上，两边一望，不见一些儿影子，一时不能决定，须向哪一边追赶。我这门口，不是住了一个起课算命的先生吗？他妻子没了主意，就想回头起一课，看是从哪一边追赶的好，也想不到迎面撞个正着。张先生你说，他妻子到这时候，还肯放他走么？遂一把扭了进来，硬从小儿身上，将两样首饰搜了出来。还吵闹了好一会儿，直待我闻声出来，每人骂了一顿，才算完事。

"'小儿这时就深悔，不该不听陈先生的话，竟被自己老婆破获，弄得怪难为情的。只是心里一边悔恨，一边很觉得诧异，陈先生住在楼底下房间里，从来不曾去过楼上，并且独自在楼上，悄悄地干的事，陈先生怎知道这般明白呢？又怎知我妻子在门外，我一出去，就会破获呢，这不是太稀奇了吗？

"'小儿心里这么一想，立时又走到陈先生房间里，一看陈先生已躺在床上睡着了。小儿也来不及讲客气，跑到床跟前，几推几摇，把陈先生推摇醒了，翻着一双白眼，向小儿说道：我要和你说话，你就急急地要跑；此时我要睡觉，你却又来吵我了。小儿说道：你的话真灵验，我口袋里的东西，竟被我那不懂情理、不贤良的老婆抢去了。不过你怎么知道的，比亲眼看见还要明白？是个什么道理，你倒得说给我听。你说话既有这么灵验，我还有事，要请你帮忙。

"'陈先生翻身坐起来，装作不理会的样子说道：你说什么话？我不懂得。小儿着急道：就是刚才的事，你怎么说不懂得呢？刚才我从这里走出去的时候，你不是打了一个哈哈，接着说道：你定要走这么急，得仔细你自己口袋里的东西，不要被你少奶奶破获了，难为情的吗？于今你的话应验了。我特来问你，你不要故意装糊涂吧！陈先生仍是摇头道：没有这回事，就是有，我的脾气不好，不论什么事，我睡一觉就忘了。小儿更急得跺脚道：哪有这么个脾气？故意装糊涂罢了。我刚才明明白白地在这房里，你还寻根觅底地问我那残废姐姐的病。我心里有事，问得我不耐烦了就走。到此刻还不上半点钟，你就是睡，也未必睡了一觉，你这糊涂装得我不相信。

"'陈先生见小儿那般着急的情形，方笑着说道：东西已经抢去了，还说什么呢？我又不是神仙，不过我两只耳朵，比你的耳朵灵些。你在我这里说话，你少奶奶在楼上开首饰匣，点查首饰，口里骂你没有天良，拣贵重的偷了去还嫖账。一面骂，一面下楼向外面追赶，我都听得清楚。又看了你那不安的神情，不住地用眼探看客堂里，我心里已猜透了，所以能说得这么灵验。难道我真是个神仙，能知过去未来吗？

"'陈先生和小儿说这些话的时候，我正在隔壁房里，只间了一层很薄的木板，因此一句也听到了耳里，心中不由得暗恨小儿太不成材。陈先生坐在楼下房间里，一面和人说话，还一面能听得隔十几间房的楼上，人家老婆在那里开首饰匣，点查首饰，并听得出骂人的话来，这种精明，还了得吗？小儿听了，竟不在意，好像肚皮里还在那里思量：你既是一般地用两耳听得来，也算不得稀奇了，就求你帮忙，也不中用似的。听完陈先生的话，一声不响就走了。'"

第三章

奇病奇治

"'我当时听了，倒觉得奇怪得很，即走到陈先生房里，恭恭敬敬地一躬到地说道：我在隔壁，听得先生和小儿谈话，不由得我钦佩到十分。小儿糊涂荒谬，何足以知道先生的本领？承先生关心舍侄女的病，感情不浅。陈先生见我进房是这么说，却不装糊涂了，随口谦逊了两句，让我坐下说道：我住在这房里，因时常听得一种声音，仿佛小孩儿坐的摇篮，四个小轮盘，在地板上滚着响。只是那声音很沉重，推行得很迟缓，揣想必不是小孩儿。十九是残疾的人，不能行走，才用这种推床。然这残疾的人，若是男子，终日在内室里推来推去，必然闷气难过，隔几日总得推到外面来一次。纵说此刻是冬天，推出来畏冷，但不在冬天，必是要出来的。这旅馆的房屋，我知道是主人自己构造的，那么府上既有残疾的男子，须用推床推着行走，这房屋建筑得不到十年，当建筑的时候，从内室到外面的门槛，为什么不做安得上、拆得下的呢？像这样高的门槛，要把推床推过来，不是要几个健汉来扛抬吗？并且我听在内室推行的声响，可断定接连几间房，都是没有门槛的，所以我能猜出是个女子。张先生你说，这位陈先生的心思，有多细密？'"

我听得主人述这一段话，我心里也不由得很钦佩，并佩服那旅馆主人的心思目力，也都不错。黄太太就在旁边插嘴说道："这怎么

10

算得是驱神役鬼的本领呢？这不过是现今最流行侦探小说当中的侦探本领罢了。"张四爷笑道："我的话还不曾说完，你就下起评判来了，自然尚有后文在下面。我当时问旅馆主人道：'他说过了，你怎么说呢？'主人道：'我说：陈先生的医道，想必是很高明。舍侄女从小就害筋骨痛，到于今已差不多满二十年了，不知还能治不能治？陈先生道：医道我虽略知道些儿，此刻不曾见着令侄女，能治不能治，却说不定。我说：那是自然。我之所以说还能治不能治，是说已经二十年的老病了，又是最难治的筋骨痛，以为已是没有诊治的希望了。据先生说来，就是年代久远的，也有能治的希望吗？陈先生笑道：若绝没有能治的希望，我也不说要见面的话了呢。我听了自是又惊疑，又欢喜。惊疑的是二十年来，不知诊过了多少名医，不曾诊好。并都说这种病，只要过了三年五载，便没有诊治的希望了。而这位陈先生居然说年代久远的能治，这话不但我惊疑，料想张先生初听了，也必是很惊疑的，欢喜更是常情，不必说了。

"'我即时一面教人知照敝内，一面请陈先生同到舍侄女房里。他也不看脉，也不问什么话，只要舍侄女提高嗓子，用力喊一个歌字，舍侄女害羞不肯喊。我和敝内劝喻了几遍，才轻轻地喊出来。陈先生听了道：喊低了不行，得尽着气力喊一声，我可立在隔壁房里听。舍侄女见说可以在隔壁房里听，觉得比立在跟前听的好些。我陪着陈先生到外面房里，听得舍侄女喊了几声，那声音都很高很长。陈先生向我点头道：还好，大概有八成能治的希望。不过多年痼疾，须多费些时日。我问：须多少日子？他低头思量了一会儿答道：计算至快也得半月二十日工夫。我说：只二十日工夫，便能完全治好吗？他笑道：若是治不好，便二百日也是白费功夫；治得好，有二十日，纵相差也不远了。

"'我当时心里，也不免有点儿不相信的念头，只是他既说得这般容易，且看他怎生治法。敝内以为要开方子服药，拿出纸笔来，放在桌上。陈先生问我道：这纸笔是拿来开药方的么？我点头应是。陈先生道：若是开药方服药，只怕服到明年今日，也难望治好。我治这病，一剂药也用不着吃，你只去油行里，买一担桐油来，预备一口新锅、一炉炭火，以外什么也不要。我一听他这些话，登时又起了一种疑团，何以呢？去年有一个江湖上行术的人，在三马路这一带，给人治脸上的麻子。听说也是用铁锅烧一锅油，行术的人却先擦了些药在锅上，锅里的油一辈子也烧不红。他伸下手去，一点儿也不烫。在旁边看的人，就以为了不得，相信他真能治麻子，是这么骗钱，也骗了不少。后来不知怎么，被那请他的人家知道，有心算计无心的，趁行术的人不在意，换了一锅油，在火炉上炖着。油是一不滚，二不出气的，行术的人哪里想到有人暗算呢？才伸下去五个手指，可怜痛得他大叫：哎哟，旁边看的人，都哄着笑起来。行术的人知道上了当，哪里还敢说什么，一手捧着那烫去了皮的手，痛得泪眼婆娑地走了。

　　"'我这时听得陈先生也说要锅要油，那治面麻的笑话，自然登时记忆起来了，禁不住一连望了陈先生几眼，一时不好怎么答应。忽转念一想，那行术的是讲定了价钱，不过借着这玩意儿好行骗的，并且骗钱到手就走。这位陈先生，在我旅馆里，果是治得好，我自应重谢他；若治不好，料他也不好开口问我要钱。他既不是骗钱，倘没有真实本领，又何必丢人哩？我看他是个很精明的人，决不肯干这种无意识的事。我又这么一转念，遂问道：用得着一担桐油吗？陈先生点头道：一担还不知道够不够咧。我又问道：要盛得下一担油的新锅么？他说不要，只要盛得下十多斤油的就行了。我说：不要旁的东西了么？他说什么也不要。我说：一担油，做一次用吗？他说一日用一锅，用过的不能再用。若是半个月治得好，一担油就够用；治不好，再每日去零买也不要紧，这一担是不能少的。我口里答应了，心里计算，且买十多斤来，看他治的效验怎样。他既说半月可望治好，当然一次应有一次的功效。新锅火炉，家里都有现成的。

"'备办好了，我就请问他，何时可以施行诊治。他说：那锅油烧红了没有呢？我说因先生不曾吩咐要怎生烧，火炉、新锅和桐油办齐了，只等先生吩咐。就这么把油倾在锅里，安在火炉上烧吗？他连连点头道：是。我问：火炉应搁在什么地方？他说自然是搁在病人房里。于是我教人照他的话办了。那锅油烧得出了黑烟，我二小儿顽皮，在厨房里切了一薄片萝葡，丢入锅里，一转眼便焦枯了。我这时才邀着这位陈先生，同到病人房里。

"'病人斜躺在一张沙发上，陈先生走拢去，和病人相离约有二尺来远近，睁开两眼望着病人，从顶至踵，打量了一遍，又闭着两眼，口中像在那里念什么咒语。好一会儿才睁眼向我说道：请你的太太来，把侄小姐的四肢露出来，我方好治她的病。

"'我一听要把我侄女的四肢露出来，就很觉得为难。并不是我固执，这治病的事，原不能说害臊的话。不过我侄女的脾气，我是知道的，面皮最是嫩薄。她如何会肯当着面生男子，把自己的四肢露出来呢？就是敝内去动手，也是不中用的。因此踌躇，不好说行，也不好说不行。陈先生见我踌躇，就说道：你着虑侄小姐不肯么？我赶忙点头道：这孩子的脾气，古怪得厉害。陈先生不待我说完，用手指着病人道：此刻已不能由她不肯了。你只要你太太动手去脱就得哪！我低头看我侄女，已垂眉合目的，睡得十分酣美的样子。暗想：怪呀，我进房的时候，我侄女分明光着眼望我，哪有一些儿睡意。并且这房里人多，又在白天，更明知道有男子进来，替她治病，她怎的一会儿倒睡着了呢？这不待说是这位陈先生，刚才闭了眼念咒

13

的作用。我一时佩服这位陈先生的心思，陡增到十二分了。

"'正待开口叫敝内，敝内已在后房里听得明白，即走出来，到我侄女面前，凑近耳根，轻轻唤了两声，不见答应；在胳膊上推摇了两下，也不见醒。凡在旁边看见的人，没一个不惊奇道异。敝内见叫唤推摇都不醒，才放心将四肢脱露出来，陈先生左手握着病人的一只手，右手随意插入油锅里，还搅了几下，掬了一手热油，徐徐在病人手臂手腕上揉擦。擦一会儿，又到油锅里掬了一手油。看他嘴唇不住地颤动，好像仍在念咒。擦完了右手擦左手，两手擦完了，就擦两脚，足足擦了一点半钟，才住手，向我要一杯冷水。我端了杯冷水给他，只见他用左手，屈曲中指和无名指，在茶杯底下，其余三个指头伸直，扶住了茶杯；右手伸直中指，余四指都蜷曲，在水中画来画去，大约是画符，口里跟着念咒。这回念的声音，就比前两次大了，但是也听不出念的是些什么话。很容易的，念画都完了，即喝了一口冷水，向病人身上喷去。一连喷了几口，把水喷得没有了，匆忙拉了我出来。我不知为什么这么慌急，倒吓了一跳，来到外面问道：先生有什么事？他说并没有什么事，我说：怎的这么急地拉我出来哩？他笑道：不为旁的，因侄小姐即刻就要醒来，恐怕她见自己露着四肢，又见有男子在跟前，面子放不下。你去教你太太嘱咐她，若觉得四肢胀痛，可略略地伸缩几下，看能随着心想的动弹么？我点头应是，即叫敝内出来，照着话嘱咐了。

"'敝内说陈先生才跨出门，病人就醒来了，一看自己的四肢都打出了，面上羞得了不得，两个眼眶儿都红了，几乎哭了出来。劝慰了多少话，才好了些。正说四肢胀痛得厉害，你这里就叫我出来了。我点头教敝内进去，依话嘱咐。我就陪陈先生，回到他住的房里，问他：明日仍是如此治法么？他说是的。

"'我心里急想看病人受治后是如何的情形，即辞出来，到舍侄

14

女房里。见房中的人都是喜形于色，已知道是很有效验了。敝内对我说：二十年来，不曾有过知觉的手脚，此刻忽然能动，能缓缓地伸缩了。陈先生的本领，真神奇得骇人。我听了这话，自然欢喜得不知要如何敬仰这位陈先生才好，连今日已经治过了四次，舍侄女的手，已经端碗拿筷子，自己吃饭了。陈先生说：看这情形，半月后包可全好。张先生你看，像这么神妙莫测的医道，怎能叫人不五体投地地佩服？'"

张四爷述到此处，立起身从桌上拈了一支香烟，拿自来火擦着，坐下来呼呼地吸。黄太太也起身斟了杯茶，递给张四爷笑道："你说了这么久，只怕口也说干了，喝口茶润润喉咙。"张四爷喝着茶笑道："我这说的，不是我亲眼见的。我昨夜所见的，还要神奇几倍呢！"姓黄的朋友问道："这人还住在你那旅馆里么，我们可不可以去看看他呢？"张四爷道："我那旅馆主人的侄女，病未全好以前，这人是不会走的。二十多年的痼疾，好容易才遇着一个这么好的医生，恰又住在自己开的旅馆里，岂肯不待治好，就放他走？"黄太太问道："这人就只会治病，还有什么别的本领咧？"张四爷笑道："若只会治病，我也不这么佩服他了呢。我且把我昨夜亲眼所见稀奇古怪的事，说给你们听。这人的本领，你们就更可知道了。"

第四章

原来是你

　　张四爷接着说道："前夜，旅馆主人向我说完了那一篇话，我自然也表示相当钦仰的意思。就对主人说道：'我在江湖上，也混了四五十年，像这般奇怪的人，倒不曾见过。于今既是同住在一处，又有你可为我绍介，岂可当面错过，不去拜会拜会吗，但不知此刻不曾出外么？'旅馆主人很是热心，连忙伸铃，叫了茶房进来，问道：'你知道七号房间里的陈先生，没出外么？'茶房道：'七号陈先生么，他从来不大出外，此刻多半又在床上睡呢。'主人点点头对我说道：'就绍介你去会他好么？'我说：'何妨且教茶房去看看，他若是睡了，我们就不好去惊醒他。'主人大笑道：'没要紧，他在我这里，将近住了一个月，我们见他坐着的时候很少，终月只见他睡在床上。他又不怕冷，身上穿的衣衫单薄，我们起初以为他是怕冷，睡在被里暖些，谁知他并不多盖被。我这里从十一月初一日起，每间客房里的床上，都是两条被，一厚一薄。他把厚的不要，卷起来搁在椅上，只盖一条薄的，还是随意披在身上，房里也不要火。你看这几日的天气有多冷，只就这一点观察，他的本领，即已不寻常了。'我应了一声是，说道：'他既是睡的日子多，我们去会没要紧，那么就走吧。'

　　"于是我即同馆主人下楼，到七号房门口。馆主人用两个指头，在门上轻弹了两下，便听得里面说：'是谁呀？尽管推门进来呢。'我的平江朋友最多，耳里听平江话，听得最熟，陈先生一开口，我便听出是完全的平江口音了。推门进房一看，果是曾睡了，才从被里坐起来的样子。馆主人指着我给他绍介，我拱手说了几句仰慕的客气话。这位陈先生的应酬言语，却不敢恭维，简直笨拙得很。我初次见面，不便说要他显什么本领给我看，就算我能说得出口，他也未必这么轻率，肯随意使出什么手段来给我看。只得和他闲谈，提出几位平江朋友的名字问他，看他认识不认识。提到朱翼黄的名字，他微微地点头笑道：'我来住这旅馆，就是翼黄绍介的。他还约了今晚到这里来，张先生和他有交情吗？'我听了嬉笑道：'翼黄是我的把兄弟，二十多年的交情了，可恶他绍介先生到这里来住，明知我也住在这里，竟不给我引见引见。他今晚不来便罢，来了我必得质问他。'馆主人笑道：'今夜风大雪大，翼黄未必能来。我也不知道翼黄和张先生有这么厚的交情，若知道也早说了。'

"大家正说笑着，翼黄已走了进来。我一见面就跳起来，一把抓住翼黄的衣袖说道：'你倒是个好人，陈先生这么奇特的人物，你带他到这里来，住了将近一月，就瞒着我，不给我知道。今日若不是馆主人对我说，给我绍介，真要失之交臂了呢！你自己说，对得住我么？'翼黄也不答辩，举手指着这位陈先生道：'你老哥自己去问他，看是我不给你老哥绍介呢，还是他不肯给人知道？老哥以为他这回，替馆主人的侄小姐治病，是有意自炫吗？这房里没有外人，我不妨说给老哥听。他这次从广东到这里来，上岸就到我那里，身上一文钱都没有。我的境况，老哥是知道的，岂但没钱给他使，连可给他暂且安身的地方都没有。若论他的本领，不是我替他吹牛皮，便立刻要弄一百万到手，也不是件难事。但他平生不曾做过一件没品行的事，没使过一文没来历的钱，我只好绍介他到这里来住。等过了年，再往别处去。前几日他到我那里来说：旅馆里的房饭钱，五天一结算，已送了四次账单来了，共有二十多块钱，再不偿还他，面子上有些不好看。我说不妨事，馆主人和我有交情，已说过了，到年底算账，账单尽管送来。这是上海一般旅馆的例规，你不理会就没事了。他说：是这般难为情，我知道馆主人家，有个残废的女子，我学毛遂自荐，替他家治好了，房饭钱就迟点儿还他，便没要紧了。我说：那很好，你不必自荐，我去对馆主人说就是了，他连说使不得。我见他执意要自荐，也就由他。昨日又来对我说，病已治好四成，第五次的账单过了期还不曾送来，大约暂时不致向我逼账了。'

"旅馆主人抢着笑道：'岂有此理，莫说陈先生替舍侄女治好了病，就只凭朱先生这点面子，住三五个月，我好意思向陈先生问账吗？'翼黄连忙点头道：'这是我相信的，不然也不必绍介他到这里来了。'翼黄坐下来向我说道：'复君这回若不是手头很窘，决不致毛遂自荐的。替他侄小姐治病，这也是合该他侄小姐的病要好，才有这么凑巧。复君的脾气，从来不肯求人，人家也不容易求他。'馆主人笑道：这确是舍侄女的灾星要脱了，恰好陈先生和小儿在这房里谈话，我在隔壁房里听得分明，立刻过来求教，不然也当面错过了。'翼黄不作声，望着陈先生笑，我到这时，才知道陈先生的名字叫复君。方才进房的时候，虽曾请教他的台甫，只因他说话的声音很低，也全是平江口音，毕竟听不大明白。

"我和翼黄的座位相近，低声问道：'陈先生此时尚穿夹衫，广东气候暖，自没要紧，到此地还这么单薄，不冷么？若是一时没有合身的冬服，不嫌坏，我尚有一件羊皮的袍子，老弟可将我这一点诚意，达之陈先生么？'翼黄大笑道：'这是老哥一片爱才诚意，有什么不可向他说的？不过他十年以来，不曾穿过棉衣，并非没有冬服，是用不着冬服。他就穿这一件夹衫，有时还汗流浃背呢。只是他虽不能承受你这点人情，总不能不承认你是他的知己了。'说时回头呼着复君笑道：'有客到你房里来了，你就不能略尽东道之谊吗？'陈复君正色道：'你不要也和我开玩笑。'馆主人忙道：'岂敢岂敢！东道之谊应该我尽才是。'我也从旁抢着说道：'馆主人东道之谊，早已尽了。我和陈先生都在此地作客，本来无可分别是谁的东道，不过要于无可分别中，分别出来，就是先到此地的，应做东道。我到上海已过了半年，住这里也有三个多月，这东道天经地义的是应我做。'我说了就起身，打算叫茶房去买酒叫菜。

"翼黄哈哈大笑道：'四爷，你怎的忽然这么老实起来？'我立住脚问道：'你这话怎么讲？'翼黄道：'你且坐下来再说。'我只得又回身坐下。翼黄道：'我明知复君手中很窘，你和馆主都不是外人，定要尽什么东道之谊呢？只因他会一手小把戏，正和《绿野仙踪》小说上，所写冷于冰的搬运法一般，百里内的东西，不拘什么，只要是轻而易举的，都可立时搬运得来。我说尽东道之谊，是想他做点儿这类的小把戏给你看。搬运了酒菜或点心，我们就扰了他的，这便算是陈复君做东道了。'

"我一听这话，直喜得跳起来，向陈复君就地一揖道：'要先生做东道，本来不敢当。但是像翼黄老弟所说的这种东道，我却忍不住不领先生的情。'馆主人听了，也起身向他作揖。翼黄就在旁边笑道：'看你再好意思推脱。'陈复君只得起身答礼，半晌踌躇不语。翼黄从衣袋摸出一块光洋，交给复君道：'这块钱是我内人给我，教我顺便买块香皂，回去洗脸的，暂时抽用了，给你做这东道吧。'复君伸手接了。我连忙止住道：'我这里有钱，弟妇的钱怎好抽用？'我说着，即往口袋里掏钱。

"翼黄笑道：'不行，复君使我的钱没要紧，老哥的钱，他决不肯使的，不用客气吧。'我听说，就只好不掏了。复君抬头望了一望说道：'这间房没有朝外的窗户，这把戏玩不了。'我说：'楼上行么？我那房间有两个朝外的窗，并且还朝着空处。'翼黄不待复君开口，连说：'行，行！我们就到楼上去吧。我不能和复君一般不怕冷，这房里没有火，两手都冻僵了，到老哥房里，烤烤火也好。'于是四人一同上楼，到我房里。"

第五章

空中飞来酒食

"那七号房,是一间极小极黑的房,平常没有人肯住的。房里的电灯,本来就只五支烛的灯泡。那灯泡又不知用过多少日子了,简直比几十年前的茶油灯,还要黑暗,哪里看得清人的面目?我在那房里,和陈复君对坐了那么久,实不曾看出他的相貌来。我房里的电灯,比他房里大了二十倍,又是新出的半电泡,照耀得如同白昼,这才看出他的面目来。他那相貌和寻常的小商人一般,没一点惊人之处,加之身材短小,衣服褴褛,任是谁人见了,也看不出他是个有本领的人来,实不能怪馆主人瞧他不起。

"当他初来的时候,对我说那些忧虑他住了房子,吃了伙食,没有钱还的话。便是我这老走江湖,阅人多矣的张四爷,也无从看出他的本领来。在我房里,是和我斜对面坐着,我很仔细地看他,却被我看出他一处惊人的地方来。他那一对耳朵果是奇怪,与别人不同,比我们的大了三分之二,厚薄倒差不多。骇人的就是一张一扬地动,和猫儿的耳朵一般。我初看出来,还疑心是我的眼睛,看久了有些发花。特意移近座位,看了一会儿,确是动得有趣,有时一只向前,一只向后;有时两只都向前,或都向后。我悄悄地问朱翼黄道:'你知道陈先生的两耳能动么?'翼黄笑道:'他肚皮里的学问,我都知道。这显在面上的耳朵,我会不知道吗?'我又问:'是

21

生成能动的么？'翼黄摇头道：'哪是生成的，全是苦功练出来的。他岂两耳能动，通身的皮肤没一处不能动。'

"馆主人坐得略远些，听不出我二人说什么，笑催复君道：'先生的东道，可以做了么？'复君点头应好。翼黄问我道：'有玻璃酒瓶么？'我说：'我是个好酒如命的人，岂没有酒瓶，要干什么呢？'翼黄笑道：'且拿了一只空瓶来，自有用处。'我即拿了一只，交给翼黄。又问道：'老哥想喝什么酒，想几样什么下酒菜？不用客气，只管说出来，好教他搬运。'我就笑着问馆主人，馆主人仍推我说。我说：'要章东明的三十年老花雕，紫阳观的醉蟹，以外再买几个天津皮蛋，几包油炸花生米，就是这么够了。'说得大家都笑起来。

"翼黄将酒瓶递给复君。复君道：'还要一条大袱子，一件布长衫。'我从箱里取出一条包衣的包单来，布长衫我却没有。馆主人笑道：'我有，等我就下去拿来吧。'复君摇手止住道：'不用去拿，我身上脱下来就行。'只见他把酒瓶和那一块光洋，用包单包了，再从身上脱下那青布夹衫来，连酒瓶用两手捧了，走到窗户跟前，开了窗户。

"这时的雪，手掌大一片，纷纷地只下，那冷风吹进来，削到面上如刀割。陈复君一点也不露出缩瑟的样子，当窗立着，寂静无声的半晌，大约是在那里默念咒语。我和馆主人，分左右立在他贴身，仔细看他怎样。唯有朱翼黄怕冷，坐在火炉旁边不动，也因为是见过的。

"复君默然立了约三分钟久，只见他高举两手，伸出窗外，仿佛作势掼东西出去的样子，两手一散，就只剩了那件夹衫在手，包单、酒瓶、洋钱，都无影无踪了。他动手要掼的时候，我也曾定睛望着，但是全没见一点儿影子。问馆主人看见什么没有，他说的也和我一样。陈复君将夹衫披在背上，向我笑道：'张先生怕冷么？此时窗户，可以关了。等歇酒菜来了，再打开不迟。'我说：'关了没要紧么？我固是有些怕冷，翼黄更比我怕得厉害。'复君随手将窗户带关，都回原位坐下。

"我向翼黄道：'这怎么谓之小把戏？江湖上玩把戏的，也有可以搬运酒菜的，只是有真实法术的很少，障眼法骗人的多，谁能及得复君先生？'翼黄笑道：'这法在复君，只能算是小把戏，他还有一种玩意儿，很是有趣。你若是当了衣服在当店里。你只将当票和算好了的本利若干给他，他立时可照刚才这种法子，替你取赎出来，绝不错误，你看有趣么？'我说：'若当在天津或汉口，由此地去取赎，行不行呢？'翼黄望着复君道：'那行不行？'复君笑道：'也行，不过当多了钱就不行；便是本地，也只能取赎一块钱以内的，当多了也不行。'

"复君说到这里，复起身把背上披的夹衫取下来，仍走到那窗户跟前，开了窗门。我和馆主人不约而同地也都赶着去看。只见他两手提着两只衣袖，支开来遮着窗户，口中仍像是在那里念咒。约有一分钟的光景，两手忽然往窗外一抱，即听得夹衫里面，有纸包儿相撞的响声，登时觉得他两手捧着很大一包。翼黄已站起身笑道：'这东道做成了，四爷且关了窗户，再来吃喝吧。'

"我急忙把窗门关了，看陈复君捧着那个大包，放在桌上。先解下夹衫穿上，才解开那包袱，伸手提出一瓶酒来，又拿出四个皮蛋来，又拿出一串四只醉蟹来，又拿出四个小包来。我知道是油炸花生米。翼黄笑道：'没有了。四爷尝这酒，看是不是章东明的三十年陈花雕。'我正待提酒瓶过来，用鼻孔去嗅嗅气味，陈复君又从包袱里，拿出一个四方包儿来。翼黄忙问是什么。复君笑道：'嫂嫂不是教你买香皂吗？我怕你等歇回去，不好消差呢。'翼黄笑着接了，一看是一块法国制的檀香皂。

"这一来，直把我和馆主人，惊得瞠目结舌，骨头缝里，都是贮满了佩服他的诚心，竟猜不出他是个什么人物。"

　　姓黄的朋友问道："你喝那酒真是三十年的陈花雕么？"张四爷道："若不是章东明的，不是三十年的陈花雕，我也不佩服到这样。那酒瓶封口的纸，分明是章东明的招牌纸，酒到口我就能分辨得出，一点也不含糊。只有紫阳观的醉蟹，没有买着。陈复君说也是章东明的，因天气晚了，紫阳观已打了烊。你们三位说，这不是有驱神役鬼的本领吗？据朱翼黄说，他还会算八字，算得极灵。八字这样东西，我是绝对不相信的，所以不曾请他算。"

　　黄太太道："你不相信，我绝对的相信。我们吃了晚饭，就同到你旅馆里去，你可以给我们绍介么？"张四爷笑道："岂但可以给你们绍介，他见我和朱翼黄是老把，很不将我当外人。昨日在我房里，谈了一下午的话，已彼此不从丝毫客气了。嫂嫂若想请他算八字，我包可办到。"黄太太听了，欢喜异常，一迭连声催厨房开饭。

　　当下我们吃过了晚饭，遂一同坐车到张四爷旅馆里来。

第六章

风雪之夜

我们一行四人，在新重庆路乘坐黄包车，一会儿就到了三马路，陈复君住的那家旅馆门首。张四爷在前引着我等三人，直到陈复君的房门口。只见房门开着，房中连那盏五支烛光的电灯都熄灭了。张四爷跨进一脚，伸头向房里，发出惊异的声音说道："怎么呢，出去了吗？"正说着，一个茶房走过来说道："会陈先生么？"张四爷已折转身，手指着房里向茶房道："出去了吗？"茶房笑道："哦，原来是张先生啊！搬了房间，搬在楼上二十八号，刚才搬上去的。"

张四爷道："二十八号，不就是我那房间的对面吗？"茶房连连点头道："对对！"张四爷旋带着我们上楼，旋向我们笑说道："为人真不可没有点儿蹩脚本领，二十八号是这旅馆里的头等房子，平常要卖五块钱一天。你们想想，他若不是有这点儿蹩脚本领，在这蹩脚的时候，够得上住这么讲究的房间么？"我们都笑着点头。

迎面走来一个茶房，一见张四爷上来，即回头从身边掏出一串钥匙来，急忙走到一间房门口开门。张四爷且不进他自己的房，走到二十八号，举手轻轻地在门上敲了两下，却不见里面有人答应，接着呼了两声陈先生，也没有声息。这时我和姓黄的朋友，都很觉得失望，暗想怎这么不凑巧，张四爷不是曾说这位陈先生，从来是镇日地在房中睡觉，不大出外的吗？今日这般大风大雪的天气，他偏不在家，我们也就太没有缘法了。张四爷也用那失望的眼光和声音，对我们说道："不在房里，大约是到翼黄那里去了。请去我房里坐坐，看待一会儿怎么样？"

黄太太笑道："莫是睡着了，没听得你敲门的声音么？"张四爷不住地点头，我这时心里很以为黄太太猜度的，有几成不错。张四爷也不敲门，就在板壁上打了几下。又望着我们笑道："我知道这房的床，是靠着这板壁的。他若是睡了，再没有敲不醒的，是出外无疑了。"

我们只得无精打采地走进张四爷房里，准备坚候。张四爷按铃叫茶房生火炉，方才拿钥匙开门的那茶房走来，问张四爷用过了晚饭没有？张四爷道："晚饭是用过了，你把火炉生起，再去买点酒来喝喝吧。"茶房应着是，待下楼去取火种，张四爷又叫他转来问道："楼下陈先生，是搬到二十八号来的么？"茶房应道："刚搬来一会儿。"张四爷道："他吃过晚饭出去的吗？"茶房摇头道："好像没有出去吧。老板请了他下去，这时只怕还在老板房里。"我们一听茶房的话，都立时高兴起来，一个个的脸上，不由得都露出了笑容。

张四爷道："你下楼取火种，顺便去老板房里看看，陈先生若是在那里，你就向老板说一声。只说有一位陈先生的亲同乡，特来拜望陈先生，现在二十四号张先生房间里等着。"茶房一面听张四爷说话，一面偷着用眼打量我们三人。我看那茶房的神气，好像打量着我们的时候，心里暗自在那里揣想道:什么亲同乡来拜望，想来看看把戏也罢哪。

茶房去不多时，托着一火铲红炭进来。张四爷不待他开口，已笑着问道："你说了么？"茶房笑道："陈先生已跟老板到人家看病去了，我还只道在老板房里咧。"茶房这几句话一说出来，又把我们一团高兴扫个精光了。

其实这位陈先生，会得着与会不着，于我们三人，有什么多大的关系，用得着是这么一会儿高兴，一会儿着愁，不到两三分钟的时间，脑筋中变幻了几次状态。这就是一腔好奇之念，驱使着我们，是这般忽愁忽喜。只是当时虽把一团高兴扫去了，然忍耐的性子，三人一般的坚强，都存心要等到十二点钟敲过，若是再不回来，就只好不等了。至于必要等他回来，是一个什么目的，便见了面，又将怎么样，难道就老实不客气地说我们是想看把戏来的，请陈先生玩一套把戏给我们看吗？当时对于这一层，我们三人都不曾用脑力略略地研究。心心念念的，所思量就只怕他回来得太晚，或这夜竟不回来，我们见不着面。以外的事，什么也不放在心上。

张四爷教茶房买了些酒和下酒的菜，我们坐下来，才喝了两杯酒的工夫，忽听得楼口，有二人说笑着行走的声音。张四爷嬉笑道："来了，这是馆主人的声音，我听得出。同馆主人去的，必得同回来，等我迎上去看看。"说着起身，开了房门，跨出去就听得大笑道："果是陈先生回来了。有先生的同乡，向某某和黄某某来奉看，已在我房里等了好一会儿了。"张四爷是这么说过之后，并不听得陈复君回话。随见张四爷，引着一胖一瘦的两个人进来，我们同时立起身，不用张四爷介绍，我等一见就知道这个身材瘦小的，是陈复君，身上仅穿着一件青布夹袍，马褂背心都没穿一件在上面，头上科着头，也没戴帽子。淡黄色的脸腔，两条眉毛极是浓厚，眉骨高耸，两眼深陷，在高耸的眉骨之下，就仿佛山岩下的两个石洞一般；准头又丰隆，又端正，额上的皱纹很多，眉心也不开展，使人一望就知道他是一个用脑力极多的人。身上衣服虽是单薄到了极点，但不仅没有缩瑟的样子，并且才从外面风雪中进来，馆主人披着很厚的外套，里面是猞猁的袍子，头上貂皮暖帽，凡所以御寒的东西无不完备，尚且冷得脸如白纸，全没一些儿血色。两耳便红得和猪肝相似，两手互插在袖筒里，口中还直嚷着好冷呀，好大的北风呀。陈复君立在旁边，却好像不觉有何等感受，并没有咬紧牙关和抖擞精神，与严寒抵抗的样子，正和我等过三月、九月那种轻寒轻暖的天气一般。

我在新重庆路，听张四爷说的时候，我心里就暗自寻思道：年轻气血强盛的时节，穿夹袍过冬，算不了什么。乡下种田的人，不到四十岁以上，穿棉衣过冬的也不多。记得我十六岁的时候，穿学校里的制服也是夹的，竟过了一个冬天，还趁大雪未化，筑雪狮子玩耍。到这时见了陈复君的面，这种想头，却登时打消了。因为陈复君的态度，丝毫没有矜持的意味，在体质好、气血盛的少年，虽多能以单薄的衣衫和严寒抵抗，然毕竟不能像这么行所无事的，一些儿没有感受。

我们三人同时向他行礼，他答礼也是落落寞寞的，确是一个不善交际、不善应酬的人。张四爷代我们绍介了姓名，我略略表明了几句仰慕的意思，陈复君微笑不曾答话，那旅馆主人已高声笑着说道："这位陈先生，哪里是一个人呢？"张四爷一听这话，也大笑抢着说道："你这话才说得好笑，怎么硬当面骂他不是一个人咧。"我们三人也不由得笑起来。馆主人忙笑道："张先生不要用挑拨手段，我说陈先生不是个人，的确不是个人，千真万真的是一个神仙。今天若没有这位神仙，简直要闹出大乱子来，说不定还要闹得人命关天呢。"

张四爷带着惊异的神气问道："是怎么一回事？你说他是一个神仙，我很相信，不是恭维过当的话。"说时用手指着我们三人，接续着说道："不过我这三位朋友，听得我述陈先生的本领，钦羡得了不得，定要我绍介，来拜望拜望。我心里虽是很愿意做这一回绍介人，但是陈先生的本领，却没有摆在面上。若讲言论丰采，我敢说句不客气的话，陈先生没有大过人之处，然则我虽绍介着，彼此见了面，也不过和见着一个平常人相似，难道见面就好意思教陈先生，做一回和昨夜一般的把戏，给这三位朋友看吗？便是陈先生肯赏脸，我也绝不敢如此托熟。难得恰好有一回惊人的事故，说出来给三位听了，也不枉了他们冒着风雪，来拜望的一番诚意，也就和亲眼看了把戏差不多。"馆主人笑道："张先生说得这般珍重，我倒不能不详细点儿说了，诸位且听着吧。"

第七章

不可思议的侦探术

于是馆主人就从头至尾讲起来道："家兄开设的那家旅馆，张先生曾去过的吗？近来生意清淡，年关已逼近了，空了外面一千多块钱的债，年内万不能不偿还。今年银根奇紧，借贷是无望的，没法，只得和家嫂商量。家嫂略有些私蓄，衣服首饰也不少，家兄要家嫂暂时拿出来，过了年关，明年就容易活动了，那时一定如数归还。

"家嫂是个最算小的女子，有多大的气魄，眼光儿能见得到多远哩？这一点衣饰和私蓄，可怜她积聚大半世，才积到这个数目。一旦要她全数拿出来，虽说得好听，明年如数归还，只是夫妻之间，归还明是一句话。明年家兄手中，真是活动得很，倒还有点儿希望；若是生意和今年一般清淡，我们做生意的人，哪里有一注一注的大横财呢？欠了旁人的，信用上的关系，失了信，便不能在上海商场中混。所以就变卖产业，或出极重的息告贷，也得打肿脸充胖子。至于自己老婆的钱，只要拿得出，就是十万八万，也是用了再说。她一时不肯拿出来，只好说得信孚中外，誓不爽期，及至到了手，用光了，谁还把这笔不急之账，搁在心上？家嫂也是个很精明的人，如何想不到这一层，怎么肯全数拿出来呢？家兄劝说了好几次，家嫂无论如何，只肯将存在四明银行的五百四十块钱拿出来，还要家兄拿出一样值钱的东西作抵押。

"家兄有一千块钱北京自来水公司的股票，愿意拿出来作抵押品，但是得加借四百六十块钱的当头，合成一千。一千抵一千，总算是稳当了，家嫂仍是不愿意，家兄打发舍侄来接敝内去做说客，好容易费了多少唇舌，才说妥了。家兄先把股票交给家嫂，要家嫂把四明银行的存折拿出来。家嫂存在四明银行的钱，大约不止五百四十块，就不肯要家兄去取，衣服首饰，也不要家兄去当。这是前三日的事，约了昨日，由家嫂取了当了，爽爽利利地交一千块钱给家兄。家兄只要说妥了，也就乐得不经手。我和敝内到了昨日，以为家嫂的一千块钱必已交出来了，没想到今日一早，家兄就跑到我这里来，愁眉苦脸地要我赶紧替他设一千块钱的法，因为约好了人家，再不能失信。我说：'嫂子不是已经替你，设了一千块钱的法吗，怎么还要一千哩？'家兄跺脚道：'快不要提你那不贤良的嫂子了，混账到了极处。我此时没有工夫说她，你只赶紧替我设法吧！你有法设便好，若没有法设，就直截了当回绝我，我好有我的打算。'

　　"我听了家兄这般说法，又见了那着急的样子，素知道他是个性急想不开的人。他所谓有他的打算，不是悬梁，便是跳黄浦江。心想家嫂虽是个没多大见识的女流，但平日说到哪里，做到哪里的脾气，我是知道的。既当着敝内说得千妥万妥，拿出一千块钱来，决没有无缘无故又变卦的。莫不是家兄先变卦，忽然想将那作抵押品的一千块钱股票抽回，家嫂因此不肯将钱交出么？我自以为猜度得很是，便向家兄道：'不论办得到办不到，总得替你设法，嫂子的钱，大概是不肯拿出来了，你那一千块钱的股票呢？'家兄道：'有股票，也不来找你设法了。你那不贤良的嫂子，见我近年倒霉，反时常问我要钱，好存积起来，预备我蹩了脚的时候，她好有钱使用。我既是样样事都不顺手，哪里还有钱给她呢？那一千块钱自来水公司的股票，她早就吵着问我要，说这是一千块钱靠得住的活动产业，要给你侄儿留着做学费。我不肯给她，她为这事和我闹过几次唇舌。这回的事，她哪里是肯借钱给我咧？原来是拿借钱给我为由，想骗我这一千块钱股票的。大前天交股票给她的时候，她不肯拿银折和当头给我，就是她的抢花。昨日她坐着包车，提了一个小皮包，在外面兜了一个圈子，回来说人不适意，倒在床上睡了。我因在外面有事体，到夜间九点钟才归家，一切账项，都约了在今天下午，送还给人家。归家后，自然问她要那一千块钱，她装作得真好笑，听说我要钱，慢腾腾地翻起身来，伸手往枕头边一摸，没摸着什么。立时就做出着慌的样子，一蹶劣跳下床，翻开枕头，看了一看；又翻开被卧，看了一看，更做出了战战兢兢的样子说道：怎么呢，谁把我一个小皮包提去了呢？我这时一见，就料道是抢花，忍住气问道：钱搁在小皮包里面吗？她也不答应我，只在满床垫被底下，翻来覆去地寻找。我就说这房里除了自己家里人，什么外人也不能进来。几十年来，我不曾失过窃，难道搁在枕头边的皮包，还有一个人睡在旁边，也会有扒手进来扒了去吗？她也说不出一个道理，开口就大哭起来，旋哭旋用头去床架上乱撞。

"'我见了她这装假的样子，心里说不出的痛恨。但是我也懒得多说，只拿她拉住说道：皮包失掉了，且待慢慢儿寻找，你把那股票拿给我吧。我约好了人家，明日没钱，就得要我的命，我拿股票去外面押借，也可押到七八百块钱，不过吃点儿利息的亏罢了。她尽着我说，只管哭着不答应我。我急得骂起来道：你不把股票拿出来，打算要怎样哩？她仍是哭着说道：那股票也放在小皮包里，不知是哪一个没天良的，偷了去了。好笑！她倒想赖在我身上，说是我趁她睡着的时候，偷了那皮包，再向她要钱，反揪扭着我，要和我拼命。

"'若在平日，失掉了旁的物事，我却不能不认真追寻；要是失

32

掉了值钱的东西，总得报告捕房，便再花费几文，也是没法的事。只是这回，我明知是她的抢花，问她，她是死也不肯承认的。闹到巡捕房里去，徒然丢我自己的脸，便和她吵起来，也是给住的客人笑话。所以我也不愿意和她多说，赌气在客房里睡了一夜，想来想去，唯有尽人事来找你商量一番。你就去向人叩头，也说不得，不能筹到一千，六七百也可以暂时敷衍过去。你若也真个和我一样，设不出法，就不必谈了。'

"我听了家兄的话，心想家嫂虽然把钱看得和性命一样，想多积聚几文给儿子的心思，也是有的。但是明知自己丈夫，在这样要紧的关头，不拿出钱来，替丈夫轻担负；反利用时机，拿手段来骗取丈夫值钱的东西，就是十分恶毒的女子，也不见得便忍心这么害自己的丈夫。"

张四爷听至此，也摇头说道："论情理，实可断定没有这般狠毒的事。只是要证明这事，却真是不容易。"

馆主人对陈复君，举着大拇指道："救人一命，胜造七级浮屠。陈先生这回救了两条性命，功德真是不小。我当下即向家兄说道：'你就在这里坐一会儿，我且去外面张罗着，看是如何？'我口里是这么说，其实一时教我也无处张罗。我深知家兄是个最拘成见的人，他心里认定了是家嫂掉抢花，若不得一个水落石出，任凭你说得天花乱坠，他只是不相信的。所以我也不替家嫂分辩，留家兄在我房里坐着，我就跑到家嫂那里，只见家嫂已急得和失心疯的人一般了。翻着一双怕人的眼，半坐半靠的，斜躺在床上，如痴如果，神气似哭非哭，似笑非笑，那脸色就苍白得十分难看。如果是有意掉抢花，能装假急成这个样子吗？

"我到床前，叫了几声，家嫂才心里明白，向我点点头，就干号起来。若在旁的粗心人，见她哭得没有眼泪，必然更疑心她是假哭了。我很知道伤心或愤急过度的人，多有干号没有眼泪的，这种没有泪的干号，比有泪的哭泣，还要厉害几倍。我料想纯用空言去安慰她，是不中用的，开口便说道：'嫂子不用着急，你失去的那小皮包，我已探着了一些儿踪影，包管你丢不了。你且定一定神，把皮包内的银钱数目，看银钱之外，还有些什么东西，慢慢地记出来，说给我听。我寻着了的时候，好把数目对一对，如有不对数的，好跟着追寻。此时不写出来，临时查点不清，事后便难再追了。'家嫂见我说得这般容易，她从来很相信我说话不荒唐的，心里一高兴，脸上登时转出了一些儿喜容，两眼也活动了。竭力挣扎起来，就床上对我叩了一个头道：'这就是叔叔救了我一家人的性命了。'这一来，倒把我吓得不得主意了。

"我说那已探着了一些儿踪影的话，原是随口说出来，安她的心的，哪里探着了什么踪影呢？不过我既经说出了口，又害她叩了一个头，只好避过一边说道：'东西是丢不了的，嫂子放心就是。'随着就问她皮包里，有多少银钱，还些什么东西。家嫂说：'共有一千零八十块钱，一本股票，一本四明银行的存折，三张大昌的当票。八十元是现洋，一千块钱是钞票，此外没有什么了。'我问：'当未曾睡着的时候，有什么人进这房里来没有？'家嫂说：'没有。因为我在外面受了点风寒，回来觉得有些头痛，本打算一到家，就把这一千块钱交给你哥哥的。因他出去了，我只道他回家得早，我又头痛，懒得开箱子、锁箱子，横竖等一会儿，他回了，交给他就完事。因此便搁在枕头旁边，我也就倒在枕头上睡了，并没打算睡着的。这也是合该要退财怄气，平日我睡着，极是警醒，房里一只猫子走过，我都听得出。这房间的地板，更比别的房间不同，就是一个小孩子走动，也是一颠一颠的，震得箱子、柜子的，环一片声响。偏巧我昨日睡得那么死，竟一些儿不觉着，若不是你哥哥来唤醒我，

还不知要睡到什么时候呢！索性是这么睡死了，不再活转来，倒也好了。'

"我又问道：'怎么把股票也放在一块儿哩？'家嫂长叹一声：'虽说是合该退财，也只怪我过于小心所致。叔叔是知道我不认识字的，这一叠子花花绿绿的纸头，上面究竟写着些什么，全不知道。在旁人拿这东西，到我这里来抵押，我倒可以放心，因为旁人不知道我一个字不认识，绝不敢拿不值钱的东西来哄我，并且我家里，也还有认识字的人。唯有你哥哥的事，是难说的，他随便拿一些印得花花绿绿的洋纸，说是北京自来水公司的股票，家里的人，他都可以预先吩咐，大家作弄我一回。只要哄过了这一时，我便发觉了，也没什么要紧。我心里因此放不下，昨日顺便带出去，先问了一个女朋友的丈夫，说是不错。我到四明银行取款的时候，又问银行里做抵押，像这般的股票，一千元可押多少？银行里说：可押六百块钱，我于是才相信是真的了。谁知有这么倒霉，会一股脑儿被没天良的贼偷去呢？'"

张四爷笑道："尊嫂也真算是个精明能干的女子了。"

馆主人也笑道："却是精明反被精明误。我既问了个明白，就思量他家里的人，前头那个嫂子，死去了十八年。只生了一个儿子，于今已有二十六岁，在南京做生意；这个嫂子，是续弦的，一子一女，年纪都轻。大的还只得七岁，小的四岁，儿女是绝对不能偷盗的。他家用的娘姨，比别家的，却格外可以放心，年纪已有了五十多岁，又蠢又笨，在他家做了十多年，从来打发她买物事，不曾揩过一文钱的油。怎么知道她不揩油的呢？她的脑筋极迟钝，又没一些儿记忆力，教她去买东西，一次只能买一样。买回来，要买再去，哪怕就是在一家店里，买两样货物，她也是要做两趟跑的。若要她图简便，做一次买回，她一定给你弄错。并且要买多少钱的东西，就只能给她多少钱，万不能拿一块大洋给她，要她去买一角小洋的东西。蠢的笨的，我都见过，却不曾见过蠢笨到这般厉害的。那个娘姨，莫说家兄嫂，用了她那么多年，能相信她不会偷盗，就是我都能替她保险。他家除了娘姨子女以外，更无可疑的人。至于茶房，虽有十来个，但从来没一个，能进家兄睡房的。

　　"我思量好一会儿，竟思量不出一点儿头脑来。只得随口教家嫂安心等着，自有水落石出的时候。说了作辞出来，在路上胡思乱想的，忽然心血来潮，就想到这位陈神仙了。连忙跑回来找他，却喜他还睡着不曾起来，我也顾不得惊醒了他的安睡，连推带拉地将他闹了起来。他问我什么事，我说要求神仙爷救命。他还只道是我开玩笑的，倒下头，又待睡，我才把事情详细述了一遍。又把关系家兄嫂性命的话说了，问他有法可设没有，他也不答白，仍合上两眼打盹儿。好一会儿方睁开眼，向我笑道：'家贼难防，你知道么？'我道：'难道果是家嫂藏起来了，打算骗那一千块钱的股票吗？'他摇头笑道：'有这种事，不是人伦之变吗？'我说：'然则家贼是谁呢？'他又不答白，我真是和求神一般地求了好一会儿，他才答应去家兄那里看看。我得了他这一句话，自然喜出望外，随即叫茶房弄了些点心来，给这位神仙爷吃了。

　　"这时家兄，还坐在我房里，我即通知家兄，陪着这位神仙爷，一同到了家兄旅馆里看。诸位曾见过这种本领没有，他（指陈复君）一句话也不问，只略坐了一坐，就教用瓷盆盛一盆清水，搁在家兄睡房里的地板上。要了一张白纸，一不画符，二不念咒，就这么将白纸往水上一覆，点了一盏清油灯，在瓷盆旁边。不到一分钟的时间，这位神仙爷，两眼不转睛地注视在那张白纸上面。一会儿就问道：'失去的那个小皮包里面，是不是还有一面四方小镜子，一把小牙骨梳子呢？'家嫂在旁听了，连忙说道：'不错，先生可知道是谁偷去了么？先生若是能替我追寻出来，银钱股票没有损失，我情愿酬谢先生二百块钱。'家兄就说道：'莫说二百块，便再多酬谢些，我也甘愿。'他笑道：'东西是追寻得着，只怕得略略地损失些儿，不过是谁偷盗的，我却没有这本领，查不出来。'家兄立刻作了一个揖道：'查不出人也罢了，只求把东西追回来，但不知东西现在哪里，先生将怎生一个追法？'

"他忽然跳了起来，伸手问我道：'你身上有铜元么？快拿几个给我，迟了便不好办。'我这时身上，只有十二个铜元，随手都掏了给他。他头也不回，直向外面跑去了，我和家兄嫂都莫名其妙。等我追出大门，向两头马路上一望，已不见一些儿影子了。回房少不得大家研究，这葫芦里，究竟卖的是什么药？

"才谈论了十来分钟久，只见这位神仙爷，笑嘻嘻地提着一个小皮包走了进来，递给我说道：'请令兄嫂查点查点，短少几何，我却不负责任。'家嫂一见那皮包，就笑着说道：'我失掉的正是这个皮包。'旋说旋从口袋里掏钥匙。我不便开看，随手交给家嫂，家嫂伸手来接，皮包已开了，仔细一看，原来那锁，已经弄破了。喜得只少了五十块钱现洋，此外完全不曾损失，诸位看他是不是神仙？"

我们几个人，听了馆主人这一大篇话，自然都惊服得了不得。张四爷正待问馆主人，二百块钱酬谢了没有，一个茶房在门外叫老板，馆主人连忙起身，向我们点点头去了。张四爷便掉转脸来，问陈复君道："到底是谁偷了，岂是真查不出吗？"陈复君笑道："这位老板精明是很精明，只是对于他自己的儿子，却糊涂到万分了。他既溺爱不明，我们外人，怎好说出来？他儿子的脸不抓破，以后还有一些儿顾惜廉耻；若是这回抓破了，在这种没有教育的家庭中，他的作恶行为，只有增加的，没有防止的，更不得了。"

姓黄的朋友点头问道："先生这话确是至理名言，我等没有见识，不知先生是一种什么神术，能知道这么详细。"陈复君道："这不过一种极寻常的小玩意儿，我们湖南所谓'照水碗'。湖南人知道得最多，只是有照得远和照得近的分别，与圆光同是一类的玩意儿，算不了什么。"

第八章

算命何用算盘

此时黄太太忽笑着说道："听说先生会算八字，我们女子的见解，是最信命理的。先生肯给我一点儿面子，替我算个八字么？"陈复君望了黄太太一眼笑道："算八字，本是我的当行本事，但是这东西，最靠不住，不信它也罢了！过去的事，确能算得丝毫不爽，只是已经过去的，还用得着算吗？未来的事，就和天文台窥测晴雨一般，至多能窥测到十天半月，再远了，就任凭有多大的学问，也不中用。至于各行星的轨道速度，虽能窥测得出，然与晴雨风雷，是没有关系的。算八字正是如此，半年以内的吉凶祸福，确实能算得准。半年以外，就只能知道些儿大处了。"黄太太听了这话，仍是要请他算。还好，他并没有推诿，即问张四爷道："你这里有算盘没有？"张四爷笑道："哪里算八字，真要算盘呢？"

我们三人听了，也很觉得诧异，都望着陈复君，看他怎么说。只见他笑道："不用算盘，怎得谓之算八字哩。我算八字，是没有算盘不行。"张四爷道："我这里虽没有算盘，但是可教茶房去账房里借一个来。"黄太太已起身按了按电铃。

茶房来了，张四爷对陈复君道："还用得着旁的东西么？我没有的，就教茶房一阵去借办。"陈复君摇头道："还用得着纸笔，大概是有的，用不着借。"张四爷遂将借算盘的话，向茶房说了。茶房的神气，像是很愉快的，我猜度他的心里，大约是以为借算盘，必又有什么把戏看了，欣然答应了一声，折身去了。没一会儿，已拿了一个算盘来，递给张四爷，即退到房门口，张开口笑着不走。

姓黄的朋友向我笑道："这个茶房，必是看陈先生的把戏，看上瘾了。"我不曾回答，就见张四爷将算盘交给陈复君。陈复君却不接，问张四爷道："你不会算么？"张四爷大笑道："我会算，也不找你了。"我们三人也都笑起来，以为陈复君是有意开玩笑。陈复君正色说道："不是问你会不会算八字，是问你会不会打算盘，只要会打加法就行。"张四爷笑道："原来如此，加法是会的。怎么加法呢？"陈复君道："拿一张白纸给我，不必大的，见方五六寸就可用。"张四爷从抽屉里拿了一张白信纸给他。他接在手中，望了望姓黄的朋友，又望了望我，对我说道："请你随口报数，如二百四十六，八百九十七，一万三千六百四十三等乱报。你这边报，他这边算，越快越好，只要算得来得及，我说够了，就不要报了。我不开口，你尽管随口乱报下去。"

我当时听了这种稀奇算法，倒非常高兴，很愿意学那些无聊新闻记者的样儿，尽那随口乱报的天职。如是立起身，走到张四爷跟前，绝无根据地乱报起来。只可惜张四爷毕竟不是个商人，口里念着三下五除二，四下五除一，才算得出来。

我这乱报的，原没什么吃力，只因他这算得太觉吃力，便连带我这报的，也觉吃力了，为什么呢？我随口报出一个数来，他立时跟着打上了便罢，略迟了一点儿，我就忘记了，他却要我补报一遍。这种绝无根据又毫不用脑力的数目，如何能补报呢？亏得姓黄的朋友，算法比较的高明，从张四爷手中把算盘接过来，我才得畅所欲报。

陈复君背朝算盘站着，双手捧着那张白信纸，就电灯底下细看，约莫报了四五十个数目，陈复君忽然扬手道："够了，算盘上，百位错了一子，应九万三千八百六十三，算盘上是不是七百？"我低头一看，果然不差，暗想原有种脑力足的人，计算最快，只是如何会知道算盘上错了一子，并知道错在百位上呢，这不是奇得骇人吗？陈复君说完，向张四爷道："笔呢？"张四爷即拿了支笔给他。他将信纸放在桌上，右手握着笔，左手捻着指头，轮算了一会儿，回头问黄太太道："贵庚是丁酉年生的么？"黄太太连忙应是，脸上却露出极惊讶的样子来。我和张四爷，跟姓黄的夫妇，都做了六七年的朋友，都不知道他们夫妇是哪年出世的。这时听得陈复君说出来，不知怎的，我周身的毛发，都不由得竖起来。大家你望着我，我望着他，真是面面相觑，都猜不透这陈复君，是个什么怪物。

陈复君见问了不错，即提笔在纸上，写了"丁酉"两字。写好了，又要我报。我正待开口，馆主人来了，进门就笑问道："又玩什么把戏，教茶房来我那里拿算盘？"姓黄的朋友，忙将算盘递给馆主人道："老板的算盘，必是好的，我们正苦算不快。"馆主人手里虽接了算盘，却是摸不着头脑，我只得把缘由简单说了一遍。馆主人点头道："最好是两个算盘，等我去隔壁房里，再拿一个来。"说着，仍将算盘交还姓黄的，即时跑到隔壁，又拿一个来了。

我这回仗着馆主人是会算的，报得比前回更快了几倍。报了好大一会儿，陈复君才止住说道："老板的数不错，是八万六千三百零二；黄先生的，就差得远了，只七万多，一个子都不对。"

陈复君始终用背对算盘站着，两眼看着纸上，他后脑上，又不曾长着眼睛，为什么比我和张四爷，在旁边看见的，还要明晰些呢，这不是太怪了吗？这次就把月份算出来了。此后又算了两次，日子时辰，都算得毫厘不差。说起这八字的身份、家世及一切经过的事实，其中完全对不对，我们做朋友的，自然有些不知道。只是看了

41

黄太太那不住地点头的样子，知道是算得对了。不过只算到本年，以后的话，却是含糊一派不可捉摸的话，黄太太也不追问。因时间已是十二点多钟了，便一同作辞，回新重庆路安歇。

我和姓黄的夫妇，议论了好几日，并且逢着湖南人就打听，兀自研究不出这位陈复君，是一个什么来历的人物。

第九章

怪雀牌与怪名刺

后来，又隔了一阵，到了二年九月，有一个姓杨的朋友，新从湖南来。我和他谈论，问他近来在湖南，耳目所闻见的，有什么奇情怪事足资谈助的没有。姓杨的朋友，是一个最健谈而又富有滑稽性质的人。听了我问的话，便笑道："近来的湖南吗？没有人事可谈，可谈的只有鬼事。"我也笑道："像现在的社会，也只可谈鬼话，不能说人话。你我肚皮里，都怀着不少的鬼胎，就请你谈几个湖南的鬼，给我听吧。"姓杨的朋友，遂欣然向我谈了多少的鬼话，虽也不乏有趣味，使人听了忘倦的，却都是零零碎碎，不成一个片段。

正谈到兴会淋漓的时候，他忽然跳起来说道："正式说鬼话，倒把一个人鬼不分明的怪物忘了。"我连忙问什么叫作人鬼不分明的怪物，他说道："从今年二月以来，湖南凡是达官贵人的座上，最少不得的，就是这个怪物。说起这个怪物来，也实在是有些阴阳怪气的。这怪物姓陈，名叫复君，听说也是你们平江人。"我一时喜得也跳了起来说道："陈复君已回了湖南吗？我半年来，脑筋里所盘旋的，就是这位陈先生。正想研究他是一个什么来历，你所闻见的，有关于他的来历的事么？"

姓杨的朋友道："那却没有，不过我所知道的，很有些骇人听闻的事。湖南的达官贵人，没一个不认识他，也没一个知道他的来历。

你记得民国四年，湖南军队里的蓝辛果么？"我说："蓝辛果这个名字，我耳里听得极熟，一般军人都说他有呼风唤雨之能，撒豆成兵之法。赵恒惕、宋鹤庚他们，都把他当个军师看待。后来一个败仗打了，大家才渐渐把信仰他的心消灭了。你忽然说到蓝辛果，难道这陈复君，也是蓝辛果一流的人物吗？"

姓杨的朋友摇头道："那却不知道怎样，只是这陈复君的声名人品，都在蓝辛果之上数倍。我第一次见陈复君，是在一个小军阀家。本是小军阀做主人，请他吃饭，有我在座做陪客，吃过饭，就大家搓麻雀。主人请陈复君入局，陈复君推说不会，主人便信以为真。如是我们四个人，扯开台子，搓将起来。陈复君在四人背后，周围地看。他一时技痒，替我主张了一回，主人就笑道：'好嘛，我说陈先生是老于江湖的人，怎么竟不会搓麻雀呢？来，来！我这一脚，让给你搓。'我们三人，也齐声怂恿他入局。他笑着说道：'我入局只能搓假的，输赢不算数才行；若是搓真的，只怕三位没有那么多钱输。'我听了便不相信道：'只要陈先生照规矩搓，不见得全是你赢。聚角偷牌，玩出种种翻戏，我们便怕搓不过。'陈复君道：'什么翻戏，我都不会。就是会翻戏的，一个人也做三个人不下。'我说：'是呀，不来翻戏，即请上场吧。'陈复君也不推辞，高高兴兴地坐下来，重新摸过了风，一牌一牌地搓下去。

"我们三个人，都十分注意他，搓过两圈，我们每人输了半底。他就笑道：'不用再搓吧！'我们怎么肯呢？哪晓得这两圈搓下来，我们每人又输了两底多。只看见他两翻来，三翻去，最怪的就是单钓嵌张，他伸手去摸牌的时候，口里叫什么，手里就摸出一张什么来。屡次如此，你看这牌还敢搓下去么？只得面面相觑的，不敢搓下四圈了。

"陈复君见我们不搓了，低头把钱分作三股，退给我们三人，我们如何肯受呢？他笑道：'你们不用客气，在你们有钱的人，原不把这点儿钱，放在心上。但是我赢了，心里却是过不去。'我说：'这是哪里话，赌博不输就赢，有什么心里过不去？'陈复君摇头道：'不是这么说，且等我玩个把戏，给你们看了，就知道我这钱，是不应该得了。'我们见说有把戏看，都眉花眼笑地请他玩起来。他指着桌上的牌，对我说道：'你随手拿一张牌，看清是一张什么，不要给我知道，放在我手掌里。'我当时就如法炮制地拿了一张东风。他把手掌伸出，我放在掌心里。大家八只眼睛都睁开望着，看他玩什么把戏。他对主人说道：'你随口说要一张什么牌。'主人逼口而出地说道：'要一张四万。'只见陈复君口里，也跟着喊道：'要一张四万。'接着把掌心里的牌翻转来，大家一看，不是一张四万是什么？

"这一来，可真把我吓得两眼瞪着，说不出话来。怎么分明一张东风，眼都不曾瞬，就随口变成四万了呢？陈复君道：'你们看，是不是一张四万？'我们自然齐声答应，是一张四万。陈复君笑道：'你们再仔细看看。'可是作怪，那牌在他掌心中，动也没动，仍旧是一张东风，哪有什么四万呢？主人道：'我还要试一回看看，使得么？'陈复君道：'有什么使不得，百回千回都行。'主人悄悄地选出四张二饼来，揣在衣袋里，教我照初次的样儿，摸一张放在陈复君掌心里。我这次摸的是一张七索，主人喊道：'我要一张二饼。'陈复君绝不迟疑地喊一声翻转来，竟是一张明明白白的二饼。主人伸手把这张二饼，拿在手中笑道：'且慢，我这副牌，只有四张二饼，我衣袋里，已拿出了四张，看这张假二饼，是哪里来的？'旋说旋探手去衣袋里，掏出四张牌来，打开手一看，只有三张二饼，却有一张七索。我说：'我刚才摸的，就是这张七索。'我有意看明了竹背上的筋纹，怎的这么快，就跑到人家衣袋里去了呢？陈复君笑道：'你们看这钱，不输得太冤枉吗？我这赢的，不也太无聊了吗？'

我们只好都把钱收回来。

　　"过了两日，又在一个朋友家，和陈复君同席。这次同席的人，有二十多个，一大半是湖南军政两界赫赫有名的显者。大家都知道陈复君，是一个异人，凡得陈复君指点一句吉凶祸福，没一个不是极端信赖的。

　　"这日酒席散后，有一个政客，请陈复君看相，陈复君推辞道：'我不会看相，但是我知道你百日之内，有一件极难解决的问题发生，虽不至有性命之忧，也得受一很大的惊吓。'那政客听了，就求陈复君替他设法解免。陈复君当时从衣袋里，掏出一张二寸多长的卡片来，交给那政客道：'若遇了十分为难的时候，但用手在这名片上，摩挲几下，心里默念我这时交给你名片的情形，自有妙用。名片藏在贴肉的衣袋，不可遗失了。'那政客接了，道了谢，揣入衣袋里。我看他那道谢和揣名片时的神气，很像是不相信的样子。

　　"这是今年二月底的事，其时我在旁边看了，虽曾亲眼见过陈复君的惊人本领，但也不相信他的名片，能和孙悟空身上的猴毛一样。谁知道那张名片的效力，竟比孙悟空身上的猴毛，还要大得骇人些，你看是不是笑话？"

　　我问道："后来那政客，毕竟发生了什么为难的问题呢？"

　　姓杨的朋友笑道："那次的问题，关系那政客的生命财产，都极为重大。我自从二月底，会过那政客之后，直到上月十五中秋节，方在朋友处会见他。这几个月当中，我虽没有会见那政客，却遇着他的朋友或同乡，总得问讯一声，看那名片的效验，确是怎样。只因他是巴陵人，在兴宁做县知事，轻易不大到省城来。所以既会不着面，又探听不出消息。

　　"中秋节那日，我一见着他，就把他拉到一边，匆匆忙忙寒暄了几句。就问道：'自从二月底，在某处握别后，足下到外县换了换新

46

鲜空气，想必比拘守在省城里的，安适多了。'那政客一听我这么说，立时就想起那次陈复君给他名片的时候，有我在旁边，一手捞住我的衣袖大笑道：'好了，我这回的事，有你做证人了。'说完又哈哈大笑。他这么一来，倒把我吓了一跳，翻着一双眼望了他，不知要怎生回答才好。他接着说道：'二月间我和你在某处同席，陈复君不是交了一张名片给我，说有为难的时候，只要用手在那名片上，摩弄一下子，就有解决方法的吗？'我连忙点头道：'不错，我正要问你，那话儿应验了没有呢，真有了效验吗？'那政客也不答话，笑嘻嘻地从衣袋里摸出那张名片来，给我看道：'你瞧，我此刻还保存在这里。这东西，真是奇怪得厉害，我说给旁人听，人家都不相信咧！'我就他手中，看那张名片，四角都毛了。

"他给我看了看，仍揣入衣袋中，拉我坐下来说道：'那次陈复君，交给我这名片的时候，我口里向他道谢，心里实在有些不相信。只因一张名片，搁在衣袋里，也没有妨碍，便没有理会它。那次在省城里，没住几日就到兴宁任上去了。在兴宁两个多月，平平安安的，谁也没想到这名片上去，连陈复君的话也忘了。还是我内人，最相信这些玩意儿，我每次更换里衣，内人总给我把这张名片装上。本来四月间，就有公事，必须我亲自来省的，因私事一日延搁一日，直待过了端阳节，才动身到省里来。省长知道我对于华容、临湘两县的湖田情形，比一般人熟悉，临时委我去调查一件多年的缪轕案。我心想这也是一桩美差，谢委下来就走，只带了两名护兵，四名轿夫，一名挑行李的。在两县仅住了一星期，案情已调查明白了。委任上有三星期的限，我想已离家不远了，何不借此多余的限期，归家看看家父母呢？于是就从临湘动身，向巴陵进发。

"'一百八十里路，已走过一百里了，夏季日子长，正在下午四点钟的时候，忽然迎面来了一队荷枪的兵士，望去约莫有四五十人。

我以为是那地方驻防的军队，也没有注意。看看相离不远了，我的护兵跑到我轿子跟前报道:前面来的军队，照服装看去，好像是一队桂军，并且行伍错乱，必是从平江溃窜下来的，请示怎样办呢，还是迎上去吗？我忙教轿子停下，立刻走出轿来，一看果是些溃兵。因近年来的湘军，很多效桂军的装束，也是戴着箬叶斗笠，脚穿草鞋。平江沈鸿英的军队，不见得便溃窜到这里来，又相离已不到两箭远近，就要避让，也来不及，只得挺身向前，要轿夫扛着空轿，跟在后面。

"'谁知来的，竟是沈鸿英的桂军，被叶开鑫打得溃了一营，四处乱窜。他们见我护兵，背着两支步枪，正如苍蝇见血，登时将我们包围起来，一连开了十来枪。幸喜是对天开的，不然，我早已没命了。只听得一片声呼着缴械。两个护兵，都卧下装好了枪，想回枪抵抗。你看，这不是糊涂找死么？任凭你的本领登天，两人也敌不过四五十人哩。急得我只管扬手，一面教护兵把枪丢了。护兵也是该死，我说的话，好像是不曾听清。啪，啪! 竟向桂军回击了两枪，爬起来向山上便跑。他们回击这两枪，没要紧；可怜我，几乎急死了。你说那些桂军肯放手么？那枪就和放爆竹一般。

"'我到了这时，也就说不得怕丢人了，只得双膝跪在地下，高呼不干我的事。却好那些桂军，并没向我开过一枪。四个可恶的轿夫，见护兵跑上山，他们也跟着跑了，只剩我一个人跪在那里。桂军分了十多人去追两个护兵，其余的就围了我，把我提起来，审囚犯似的审问了一会儿。有几个主张用绳缚了我的手，牵着和他们同走。亏在一个像头目的人，说没得麻烦了吗，牵去有什么用呢？这乘轿子倒好，去掳四名夫子来，我也来享受享受。他说完踢了我一脚，教我滚蛋。我巴不得有这一声，提脚便走。

"'才走了半里多路，心想那一挑行李里面，很有些重要的案卷

48

和贵重东西。这一丢失，真是糟天下之大糕了，越想越觉得可惜。不知怎的，猛然想起这张名片来，何不摩弄它一番，看是怎样？便无效也不要紧。于是心里就默念陈复君交给我，还有你在旁边的情形，一面伸手去衣袋里，在名片上摸了几下。真作怪，我心里一默念，就糊里糊涂起来了，仿佛耳里听得有人说，还不快回头跟上去？两脚不知不觉地仍向刚才遇险的地方走。

"'走到那里，只见那些兵，正向前走，我坐的那乘轿子，已有四个人抬着，却不是我那四名轿夫。那一挑行李，也有一个乡下人挑着，跟在轿子后面。若在平日，我绝不敢跟上去，但是此时我心里并不知道害怕。随着他们走了十多里，天色已黑了，见他们进了一家庄子，轿子搁在外面，行李挑进去了。我在那门口徘徊，门口站着有守卫的兵，像是不曾看见我的样子。我信步走进里面，许多兵士，都在一间厅堂里，有坐的，有睡的，有立着谈话的，绝没一个人注意到我身上。

"'不一会儿，有几个兵搬了些饭菜出来，大家抢着吃。我觉得有些饿了，也跟着大家用手抓了吃，也没人看出来。那些兵士，吃过了饭，大家在那厅堂上，横七竖八地睡起来。我的那挑行李，也搁在厅堂上。我这时心里，忽然一动，暗想他们都睡了，我还不把行李挑走，更待何时呢？随即将行李挑在肩上，大踏步出了村庄，趁着月色，直走到天光大亮，也不知道疲倦。

"'像那么重的行李，若在平日，莫说要我挑着走路，就只要我挑起来，我的肩头也得痛十天半月。这时我挑在肩上，好像重不到四两。便是我平日徒步行路，也行不到二三十里，就得脚痛。这一夜行了八十多里，还挑着那一肩行李，就换一个壮丁，也不能一口气行八十多里。这回的事，我至今想起来，仍是和做梦一样。'"

姓杨的朋友述到这里，笑着问我道："你听了这么荒唐的话，相

49

信不相信?"我遂将陈复君在上海的事,说了一遍给姓杨的朋友听了,并说道:"这事不由我不相信,世间的奇人怪事尽多,我们的见识有限,不能说不是亲眼见的,就武断没有这回事!"

第十章

神仙师父

我自从听了姓杨的，述过这事之后，想研究陈复君之来历的念头，更加真挚了。也算是天从人愿，过不到三个月，这日去看一个新从湖南来的朋友，无意中遇着一个姓余的，听口音也是平江人。这位余先生，名道南，字岸稜，年纪已有五十多岁。我久已闻他的名，是个很有些声望的人，湖南人少有不知道他的。我在湖南的时候很少，所以直到这时才会面。闲谈的时候，我问他二人，知道陈复君么？余先生听了反问我道："你认识陈复君么？"我说："见虽只见过一次，我脑筋里印象却是很深，极愿意打听他的来历。"

余先生笑道："你要打听陈复君的来历，除了我，只怕不容易打听着呢！"我一听这话，自是喜出望外，连忙要求余先生不惮烦琐，详细说给我听。

余先生点头笑道："陈复君的家，离舍间没几何路，他比我的年纪，小了二十多岁，算是我眼见他长大的。他做小孩儿的时候，和一般极平常的小孩儿不差什么，并无些微过人的地方。他家里很贫寒，他父亲是一个异常忠厚的农夫，他母亲却又精明、又贤淑。他没有兄弟，十七岁以前，虽曾从村塾先生读过几年书，只因家计不宽，不能从有学问的先生，就改业做生意，在一家杂货店里当学徒。

"他十七岁的这一年，同着一个同店的伙计，从省城里办货回来，在半路上的饭店里投宿。乡下的饭店，照例一间房里，看容得下几张床，便安几张床。他这回住的房间，开了三张床，他二人每人占了一张，还有一张是一个算八字的占了。他年轻的人，欢喜说话，问那个算八字的，算一个八字，得多少钱。算八字的道：'本来是二十文钱一个，但若是你要算，这时不费我的工夫，又不要我跑路，还可便宜点儿，十六文钱就行了。'他说好，请你给我算一个吧！随即将八字报出来。那算八字的，捻指一算，很高兴地极力称赞是一个好八字。少年人都喜恭维，听得那么称赞，也高兴极了。拿出一百文大钱，送给那算八字的道：'你在外面算八字也辛苦，我却不在乎这一点，谢你一百文吧。'算八字的也不推辞，欢天喜地地收了。

"大家安歇，他还没有睡着，听得饭店里的老板进房来，将算八字的推起来道：'对你不住，请你去别家饭店投宿吧！我这里有里正吩咐了，不许容留江湖上没来历的人。'算八字的不依道：'你为什么不早说，这时分，教我去哪里投宿，这不是有意欺负出门的人吗？'老板道：'你进来的时候，我们不曾留神，刚才听得你在这里算八字，我方知道。不必多说，请你趁早走吧。'

"陈复君睡在床上，心想这却吃了我的亏，我不要他算八字，不是没有事吗？这时大家都睡了，从这里去，两头都得走十来里，才有饭店，害他跑黑路，岂不太可怜？并且别家饭店，他半夜去敲门，更不见得肯容留他。没法，我不能不起来，替他向老板求求情。

"他于是爬起来，向那老板说道：'这位算八字的先生，住的地方，离我那镇上不远，常到我店里来。我知道他，不是一个没来历的人。我在你这里住的回数不少，你家跑堂的、站灶的，都认识我。我担保他，在这里住一夜，老板瞧着我点面子吧！'老板打量了陈复君一眼道：'我有什么不可以呢，开饭店巴不得有人来住。就是我们这里的里正，十分难说话，等歇就要来查。查不出便罢，万一查出来，算是违了上头的禁令。轻则罚钱几串，重则打我的屁股，谁能担当得起来呢！'陈复君道：'里正来查的，老板只说是和我同行的。里正要查来历，我自有来历给他，这么可以通融么？'老板听得这么说，不好再说什么了，这夜也没有里正来查。

"次日早起，陈复君看那算八字的，已动身走了。他同那个伙计，吃了早饭，也就起身赶路。走了十多里，偶然回头，只见那算八字的，也跟在后面来了。他就对同行的伙计说道：'你看这算八字的，不是动身在我们之前吗，怎么这时还在我们后面呢？'伙计回头看了一看道：'我们快些走，不要理他。这类走江湖的人，是不好惹的，你昨夜不该给他一百文钱。他只道我们很阔，跟在后面，说不定是想打我们的主意。'陈复君的见识，也和这伙计差不多，听了伙计的话，就加紧脚步，尽力向前飞走。

"走一会儿，又回头看看，那算八字的，总跟在后面，相离仍是不远不近，越看心里越慌起来。伙计又埋怨他，不该好恭维，把钱不当数，要算是拿钱买祸。他这时除了急跑之外，也想不出躲避的法子。

"又走了一会儿，前面是一条河，有两只渡船，一来一往的，渡行人过河。二人见靠这边一只渡船，正载了十来人将要开了，便想赶上船。先渡过河，好使算八字的追不上。二人同是一般的心理，拼命地向河边跑去，耳里忽听得后面有人喊道：'那船不能坐呢！'二人同时听了，不由得都停了脚，回头看是谁喊。

"还有谁呢？就是那个算八字的，已赶到跟前来了。二人更是害怕，陈复君勉强镇静着问道：'是你喊么？'算八字的点头道：'这船不能坐，你们看，已经开了。'伙计跺脚道：'你不喊，我们已上了船，这又得耽搁五里路。'算八字的指着陈复君，向伙计笑道：

'你不该死在这里，所以能同他行走。他和我有缘，所以遇得着我，你还要埋怨人家，你瞧着吧！'说话时，陡然起一阵大旋风，那渡船行至河心，几摇几簸就翻了。船上的人都掉下水，只一个驾渡船的艄公，泅水上了岸，以外的客人，没救活一个。陈复君才知道那算八字的，是个异人，要跟他做徒弟。算八字的也愿意，就是这么带着陈复君走了。过七八年才回来，便学了这些神出鬼没的本领。

"他回来的时候，先到长沙，雇了一班军乐队，带着下乡。有人问他为什么雇着军乐队同走，他只愁眉苦脸的，不说出为什么来。到家才一日，他的母亲就死了。乡里雇不出军乐队，他所以从省城带来。像这一类先做出来，或先说出来，后头应验的怪事，也不知有许多。据他对我说，只因尚有老父在堂，不能相从他师父研练。大约他父亲一死，他必无影无踪地去了。"

回头是岸

第一回

袁家坳春宴说猴经
瞿公庵空门逢倩女

民国壬子年，不肖生在岳州干一点小小的差事。那时的中华民国才成立不久，由革命党改组的国民党，在湖南的气焰，正是炙手可热。不肖生虽不是真正的老牌革命党，然因辛亥以前在日本留学，无意中混熟了好几个革命党，想不到革命一成功，我也就跟着那些真正的老牌革命党，得了些好处。

得的是些什么好处？第一是得着了出入官衙的资格，可以带护兵马弁，戴墨晶眼镜，坐三丁拐轿子，当着无知无识、没见过世面的老百姓，混称伟人；第二是可以讨点小差事干干，捞几个钱供挥霍。不过这两桩好处，有限得很，事后追想起来，倒实在有些替自己肉麻。唯有第三桩好处，正当时得着，不但不觉得好，反以为是十分败兴的事，直到此刻，那好处才得实现。毕竟是什么好处呢？原来就是得了这部《回头是岸》的材料。这话照湖南的俗话说起来，真是有一丈二尺棉布长，好在我既没有注经的才，又没有修史的福，虽曾略读几句诗书，却生成一种乖僻疏懒，不合时宜的性格，不能始终模仿那些伟人的样儿，跳上政治舞台，口口声声谋国利民福，随时随地可以拍发通电，显出肚皮里的文才；仅能写出些荒诞不经的小说来，给诸位看官们消遣。既是为写出来给诸位消遣，便不妨小题大做，拿来从头至尾细说一番。

我在岳州干的差事，是镇守使署的秘书和厘金局的文案。两件事合起来，每月连外快也有三四百元的收入。一个人的正当开支，不嫖不赌，哪里耗将得了这许多？因此每月至少有二百元以上的存积。

在下并非不喜嫖，实因岳州那地方，位置虽在长沙之下、武昌之上，水陆交通两便，然不知怎的，简直不容易遇着一个略当人意的妓女。只要稍为平头整脸的，不是巨商豪富每月花多少钱包占了，便是驻在当地的伟人赏识了。与其花钱捐冤大头，不如索性不转这念头，倒可免受多少闲气。

在厘局的同事当中，有一个姓袁的老头儿，年纪有了六十多岁，在局里当了十几年的稽查，家中置了几千银子的产业，有子有孙，不当这稽查也可以过得去了。只为他的资格最老，办事又精明，每任局长都因他为人可靠，局中少不了他，不放他辞职；他也吃惯了这碗饭，每日非坐着巡划到河里游荡几遍，身心都觉不舒服。每年唯有腊底正初，约半个月，得请假回家去享儿孙团聚之乐。

他家距离厘局有十来里，地名叫作袁家坳，是不是因他家姓袁，在那地方住得久，才叫出这地名来呢？抑是原来有这地名，与他家的姓巧合，便不得而知。

他家的房屋不大，而有一个花园布置得非常幽雅。袁老头儿每年正月初间，照例得在那花园里宴客一次，壬子这年袁家的春宴，在下也在被邀之列。

我还记得那日是正月初四，上午天气晴明，在下和几个同事的，骑了镇守使署几匹马，到袁家坳不过十来里路，不过一小时的工夫，就到了袁家。袁家养了四只看家的猁狲，都有七八岁小孩儿那般大小，能懂得主人的意思言语。每一只猁狲给小铜锣一面，锣锤一柄，夜深遇有盗贼，或不相识的人来，四只猢狲同时在屋瓦上敲锣报警。并不用链条锁住，随处可以自由行走，但是从来不肯远离袁家那所房屋。

在下这回是初次到袁家，平日也不曾听袁老头儿谈过他家养猢狲的话。袁老头儿才引我们到客厅中坐定，就见四只猢狲，兢兢业业地捧着四盖碗茶进来，做一排立着，各拿两眼望着袁老头儿，好像等待吩咐的神气。

袁老头儿笑容满面地指着在下等四人，对猢狲说道："送给这四位老爷喝。"四只猢狲真个将茶分送到我等四人跟前，我初次看见这种猢狲服务的情形，觉得异常有趣，连忙立起身伸手接茶。送茶给我的这猢狲，倒被我吓了一跳，原是两手捧着盖碗底下的铜茶托，因受了我猛然立起身的惊吓，也连忙放下一只手，只一只手擎住盖碗。碗中的茶，登时淋淋漓漓地泼了出来，现出要逃跑又不敢，不逃跑又害怕的样子。

袁老头儿见了便笑向我道："请坐着不要动，先生是初次到寒舍来，面生的人，是不免有些儿害怕。"袁老头儿说这话的时候，我已从猢狲手中将盖碗接过来了，这猢狲回身就四脚着地往外跑，那三只也跟着跑离了客厅。我因问袁老头儿道："这猢狲是哪里来的，怎么调教得这么驯顺?"

袁老头儿笑道："这是大小儿在河南买来的，原是雌雄三对，四年前我们局里的金局长，不知如何听说寒舍养了六只很驯顺的猢狲，教我送他一只。我不好意思不肯，就捉了一只雌的，用铁链锁着送给他。送去不到一个月，金局长便升任到常德去了。留下那一只雄的，好像人丧了配偶的一般，时刻不停地叫唤，声音十分悲惨。

"大小儿想再买一只雌的来配合，无奈物色了多久，只是遇不着。经过三四月以后，那只雄猴也渐渐不大叫唤了。我们以为就是人类中丧偶，悲伤惨痛之心，几个月后也得减少，那雄猴不大叫唤，必是思念雌猴的心减少了。谁知不然，叫唤虽然减少，举动却渐异寻常，平日原是和刚才进来的这四只，在一块儿玩耍，一块儿吃喝的，互相打闹的时候绝少。叫唤了三四个月之后，忽然与这四只不相容了，在一块就乱打乱咬，比这四只凶恶数倍，四只合起来打它一只都打不过，弄得这四只猴子，望见那雄猴就害怕，吃喝玩耍都不敢在一块。

"是这般瞎闹瞎打了几日，便整日整夜地在屋瓦上，不肯下来。饭也不吃，拿果子去引它，连睬都不睬，好像家里人都不认识的一样，只在屋上将瓦片翻过来、揭过去。一遇下雨，就满屋都淋淋漓漓地漏起水来，弄得寒舍一家人都咬牙切齿地恨那孽障。拿长竹竿想将它赶走，无奈它在屋上，我们在地下，我们在这边赶，它就在那边蹲着不动；我们赶到那边，它又跑到这边来蹲着。无论如何地吆喝驱逐，它总不肯离开这一所房屋。既是赶它不走，我们也就只得罢了，好在那时雨水稀少，以为它有几日没吃东西，必然饿得熬不住了，自会下地来找东西吃，那时将它捉住锁起来，便不怕它再这么瞎闹了。

"谁知那日不拿竹竿驱逐它，倒也罢了，只在屋上揭揭瓦片，经过那次驱逐之后，更是变本加厉了。瓦片仍是不断地翻揭，并且揭在手中玩弄一会儿，等到有人走房檐下经过的时候，它就顺手用那瓦片打下来，偏巧准头又好，一打一个正着。舍间两个长工，都被他打得头破血流，我大儿媳妇也被它把脸皮划破了。是这么一来，不由人不愤恨，大小儿只得用猎枪灌上打虎豹的大弹子，乘那孽障在屋上打盹儿的时候，劈胸膛一枪打得翻下屋来。害是除了，然我心里至今还觉得难过，因为若不是我拿雌猴送给金局长带走了，那雄猴决不至有这些反常的举动。拆散它的配偶，已是不应该的事，而它在悲哀惨痛的时候，更将它的生命断送，诸位看我问心怎么过得去？"

在下当时听了袁老头儿这番话，不由得心里很代替那雄猴悲感，既代替那雄猴发生悲感之心，对于现在的两雌两雄，就不知不觉地发生一种怜爱之心。正待要求袁老头儿再将四只猢狲叫来玩玩，袁老头儿已接着笑道："猢狲这类动物，虽也多生性愚蠢的，然既经人喂养，愚蠢的不堪造就的便很少。因为当那从山上捉下来的时候，就有方法辨别智愚，以定去取，生性愚蠢的，在那时分就剔退不要，所以既经人喂养，便少有极愚蠢的。"

在下听了很高兴地问道："用什么方法辨别智愚，老先生知道么？"袁老头儿点点头笑问道："先生曾听人说过捉猢狲的方法么？"在下道："不曾听人说过，不知是怎么一回事。"袁老头儿道："于今不是有一句'杀鸡给猴子看'的一句俗话吗？这句话的出处，就是捉猴子的故事。出产猴子最多的地方，人人都知道是四川，只是去四川捉猴子的，多是河南人，所以又有一句'四川猴子服河南人牵'的俗话。

"河南人到四川捉猴子，分水陆两种捉法。近水的地方，用船泊在岸边，船舱板上面，布满了玉米（即蜀黍），并用玉米从岸边一路撒到山上。野猢狲最喜欢吃的就是玉米，只要有一只猢狲发现了，这山里有一大堆玉米，便不愁满山岭的猢狲不知道。并不是发现玉米的这猢狲，回去向同类的送信。猢狲的性质，是一切动物中最自私自利的，这只猢狲发现了好吃的东西，只顾急急忙忙地图它自己吃个十分饱，绝对不舍得分出工夫来，去给同类的送信。不过猢狲吃东西，除了喝水以外，无论吃什么东西，都不肯直截了当地吃下肚里去。一定要把可吃的东西，先吃到下巴底下的两个皮袋里面，装得满满的，另跑到一个平日常居处的所在，缓缓地用手挤着皮袋，使食物回到口里来，从容咀嚼。

"这最初发现玉米的猢狲，不待说尽量装满两皮袋，照例回到石岩或山洞里咀嚼。其他的猢狲看见了，就立时围拢来，争着伸手扳开这猢狲的口看，或用鼻尖来嗅。这猢狲初时还想抵赖，偏过头去，不肯给那些猢狲扳着。一只猢狲的力量，自然敌不过许多猢狲，被那些猢狲看破了吃的是玉米，这猢狲必得挨受几下耳光。打过了还得勒令这猢狲做向导，引那许多猢狲到发现玉米的地方去。不过年龄在四五岁以上的猢狲，必曾经过一两次捉拿的险事，或是因捉猢狲的嫌愚蠢不灵而剔退的，或是走在最后，还不曾身落陷阱，便已发觉惊逃的。凡是经过捉拿之险的猢狲，见了地下又有许多玉米，也知道害怕，不敢上前去吃。其中年轻胆大的和屡次被捉、屡次不要的老猴，就不以为意，争先恐后地抢着吃。猢狲的食量有限，一次吃不了多少，大家吃饱了，即不再前进，一窝蜂地又跑回山洞去了。

"吃着玉米的猢狲多了，闻风跟着来吃的也更多了，有时集聚到百数十只为一群，猢狲来得多，地下的玉米当然不够吃。为要争着果腹，自不能不争着向先，刁狡的在前面走，却又恐怕堕下陷坑，每每一只牵着一只的手。走第一的边走边用手在地下按按，是实地方向前进步；若土地有些松软，即时惊得往后就跑，跑后忍不住还要来的。在这引诱的时候，最要紧就在不给人影它们见着，不给人声它们听着。众猢狲跑后又集，集后一遇可疑又跑，数次之后，始终不见人影，不闻人声，它们自会渐渐地忘乎其所以然了，一路吃到船舱板上来。船上的玉米比岸上多，等到众猢狲都一拥上船之后，预伏在水里的人，轻轻将船推移离岸。那种手脚是练习好了的，迅速非常，船上猢狲惊觉时，船离岸已有数丈远近了。

"这时预伏在船板底下的人，就猛然掀开舱板，跳了出来。脸带狰恶万分的假面具，右手握一把雪亮的大刀，左手提一只大雄鸡，跳上来即将雄鸡一劈两半，务使鲜血淋漓。再将刀在舱板上用力一拍，同时对准众猢狲厉声大喝。众猢狲中胆小的，经此一番做作，即刻吓得软瘫在船板上，只索索地抖个不停，动都不敢动一下；胆大些儿的，就围着船边乱窜乱跳，敢舍身向水里跳的却没有。

"劈鸡的人在这时候，就得顺手抓住一只老而无用的猢狲，一刀将猴头斫下，跟着又是一声大喝，这么一来，任凭有多大胆量的猢狲，也吓得不敢乱窜乱跳了。

"辨别智愚的方法，就在这时候施行。把船上所有的猢狲，都赶到一个舱里，一只一只地教他们跪着。点一点数，看是多少猢狲，便拿出多少块瓦来，每一只猢狲头上顶一块瓦，教它各自用两手扶着，吩咐不许放下。都顶好了以后，这人故意退出舱外，一会儿再进去。

"众猢狲见这人已退出舱外，必大家将瓦块放下来，这人回身进去，又顺手抓住一只劈了，重新拿瓦教众猢狲顶了扶着，照样吩咐一句不许放下，又故意退出舱外；却悄悄从板缝中窥探。有始终兢兢业业扶着不动的；有将瓦握在手中放下，两眼不转睛望着舱口的；有两手一松，瓦即掉了下来，以为没人在跟前便逃走的……这人窥探过了，仍跑进舱去。

"握瓦在手的，一见有人进来，连忙将手中瓦送到头上顶着，假装出一点儿不曾移动的样子；松手掉下瓦来的，忽见有人便惊得乱跳。这种乱跳最无用，双手捧着不动的次之，握瓦在手，见人后顶上的最好。乱跳的依旧放回山去，因为教把戏不会，而吃量和那些聪明猢狲一般大，甚至吃得更多。留下的这两种，运到各处发卖，也分两种价钱。还有一种分辨的方法，就在看肚皮的皮色，皮色雪白的多聪明；白中带青块的蠢；若是青的多白的少，那猢狲简直无用，什么也教不会。寒舍这四只，都是白肚皮，黄豆大小的青块都没有，所以无论教它做什么，一教便会。"

在下听了这种闻所未闻的议论，禁不住笑道："古人只有《相马经》《相牛经》，像这样相猢狲的经，却不曾见过，这倒以抵得一部《相猴经》了。"说得大家都笑起来。

袁老头儿道："待一会儿吃过了饭，我可以教这四只猢狲玩耍几种把戏，给先生看。"当下大家都很高兴，准备看家庭的特别猴把戏。想不到酒菜才吃喝到八成工夫，晴明的天气，忽然彤云密布，朔风大起，在下那时既兼了两处的职务，在外面歇宿很不便当。正月初间的公事，虽比较平时清闲，然因同事的多回家度岁，以致在下身上的事，倒觉得比平时忙了。看这天气的来势很不好，回局还有十来里路，不得不急急地动身，免得在半路上遇雨。袁老头儿也知道局里只有几个人，不敢强留住夜，没待终席，在下和几个同来的，即匆匆跨马驰回厘局。

幸亏走得早，跑得快，我们才到局，雨就跟着倾盆而下，直下到半夜才住。经下半夜的北风一刮，次早就巴掌一般大的雪飞起来，接连不断地下了三昼夜，平地都下了二尺多深。当风地方的小茅房子，简直被埋在雪里，远望但见一坟高起，分不出山丘庐舍。

在下初八日清早起来，和一个同事的胡君，走到高阜处看四周的雪景，觉得平生未曾领略过的佳趣。胡君指着西南方白茫茫一片平阳之处说道："那便是月湖，于今湖水都干了，铺上这么一层厚雪，所以远望只是白茫茫一片平阳。"在下仔细端详了几眼问道："去袁家坳不是走月湖堤上经过么，那一道长堤怎么不见了呢？"

胡君笑道："这么厚的雪盖了，哪里还看得出堤来。"在下这时忽然高兴，便对胡君道："初四日打算看袁家的猴把戏，不曾看成，今日这般好的雪景，我两人何不慢慢地踏雪到袁家去玩一回？"胡君面上略露出些踌躇的样子，经不起我连劝带激，他只好答应同去。随即回局里用了早点，两人都穿了长筒皮靴，披了雨衣，一鼓作气地向袁家坳走去。

目的地虽是在袁家坳，不过走的时候，却不是依照初四日所走的路程，一直向前扑奔，偶然觉得某处的雪景好看，就立刻绕到那地方赏鉴一会儿。乡间久雪初霁，野外绝少行人，加以是正月初间，更是一望不见人影，洁白无瑕的雪上，除了偶尔发现几点鸟兽的足迹外，真是寻不出一些儿破绽。我和胡君越走越高兴，翻过了几重山岭，忽听得胡君叫道："不好了!"这三个字一到我耳里，不由得吃了一惊，忙问什么事。

胡君指着山下的雪道："你看，我们不是走到月湖边上来了吗?"我说："去袁家坳，本得走月湖经过，有什么不好了呢?"胡君道："这月湖周围几十里，我们信步翻山过岭，于今离月湖堤还不知有多少路。一片白茫茫的，并看不出堤在哪方，待怎么过去呢？可惜不曾带得一个向导，你看怎么办?"

我说："你不是说这月湖干现了底，没一点水吗?"胡君点头道："水是一点也没有，只是中间最低的所在，只怕有淤泥，不大好走。"我说："我们脚上有这么长筒皮靴，怕什么淤泥，只管穿心走过去。在这样白缎子也似的雪上走过去，不是极好玩的事吗，找什么湖堤呢?"我一面说着，一面提起精神，高一脚、低一脚地往湖里走。胡君虽不甚赞成我这种过湖的走法，只是他既找不着湖堤，也只得跟在我背后，哧喳哧喳地走。

越到湖心雪越深，一脚踏下去，好一会儿才拔得起来，衣服撩得高高的，都沾了不少的雪。两个人的四条大腿，因雪沾得太多，棉裤已浸了个透湿，靴筒里更是水滔滔的，上身热得如火灼肤，下身就冷得如刀刮骨。

胡君身体不及我强壮，到了这不堪痛苦的时候，便在我背后叽叽咕咕地唱起埋怨歌来。一埋怨我不该发了神经病似的，忽然要踏雪访袁；二埋怨我不该不照正路走，要乱跑乱窜地错到这湖里来，于今弄到这一步，前进也不好，后退也不好。

　　我倒被他埋怨得忍不住好笑起来，索性立在雪里不走了，回头对他作揖赔不是道："千差万差是我差，我于今已悔悟了，一切都愿听你的指挥，看你除了唱埋怨歌以外，有什么巧妙的方法，能减轻这过湖的痛苦？"胡君听我这么一说，也忍不住笑道："已经弄到这一步，还有什么巧妙的方法。"我说："像你这样唱埋怨歌，是不是减轻痛苦的方法呢？你真是没志趣的人，遇着为难的时候不努力，倒拿精神来埋怨人，这湖已走过一多半了，还愁过不去吗？你看，那一带树林中，不是有一所房屋吗？我们努力走过那边去，也不管那人家是谁，敲开门进去，讨点火烘烘棉裤，休息一会儿再走，你说好吗？"

　　胡君不作声，只将头略点了一点。我说你为什么不开口，他说我的精神要留着唱埋怨歌，懒得说这些闲话。我也不作声，忍住笑尽力往前走，直把胡君累得满头满脸的汗，喘得回不过气来。

　　已走过了月湖，我才回头看了看湖中脚印笑道："怪道你走得这般吃力，原来你脚塌在我的脚印上面，所以走得偏偏倒倒。"胡君又埋怨道："你何不早说呢？你这人真阴毒，我以为踏在你的脚印上，容易拔出来些。"胡君旋说旋提脚，自向那有房屋的树林中走，自言自语地说道："果然信步踏下去的好走些。"我不禁又忍不住笑道："我想不到你这人不行，竟到了这一步，连走路都得人指教。"忽听得胡君哈哈大笑起来，我只道他是觉得我的话好笑，也没作理会，仍撩起衣低着头朝前走，即听得胡君接着说道："且看你去这人家讨火烤。"

我抬头看时，许多树木围绕着一所小小的房屋，大门上面横嵌着一块石额，上题"瞿公庵"三个大字。大门紧闭，门外雪深二尺，并无一个脚印，石门限上的雪，靠门板堆积尺来高，可见得这几日不但没人出进，连大门都不曾开过。便对胡君说道："不见得大门关着，里面就没有人，只要有人，讨点火烤有什么要紧，难道里面的人好意思不肯？"胡君笑道："这里面人是有人，不过他们简直可以不给火我们烤，我们不能怪他。"我诧异道："这话怎么讲？这里是个庵堂，出家人应该以方便为门……"胡君不待我往下说，即连连点头道："不错，不错，你上前敲门去吧！"

　　我这时也觉得疲乏不堪了，遂不管三七二十一，走上前用拳头在大门上擂了几下。房屋小，里面容易听到，仿佛是老婆子的声音在里面问道："哪个？"我心想这里面是住家的吗？只得对门缝简单说明了来意。一会儿听得门杠响，"呀"的一声门开了，只见一个老态龙钟的尼姑，望着我和胡君，脸上很现出惊讶的样子，不住地用两只老眼，向我们身上打量。

　　胡君立在远远的不肯上前，我只好赔笑着说道："我们无端来惊动老师太，甚是无礼，只因我们不是本地方人，原是要去袁家坳的，想不到走错了路，在月湖中湿透了下身衣服。这一带没有人家，只得来惊扰老师太，打算讨一点儿柴火，烤烤衣服，望老师太慈悲慈悲。"

　　老尼姑见我们这么说，脸上换了点笑容说道："两位既是要去袁家的，请进来坐吧。"胡君听了，才敢走过来。我进庵门跟着老尼姑才走了几步，偶抬头见丹墀那边窗户里，现出半截修眉妙目的少女面孔，刚与我两眼打了个照面，即缩身下去了。那面貌虽只被我见了半截，鼻端以下为窗格遮掩了，然就上半截推测，只要不是缺唇暴齿，可断定决非中人以下的姿色。当时一颗心把不住跳了几下，暗想分明看见这女子，一头乌云也似的黑发，可知不是出家修行的人，怎么会在这庵堂里呢？我心里正在胡思乱想，老尼姑已引我们到清净庄严的佛堂里，让我们坐下，自走进耳房里去了。

我打量那窗户就在这耳房靠丹墀那面的墙上，少女不待说必在这耳房里。老尼姑掀门帘进去的时候，我的眼光跟着向房里望去，却是一无所见，想立起身再看时，就听得胡君发出很诧异的声音说道："咦，咦？这龛子里供的是什么神像？你看。"我此时正是心有所属，哪里肯把眼光移到神龛上去，随口答道："不是佛像，大约就是韦陀像，我们管他这些做什么？"

胡君道："你真是瞎扯，佛像、韦陀像我都不认得吗？你看吧，这像还是个肉身呢。"我听得肉身两个字，不禁起了一点儿好奇的念头，随即回头看龛上。虽有神帐挂着，还可看见神像的面孔，果不似雕刻的神像，像是盘膝坐着的，两手俱在膝上，肉已干枯，皮肤好像是用漆盖了的，像着的是僧衣，戴的是僧帽，仿佛看得出年龄在五十上下。胡君道："这庵名'瞿公庵'，神像必就是'瞿公'了，但不知是什么年代成道的，更不知是何因缘，由这老尼姑在这里当住持？"我道："这些事倒不管他，你知道这里面还有一个妙龄女子么？"

我说这话的时候，又回头看耳房的房门。谁知那个曾露半截面孔的少女，正躲在门帘背后偷窥我们，这一来却被我看见她的全面了。那种淡雅幽娴的神态，致使我疑心她不是食人间烟火的，正要仔细定睛，看个十分饱，谁知她哪容我多看，真是惊鸿一瞥，便不见。接着老尼姑就端了一个火盆出来，盆里新生的炭火，我们嫌小了，老尼姑又抱了些柴来烧着。我不断地留神耳房里，想再享一回眼福，只是门帘寂然不动，老尼姑并不在旁陪坐，想打听都无从开口。

不一会儿，两人身上的湿衣服都烘干了，柴也烧完了，无法留恋，只得留下二两银子的香金，心猿意马地告辞出来。一路走到袁家坳，心中无一刻安静，直到见了袁老头儿，为我详述了瞿公庵的历史，我听了才如一盆冷水浇背，将一腔邪火消灭了。

欲知瞿公的历史如何，请看第二章《回头是岸》的正文。

第二回

瞿元德延师教劣子
蒋辅卿求友捉奸夫

以下的事实，便是从袁老头儿口里得来的，在下因这些事实奇离曲折，并带着一点儿劝世的意味在里面，有记述的价值，所以就提笔写出来。

却说岳州一都地方，虽是乡僻之地，离岳州的府城有四五十里路，然因那地方的山水甚是清秀，阡陌相连，皆是膏腴土壤；风俗又十分勤朴，所以祖居在那地方，固是乐土重迁，就是别地方的人，也多羡慕一都是仁里，凡置了田产在一都的，多有不远数十百里移来居住。这其中就有一家姓瞿名元德的，原籍是武冈州的人，在长沙省城做了二十年的买卖，积蓄了几千两银子，因住在一都的朋友介绍，便将积下来的几千银子，尽在一都置了产业。

瞿元德是个没大志愿的人，一生虽积蓄到这么多银子，已心满意足了。他家只有一个老婆，五个儿子，他估计这点财产，足够他夫妻下半身吃着了，便收歇了所做的买卖，带了老婆、儿子移居到一都来。

这时他的大儿子瞿宣明，年龄才得二十岁，在长沙从蒙馆先生读了几年书，因天资太钝，文理还不曾弄得清顺，对于嫖赌两个字，倒很有些研究，有些心得。许多赌场老手、嫖界名人，心计手腕，

70

都往往赶他不上。平时的记忆力并不薄弱，只一见书本就和呆子一样，一天读几句书，直读到黄昏过后，才勉强能背诵了；次日早起去问他，仍是一句也记不清楚。从几个蒙馆先生，都是不到半年，就回绝瞿元德不教了，并情愿将这半年所得的学费退还。

第二个儿子瞿宣觉，这时才十八岁，天资与他大哥一般无二，连嫖都不会，唯一的本领，就只会寻人行凶打架，性情刚暴异常。

第三个儿子瞿宣枚，这时才十五岁，读书倒很聪颖，只是性情特别的刁狡，十岁的时候，跟随他大哥从蒙馆先生发蒙读书，才读了两年，勉强能提笔写字了。有一次在蒙馆中，因同学的犯了学规，先生误将他责罚了，他回家带了一张状纸，夜间提笔埋头在灯下咿唔。瞿元德见了问他做什么，他将误打的原因述了一遍道："这种糊涂先生，无故将我乱打，我非去学老师那里告他不可。今夜做好了状词，明早便到学老师衙门里去喊冤。"

瞿元德听了气得要死，当时打了他两个耳光，把状纸撕碎了。后来蒙馆先生得了这消息，也不敢做他的先生了，连同他大哥退了回来。

第四个儿子宣泽、第五个儿子宣矩，这时年龄都甚幼稚，其顽皮的程度，比以上三个有过之而无不及，不过因年龄幼稚的关系，没有特殊的表现罢了。

瞿元德将全家移到一都之后，只得自己的儿子，都顽劣不能读书，自己家里有田可种，便教五个儿子都种田。一都地方的风俗虽是勤朴，然从来的习惯多尚武，在一都久居的人家，十家之中，至少也有七八家的子弟，练习拳棒，也有专延拳教师在家练习的，也有附在临近家练习的，还有从远处来的教师，没人延聘，自己租房子招徒弟教练的。尚武既成了一都的风习，住在一都的大户人家，若没有子弟练武，面子上便觉得不好看。

瞿元德全家到一都才住了半年，就来了一个湖北的拳教师，姓丁名昌礼。这丁昌礼的身体并不魁伟，相貌也不堂皇，言语更是木讷，因此到一都租下房子招徒弟，竟无一家肯送子弟去学。这时瞿元德因地方风习尚武的缘故，也有意要自己的五个儿子，稍稍练习些拳棒。无奈本地有名的教师，多被人家延聘去了，一时聘不着相当的教师来家，待附在临近家练习，又因人家嫌他们五兄弟太多了，不许他们附学。难得有这么凑巧，丁昌礼到了一都，设厂竟无人去学，瞿元德便聘丁昌礼到家里来。其实瞿元德对于拳棒，是一个完全的外行，并不知道丁昌礼的功夫怎样，不过以情理猜度，湖北人居然敢特地到湖南来设厂教拳，而所到的又是风习尚武的一都，本领必还过得去。在没有人从他练习的时候去延聘他，学费也容易磋商一点，所以毕竟用平常延聘拳棒教师最低的价格，把丁昌礼聘到家里来了。

这五个儿子的天资极怪，读书做买卖以及学习其他手艺，都笨拙到了极处，唯有练习拳棒，不但不显得笨拙，反比等常人家子弟容易学习。就是第五个儿子瞿宣矩，这时年方十岁，也能跟着他四个哥子一同练习，并不因年纪小了赶不上，丁昌礼特别地喜欢他，夜间带做一床睡觉。

五兄弟同练了一年之后，瞿元德原打算辞了丁昌礼，不再教儿子练了。因五个儿子都不肯停歇，说丁师父的武艺，我等还不曾得十分之一，如丁师父一去，想再聘一个这么好的师父，就加十倍的钱也聘不着。瞿元德见五个儿子都这般说，只得仍将丁昌礼留下来。

又过了半年，瞿元德便一病不起，呜呼死了。瞿元德一死，家政之权就操在瞿宣明手里了，立时增加了丁昌礼的薪俸。五兄弟从此百事都不过问，专一研练拳棒。接连不断地练到第五年，因丁昌礼管理得很严，绝对不许他们五兄弟，无故和地方练拳棒的人较量，地方会拳棒的人，只知道瞿家延聘了一个没人要的教师练武，究竟练得怎样，谁也不得而知。

直到第五年，一都又来了一个外省的教师，也是租了房子设厂招徒弟。这教师姓贺，自称"贺铁掌"，不肯向人说名字，能将碗口粗的湿枫树，一掌劈成两段；又能左手托着一块斗大的粗石，右手侧掌劈下去，粗石应手而碎，一些儿没有吃力的样子。一都几个有名的教师，见了这种惊人的武艺，也有吓得不敢出头去拜访的；也有冒失不怕死，硬去和贺铁掌比赛的。凡是与贺铁掌比赛过的，无不被贺铁掌打倒，自愿认输出来。既打倒了几个名教师，贺铁掌的声名就一发大了，一时哄传遐迩，大家争着来拜贺铁掌为师。一个月之间，竟收了三四百个徒弟。

从来拳教师没有像贺铁掌这般使人信仰的，贺铁掌也就趾高气扬，拿足了大教师的架子，无故发出许多猖狂无忌惮的言语来。此时瞿宣明等五兄弟，已足足地练了五年苦功夫，一次也不曾和外人较量过。听得有贺铁掌这样武艺惊人的教师来了，自免不了都有些技痒难熬，要求丁昌礼一同去看贺铁掌。贺铁掌断树碎石的本领，有人去请教他，没有不显出给人看的。这回当着丁昌礼等六个人，也行所无事地劈碎了一块百来斤重的粗石，砍断可一根碗口粗细的生栗树，断处简直和用刀截的一样。丁昌礼看了也摇头吐舌，自叹不如。宣明兄弟见师父都赞叹不止，也就不敢动尝试的念头了。

过了几日，贺铁掌见一都地方，除了他自己教拳棒而外，就只丁昌礼在瞿家当教师。原来在一都的教师，被贺铁掌打输了的，不待说无颜再当教师了，就是不敢和贺铁掌较量的，也招不着徒弟，无形地取消了教师资格。贺铁掌心想要独霸一方，只须将丁昌礼赶走。丁昌礼的武艺，贺铁掌并没见过，哪里把他放在心上，当着地方人发出一种言语来，说："丁昌礼居然还敢在这里当教师，胆量算是不小，若再不辞馆离开一都，我贺铁掌只得去登门请教了。"

这种言语传到了丁昌礼耳里，丁昌礼便和宣明等商议道："南北各行省，我走遍了十分之七，练武艺最有名望的大人物，也会过的也不少，却不曾见过像贺铁掌这样功夫的。如果是硬功夫练到了这一步，自是了不得的好手，不过我疑心他用的是邪术。但是从来会软功夫的，硬功夫必也过得去，方能相辅而行，完全软功夫是瞒不过人的，所以去找贺铁掌较量的拳教师，都被他打败了。我仔细看他练拳的火候，除却那一铁掌，你们此刻的能耐，都足够敌住他。宣矩年纪最小，为人也精细些，你放开胆量去和他比较一次试试看。他的铁掌如果是邪术，我虽在这里坐着，自有方法制服他，使他的邪术不能在你跟前使用。如果不是邪术，你步步留神，不求能胜他，几个回合之后，便抽身回来，我再亲自去打他。"

瞿宣矩真是初生之犊，一点儿不知道畏惧，欣然领命而去。走到贺铁掌教拳的所在，只见一百多个徒弟，同在一个大草场上练拳，其中也有从前在一都地方当教师的，因被贺铁掌打输了，虚心拜贺铁掌的门，从事练习。贺铁掌短衣穿袖地立在草场上，看一般徒弟挥拳踢腿，地方闲人来草场上看热闹的，约莫也有四五十个人，瞿宣矩走上草场，并无一个人注意，直到贺铁掌跟前，略抱了抱拳说道："现在地方人都说你姓贺的，不久就要到我家里去，找我丁师父较量，是不是你姓贺的果有这句话？"

贺铁掌见瞿宣矩说话，有这般强硬的神气，倒吃了一惊，睁着两只圆鼓鼓的眼睛，将瞿宣矩打量了一会儿，哪里把这小孩子放在心上，登时现出极傲慢的样子说道："不错，这话是我说了的，你是瞿家什么人，问我这话怎样？"瞿宣矩笑道："只要你肯承认这话是你说的就是了。"贺铁掌两手握着两个拳头，往自己腰上一搁，挺出胸膛来说道："你既是丁昌礼的徒弟，特来问我这话，就请你带一句话回去，告知丁昌礼，教他识趣一点儿，自己赶紧滚吧。常言'鹭鹚不吃鹭鹚肉'，我因他也是一个拳教师，不忍逼迫他，谁知他竟不知自爱，居然敢久住在这里不走，太给我过不去了，我不能只管让他。"说罢气冲冲的，好像和丁昌礼有深仇大恨，可以直把人吞下去的样子。

瞿宣矩从容自若地笑问道："这地方只许你姓贺的教拳么？丁师父在我家教拳，与你有什么相干，为什么太给你过不去？"贺铁掌恨恨地咬了一咬牙说道："你这小东西，乳臭未干，知道些什么？休在这里缠的人讨厌，滚回去！"瞿宣矩虽挨骂，只不动气，故意做出涎皮涎脸的神气问道："你要我丁师父赶紧滚，又要我滚回去，我和我师父都从来不曾滚过，不知是怎生滚法？你开口也滚，闭口也滚，大概你是滚会了的，请你先滚一个样子，给我看看如何？"

贺铁掌听了，肠肚都几乎气破了，只因见瞿宣矩是一个未成人的小孩儿，估量不是自己的对手，恐怕一下打死了不好；若换个旁人，是这么和他开玩笑，他早已动手打起来了。气极了只得举起巴掌，向瞿宣矩扬着喝道："你这小鬼，到这里来讨死么？你若再不滚开些，我就打死你这东西。"旋骂旋伸手，要抓瞿宣矩顶上长才覆额的短发，不提防瞿宣矩将头略低了一低，就乘势一头锋撞入怀里来了。

这一头锋真快，贺铁掌哪里来得及躲闪招架，只觉得胸窝里如着了一狼锤，头眼跟着一昏花，两脚便再也站立不住，往后倾金山、倒玉柱也似的躺下去。

贺铁掌的身躯高大，看热闹的人又多，一大堆人立在贺铁掌背后，陡见贺铁掌飞一般地跌落下来，也是来不及躲闪，被贺铁掌碰倒的都有十多个，一个个碰得头破血流，乱喊乱叫。贺铁掌毕竟是会武艺的，比众不同，才一着地就翻身跳了起来，不由得又羞又忿，指着瞿宣矩骂道："你这小鬼头，乘老子不提防，算得什么？不要走，老子倒要和你见个高下。"

瞿宣矩仍是笑嘻嘻地说道："你不伸手来抓我，我怎么会无端打你，你是当教师的人，在动手打人的时候，还说没有提防，我倒有点儿替你难为情。你不如索性说，这便是滚个样子给我看，我却领你的情。"

贺铁掌只羞得满面通红，攘着两条又粗又硬的胳膊，发出赛过巨雷的声音喝道："来，来！老子打不死这小鬼头，也不在此地教拳了。"瞿宣矩闪过一旁说道："不在此地教拳，不是要滚到别地方去吗？我有一句话，须先和你交代明白，你能答应我，我便和你打；若不能答应，我是决不动手的。"贺铁掌气得咬牙切齿的，恨不得一下就将瞿宣矩打成肉饼，才能泄胸头之忿，口里一迭连声地催促道："你有什么屁放？快放出来等死。"

瞿宣矩且不回答，故意向那些被撞跌了爬起来的众人，望了几眼才说道："我并没有旁的话说，只因这里瞧热闹的人多，他们都是不会武艺的，你的身体又粗又大，撞在他们身上，他们实在经受不起。你瞧瞧他们，不是都被你撞得头破血流吗？你这回须答应我不再和刚才一样，将他们若干的人撞倒跌伤，我方肯与你动手；不然，我怕对不起地方人。"

贺铁掌是个生性暴躁的人，如何受得住这般，当着许多人的冷嘲热骂，若不是他身体强壮，险些儿要气得昏死过去了，什么话也懒得回答，赶上瞿宣矩就打。论贺铁掌的本领，不见得不是瞿宣矩的对手，无奈气昏了头筋，一心要把瞿宣矩打死，举动就不免粗疏，多犯了拳家之忌。瞿宣矩的态度安闲，心神不乱，观定了贺铁掌的破绽，只一低身又钻进怀中去了，彼此性命相扑的时候，何等矫捷，旁观的人还不曾瞧得明白，贺铁掌又被瞿宣矩打跌在一丈开外。

这一跤仍是跌在瞧热闹的人身上，只撞得那些人跌的跌、滚的滚，不曾因跌碰受伤的，尚能忍耐着爬起来，不说什么；其中有碰上了头脸与身体的，气愤不过，都开口骂道："什么拳教师，被一个小孩子就打得这么滚滚跌跌的，既没有真能耐，便不要轻易和人动手，何苦是这般连累我们吃亏呢？"

贺铁掌若在平时，有人是这样当面骂他，他早已冒火要打人了。这时候连跌了两跤，直羞得恨无地缝可入，哪里还有颜面在人跟前扬威耀武咧，翻身跳了起来，向瞿宣矩拱了拱手道："我佩服你是好手，你记着吧，我三年后再来领教。"瞿宣矩笑道："何必三年，你就回去找名师练三十年再来，我也不过四十多岁，一定还在这里等候你便了。"贺铁掌立时将所收的徒弟遣散了，垂头丧气地离开一都，不知去向。

瞿宣矩自从打败了贺铁掌，一都的人方知道，丁昌礼是个有大本领的师父，瞿家五兄弟的武艺了不得，就有许多练武的人，到瞿家来要求丁昌礼收做徒弟的。丁昌礼一概拒绝不收，并向瞿宣明兄弟作辞道："你们五兄弟的功夫，此时虽还够不上称为好手，然果能猛勇精进，再加几年苦功下去，只要为人正大光明，不走邪路，我可保你们足够与天下好汉相见了。不过一走邪路，便是到处荆棘，纵有再比我高强十倍的功夫，也无用处。你们须知天下的好汉，唯正大光明的可以无敌。"瞿宣明兄弟见丁昌礼要走，自然留住不放，只是丁昌礼说话如斩钉截铁，说走便走，毫不推移。

丁昌礼走后，宣明五兄弟虽仍遵着他吩咐的言语，不将功夫间断，只是那两句"为人要光明正大，不走邪路"的话，却已抛撒到爪哇国去了。仗着自己五兄弟都会武艺，不但一都地方，没有他五人的对手，就是巴陵一县之内，所有的拳教师，闻瞿氏兄弟之名，前来拜访的，不交手便罢，交手没有不被打输的。

五兄弟的性情，原来都不和平止大，在丁昌礼手内练功夫的时候，丁昌礼因恐怕他兄弟出外胡行，或仗武艺打人闯祸，或因酒色伤害身体，妨碍进步，管教得非常严谨，五六年中，五兄弟不曾有一个在外面宿过一夜。每夜师徒同在一块儿练习，必练到大家都疲倦不堪了，方许去睡。累乏了的人，一落枕便深入睡乡，一觉醒来，总是东方已白，又得起床同在一块儿做早晨的功课。白天出外面闲游散步，十有九是师徒同行的，因有丁昌礼是这般监督着，宣明等三个已成年的兄弟，虽感觉受拘束的不痛快，然一则因畏惧丁昌礼责备，不敢放荡；二则因功夫逼迫得紧，没有给他去纵欲的机会。

　　丁昌礼一去，他们兄弟便渐渐地都不就范围了。喜嫖的嫖，好赌的赌，越弄越胆大。嫖的不问是有夫之妇，与良家女子，但是他们兄弟见了觉得中意的，千方百计也得弄到手来，这女子情愿不情愿是不管的。哪怕这女子是有丈夫的，一落到他们兄弟之手，本夫就毫无主权了。本夫胆小怕事的，自愿忍辱让老婆给他们奸宿，倒还罢了，不至于闹出何等乱子来，待他们奸宿得厌了，或又看中了别人家的女子，仍可原物奉还本夫；若是这丈夫不能怄这龌龊气，与他兄弟反抗，必被打得半死，结果老婆还是保不住，甚至把本夫捆缚在床柱上，眼睁睁地看他们兄弟强奸。乡下人一来怕事，二来怕丑，每每受瞿氏兄弟凌辱，恨入骨髓，却不敢有报复的举动，恐怕报复不成，反受其祸，并且弄得丑事张扬出去，四远皆知。

　　赌钱也是强梁霸道，瞿氏兄弟赌赢了，输的不待说，不能短少他分文；若不幸瞿氏兄弟输了，结果总是一场打下台，同场人的赌本，至少也得被他兄弟抢劫一半。

　　瞿元德未死的时候，督率着他们兄弟，都下田做功夫。瞿元德虽死了，他兄弟表面上仍是种田，然实际是练拳的时间居多，非到春夏两季农务极忙的时候，他兄弟都不到田里去，一切耕种的手续，概由雇用的长工负责。但是做长工的人，有知识、有道德的很少。遇着有知识、有道德的东家，长工虽无知识、无道德，也不敢干出什么无道理的事来。

瞿氏兄弟平日的行为，既是强梁霸道，无恶不作，他家的长工耳濡目染，当然也免不了有些强霸的举动。种田人不遇旱荒则已，一遇旱荒，对于灌田的水，比玉液琼浆还来得珍贵，每有因争水灌田，两家相打起来，死伤枕藉的。瞿氏的田地又宽，一到旱天就和人家争水，人家总是打他家不过，便是告官。他兄弟也不害怕，拼着打发一个兄弟去坐牢，其余的四兄弟仍可继续横行无忌，凡与瞿氏兄弟结了仇怨的，始终讨不着便宜。

他兄弟是这么在一都横行了好几年，简直闹得一都的人，老幼男妇见着他兄弟的背影，都怕得发抖。五兄弟之中，尤以瞿宣矩最为阴毒险狠，相貌却最生得漂亮，远近的少年妇女，曾受他奸污的，真是指不胜屈。

离瞿家十来里路地方，有一个姓蒋名辅卿的，少时候也曾练过几年拳脚，后来因家境不好，就在附近一家杂货店里帮生意。为人诚实不苟，家中没有多人，就只一个妻子林氏，生了一个女儿才有两岁。蒋辅卿白天在店里帮生意，夜间回家安歇，夫妻十分恩爱。

林氏本来生得有几分姿色，不知如何被瞿宣矩看见了，登时如着了魔的一般。瞿宣矩平日在地方奸污妇女，从来是毫无忌惮的，只要他看上了这女子，便不问这女子的家庭身世如何，也不问这女子愿意相从与否，一味地恃强奸占。乡村小户人家妇女，虽未尝不知道名节可贵，然普通妇女，能拼着性命以保全名节的，自是极少极少。因此瞿宣矩所奸污的妇女，其中不心甘情愿与瞿宣矩通奸的虽有，但不能拼命拒绝，就不得不忍辱相从了。林氏也是一个不能以性命换取名节的人，初次在白昼与瞿宣矩见面，便因不拼命拒绝，被瞿宣矩玷污了清白，事后又羞又忿，只是哭泣。夜间蒋辅卿回来，却又不敢说出，恐怕丈夫怄气，只希望瞿宣矩不再来了。

谁知瞿宣矩初次得着了甜头，第二日又来了，初次既不能拒绝，第二次是更无拒绝的勇气了。是这般一而二、二而三地继续强奸了十来日，左右邻居知道的已很多了，林氏心里异常着急。因瞿宣矩丝毫没有畏惧的心，每日来时，不到兴头不去，绝不以蒋辅卿回来为可怕，林氏就深虑被丈夫撞着了，不是当耍的。又恐怕通奸的日子久了，风声传扬出去，给丈夫知道，也是不好。几次哀求瞿宣矩不可再来，瞿宣矩不但不听，反故意久坐着不去。

林氏只急得跪在地下叩头，瞿宣矩伸手将林氏拉起来笑道："你急着些什么？你若姘识了别人，便不能不敛迹些，怕你丈夫知道。你于今姘识了我，怕什么，尽管对你丈夫说明，看他又有什么方法能奈何你我。我瞿老五的声名，谁不知道，你不要做出这种胆小没有担当的样子，扫了我的兴致。"

林氏明知瞿宣矩凶横，不敢再说了，然思量是这么延长下去，终免不了被丈夫知道。与其等到丈夫知道了回来诘责，不如自己将被强逼不得已的苦衷，先说给丈夫听，倒可以表明自己的心迹。林氏思量停当了，这夜蒋辅卿回来，便连哭带诉地把瞿宣矩如何强逼成奸的情形说了。

蒋辅卿一听这话，只气得咬牙切齿地痛恨，次日便不愿意到店里去帮生意了，只在家中坐着，磨快了一把尖刀，带在身上，准备瞿宣矩来了，动手相打时好用。

林氏心里害怕，但不能说要蒋辅卿不和瞿宣矩见面，只好婉言劝道："瞿家兄弟在一都有名的凶恶，没人能制得住他们。我于今既受了瞿老五的污辱，唯有想方法对付他。若和他动武，休说你斗不过他，犯不着反给他打一顿；就是你不顾性命地能将他打出去，或把他杀死了，他还有四个哥子替他报仇，你一个人无论如何也敌他们不过。你原是想出气，只是一和他动武，就难免不气上加气，他们这样禽兽一般的东西，既不要天良，又不畏国法，不问什么恶事也敢做。你抽出刀来和他动手，万一他的武艺比你高，夺了你的刀，回杀你一下，你不是死的狗屁不值么？"

蒋辅卿恨道："然则由他将你奸占了，不和他计较么？我姓蒋的没有这么好的度量，实在容他不下。"林氏道："我也不是不知廉耻的贱妇，岂忍长久由他污辱，使你难堪。你是个男子，外边结交的朋友多，不妨去和朋友商量，看他们有没有对付的方法，总要使我们夫妻没有后患，这方法才可以用得。"蒋辅卿生气道："亏你说得出，我是没有这么厚的脸皮，拿着去对朋友说。"

林氏道："如果是你的老婆甘心下贱，做出这种无耻的事来，你做丈夫的就不好意思去对朋友说。于今是被强逼得无可奈何，难道你的朋友还笑话你吗？"蒋辅卿仔细思量了一会儿，觉得林氏这话不错，当下便将自己的一腔无名业火按下，正待出门找朋友问计，不料瞿宣矩已大踏步进来。

瞿、蒋原来认识的，蒋辅卿想避开已来不及。瞿宣矩一见蒋辅卿在家，不仅毫不退缩，反沉下脸来对蒋辅卿说道："你素来是早起就到店里去的，今日为什么这时分，还在家里守着不去，是有意等候我么？"蒋辅卿自知打不过瞿宣矩，在怒气填膺的时候，不暇审计利害，磨刀要与瞿宣矩拼命；既听林氏说了那篇话，心里已明白这事不可鲁莽，并且看瞿宣矩这般神气，简直是杀人不眨眼的魔王，不由人见了胆寒。只得勉强忍耐着，装作不明白的样子说道："我正要到店里去，对不起，没工夫陪你。"

瞿宣矩哈哈大笑道："这倒不错，你夜间就在店里歇宿吧，用不着跑来跑去了。老实对你说，你老婆很合我的意，我一时一刻也不舍得离开她。明日我可送你一百两银子，你另去讨一个，这个就让给我了。"

蒋辅卿听了这些话，只气得肠肚都要破了，但是不敢反抗，亏得林氏在旁说道："店里几次打发人来催你，必是有要紧的事情，快些去吧！"蒋辅卿被这句话提醒了，拔步往外便走，恨得把牙根都咬断了。

林氏见丈夫已去，故意装出埋怨瞿宣矩的声口说道："你也太不给人留面子了，他既怕了你，将老婆让给你，不与你计较，你何苦要这么当面给他下不去？"瞿宣矩大笑道："将你让给我的话，若不对他客气，我要便要，谁耐烦管他让也不让。他尽管去各处打听，看我瞿老五在外面嫖人家的老婆，人家做丈夫的，有谁敢在我瞿老五跟前，牙缝里迸出半个'不'字。我因这一晌都是白天到这里来，玩得不大痛快，从今夜起，要在你这里歇宿，当面对你丈夫说明白，免得他巴巴地从店里跑回来。一匹马配不得两个鞍子，他又得跑回去，这都是我存心，不教他白跑。你真是狗咬吕洞宾，颠倒不识好人，反怪我不给人留面子。"林氏没有说话，唯有忍气吞声地敷衍他。

蒋辅卿急急地走出了家门，想起这种怄气的情形，恨不得一刀将自己戮死。信步走了一会儿，才暗自思量道："我的朋友当中，没有精明会打主意的，我就把这事去和他们商量，他们也不见得有什么好对付的方法教我，徒然使他们听了怄气。只有几年前和我同练拳棒的李德生，他为人倒很精明能干，武艺也练得比我要强多了，且去找他商量着试试看。"想罢即向李德生家走来。

李德生住在鹅绒山的半山上，那鹅绒山并不是有名的高山峻岭，然山形曲折，丘壑极多，山上的土壤很肥，可以种麻栽薯；茶叶、茶油，更是山里的大宗出产。凡是住在这山里的，不是种山作土，便是打猎为生。李德生原是生长在种山作土的人家，不过他生成少年好动的性质，看了同山猎户的生活，甚是羡慕，抽得出一点儿工夫，便跟着猎户学习种种猎法。当猎户的，总得练会些拳脚，偶然遇了猛兽，方能沉着得住，枪法也就有的确的准头了。

李德生这时正是三十来岁年纪，气壮心雄，练得一身最好的滚跌功夫。一手握一把七寸长的解腕尖刀，不论如何雄猛的虎豹到了跟前，他就凭着一身本领，和虎豹扭斗在一团，结果总是虎豹的肚皮，被他的尖刀划破，或两眼被戳瞎。鹅绒山的猎户，没一个不佩服他，猎时发现了虎豹的爪印，有李德生在场才敢发山。

发山就是将藏在山中的野兽惊起，使它发动的意思，不发山便不知道兽藏何处，那有大本领的人，也无从下手。发山的方法，很是简单，由猎人中之年少矫捷的，率领几条猎狗，一面口中打着呼哨，一面很凶猛地向丛莽中飞奔过去，声势越凶猛越好，脚步越快越好。凶猛才惊得动潜伏的野兽，脚步快才不致为野兽咬着。有时一脚踏在野兽身上，等野兽回过头来咬时，已飞步走过好远了。俗语说"狗仗人势"，这话并不是说平常人家的狗，是说猎户家的狗，唯有猎户家的狗，才确是全仗猎人的声势。发山的人向丛莽中飞奔，发山的狗也是一般地口里汪汪乱叫，但是不跟着发山的人，做一条路线上跑，几只狗分几条路线，没有两三只同跑的。

这并不是狗的生性欢喜单独，是由猎人教练出来的。是这样分途而跑，有两种用意，第一是分的路线既多，满山都跑遍了，无论藏在什么地方的野兽，都潜伏不住，不能不发动出来；第二是狗跟在人背后，或跟在狗背后，万一在前的踏着了野兽，野兽跳了起来，在后的恰好送上去给它咬着，临时躲闪都来不及。发山之后，野兽再也存身不住了，只得跳出来逃命，一见了面，就好打了。若是还不曾发山，便已发现了虎豹的爪印，或猎狗嗅出这山中有虎豹，吓得弹下尾巴，缠着猎人的脚不肯离开，遇了这种时候，有李德生在场，就大家毫不疑虑地按照猎虎豹的方法，着手进行起来。如没有李德生在内，便得再三慎重，不敢冒昧发山。

李德生既得鹅绒山众猎户这般信仰，便不由他不改业，本来是种山作土的世家，传到他手里就兼当猎户了。

这日蒋辅卿来找他划策，他正在家中坐着，见面后蒋辅卿来不及闲谈，已忍不住流泪说道："我于今遇了一桩气死人的事，特来求大哥替我想主意出气。"李德生看了蒋辅卿说话的情形，倒吃了一惊问道："有什么人给气你怄，只管坐下来慢慢地说，我一定替你出气就是了。"

蒋辅卿忍泪将瞿宣矩逼奸林氏，及和瞿宣矩见面时的情形，详细述说了一遍。只把个李德生气得跳起来骂道："这还了得？我不抓住那忘八人的东西碎尸万段，誓不再活在世上做人了！老弟不用生气，也不用着急，在这里歇息一会儿，我就和老弟同去，哪怕他姓瞿的有飞天的本领，我不动手则已，动手也要他的狗命。"

蒋辅卿摇头道："是这么硬干使不得，还得请大哥再想一个妥当些儿的法子。"李德生"哼"了一声道："老弟以为瞿老五能将贺铁掌打败，便有了不得的本领么？你不要小觑了我李德生，我敢说一句夸口的话，瞿老五那般的功夫，我实在对付得下。"蒋辅卿连忙摇手道："大哥弄错了我的意思。我说是这般硬干使不得，并不是怕你打他不过，我知道你的功夫，绝不是酒色淘伤了的瞿老五所能抵敌。是因为杀死了他，他还有四个哥子，都不是好东西，必然寻着我，替他们兄弟报仇。论人力、论财力，我都不是瞿家的对手。今日为要出气，倒弄得将来更怄气，这事如何使得？"

李德生偏着头想了一想，不住地点头说道："这一层倒也是可虑的，不过这种忘八人的东西，除却抓住他碎尸万段，哪里再找得着第二个出气的方法呢？我们去乘夜间把他杀了，随即将尸体掩埋起来，不给人知道，他哥子找不出是我们杀死他兄弟的凭据，也就不能寻着你报仇，你以为是这般做怎么样？"

蒋辅卿仍摇头说道："人命案件的凶犯，都是秘密不给人知道的，然有谁能始终隐瞒下去？久而久之，自然有败露的时候，我胆小害怕，不敢是这般做。"李德生道："那么就只有我同你去将他杀死，你连夜带着弟媳妇远走高飞地逃跑，在外省躲避十年八载再回来，这也不行么？"蒋辅卿道："老哥难道还不明白我的家境吗？产业就只有几亩田，一所现在住的房屋，此外一点儿积蓄也没有，我夫妻两个，还带着一个女儿，好容易在仓促之间，逃到外省去？即算逃到了外省，又将如何生活呢？"

李德生正色说道："这也不行，那也不行，我还有一条路，能行便罢，若再不行，你就哭到声嘶气断，只怕也哭不出报仇的法子来。"蒋辅卿道："大哥且说出来商量，承大哥的情，替我出主意，又肯替我出力，我只要出气之后，没有后患，安有不听大哥主张的道理。"

李德生道："大清律上有的，丈夫拿奸，在床上将奸夫淫妇同时杀死，自去县衙里出首的没有罪。我今夜同你去，帮着你把奸夫淫妇一齐杀却，你再提了两颗人头，亲去巴陵县出首，保管你毫无后患。不过须连同淫妇一起杀，专杀奸夫就使不得，这事得你自己做主意，我不能勉强，你仔细思量，可行便行。"

蒋辅卿道："奸夫若不是瞿老五，大哥这法子我一定照办，因为瞿老五这东西，一都无人不知道他是一个凶神恶煞，他从来奸淫妇女，是不顾这妇女愿意不愿意的。我内人被他强逼成奸，背后不知哭了多少，我若连同瞿老五把她杀死，未免太冤屈了她，我于心过不去。并且我的小女于今才两岁，一旦没有了娘，也太觉可怜，总之这方法仍不妥帖。"

李德生沉吟了许久说道："离这里不远，却有一个会出主意的人，不知他能不能想出最妙的方法，你和我一同去找他好么？"蒋辅卿道："是什么人？大哥何以知道他会出主意，我想这不是一桩有体面的事，对于我素日要好的朋友，我都不愿意说给他们听。因知道大哥是个血性男子，听了必肯出力替我设法报仇，不致拿着当笑话去向外人说，所以迳到这里来问计。若是不相关切的人，我宁死也不提这事。"

李德生笑道："老弟真糊涂，我岂不知道这种事有伤体面，有玷家声，不是可以商量的人，我何至带老弟去向他问计呢？这人就在山脚下陶真人祠里教书，姓陈，大家都称呼他'陈先生'，名字叫什么却不知道。这陈先生的年纪，已将近六十岁了，精神还和三四十岁的人一样，上山下岭，年纪轻的人，尚不见得能赶上他。"

蒋辅卿着急道："他精神好，会爬山，与我的事有什么相干呢？大哥说他会出主意，毕竟大哥曾见他出过什么主意？我心里又急又气，实在受不下了。"

李德生道："事已到了这一步，急也无用，气也无用，陈先生那个人，你不曾见过面，不知道他。他委实是个有学问的人，他到陶真人祠设馆教书，虽只有半年，然地方人没有不佩服他的。他的医道很高明，有几个奇奇怪怪的病，经多少名医治不好的，他开方服药，两三次就完全治好了。他不但内科高明，外科、伤科都很高明。有一个泥水匠，从墙头上跌下来，跌断了一条大腿，痛得昏死过去了，用门板抬了走陶真人祠前经过，凑巧陈先生在门外立着，看了便问抬的人，是不是跌断了腿。抬的人应是，陈先生教停下来看看，抬的人也有些乏了，就停在陈先生面前。陈先生问了问跌的情形道：'可怜可怜，做泥水匠的人，全凭气力讨饭吃，是这般跌断了一条腿，若不趁早医治，只要再迟半日，便有华佗先师再世，也接续不上去了。我这里有药，替他行个方便吧！'说着教抬的人等一会儿，自去祠里取了一瓶药和一碗清水出来。只用手蘸了清水，在断了的腿上摸来摸去，又含了一口喷在泥水匠脸上，泥水匠登时清醒过来，口叫'哎哟'。陈先生两手托起那条断腿，几摇几摆，往上只一推，听得'刮剌'一声，骨碰骨响，顷刻之间，已经跌断了骨节的腿，居然接续得和没跌断的一样了。再从瓶中倒了些药粉出来，抛给泥水匠口中，一口清水送下去，前后不上一刻工夫，泥水匠已坐起来，向陈先生叩头谢恩，步行回家去了。他不仅有这种本领，并会替人起课，他的课简直可称为神课，灵验的比亲眼看见的还要仔细。"

蒋辅卿听到这里，面上才露出些喜容问道："我们地方，有一个这么大本领的教书先生，我怎的全不曾听人说过呢？"李德生道："他哪里是我们这地方的人啊，好像是游学到这里来的。他教学生，并不一定要多少钱的学费，有钱人送他多少，他便收多少，也不推辞；没钱的一文不送，他也不要。他学生家里有什么为难的事，去求他想法子，他说出来的法子，都是再好没有。今年六月间，就在陶真人祠旁边，有一家做织布匠姓刘的，晒了许多棉纱在门外，正在吃午饭的时候，忽然乌云四合，天色快要下雨了，一家人都恐怕雨落湿了棉纱，一个个连忙放下碗筷，跑出门抢着收纱。家中仅剩了一个年才二岁的小孩子，脱得一身精光的，靠方桌坐着吃饭。小孩子的母亲收了一大把棉纱，刚待走进屋去，在大门口偶然抬头朝里面一看，只吓得连魂都掉了，哪里还敢向屋里走呢？两腿也吓软了，回身一步跌一跤，只将双手摇着，示意教这些收纱的人，不可走进屋里去。

"小孩子的父亲刘机匠忙问什么事，他妻子才战战兢兢地说道：'不得了，一只黄牛般大的花斑虎，蹲在饭桌旁边，将头伸到桌上去，吐出鲜红的舌头来，舐桌上的饭菜。我那糊涂可怜的儿子，还举起手中筷子，在虎头上敲下，你们看这怎么得了？我们不进去，这孽畜必不肯走，怎忍心把我可怜的儿子给它咬去；我们进去吧，这孽畜怕我们去打它，也会将我的儿子咬去。'边说边哭起来，却又不敢高声，怕哭声给虎听得。其中有胆量大的，就蹑脚蹑手地到大门旁边躲着，伸出半边脸向里面张望，不看犹可，看时真要把人急死了。这小孩子还不会吃饭，吃时从两边嘴里，纷纷掉下许多饭来，这饭掉到地下，那虎便低头用舌尖，在地上舐着吃，舐得没有了，又抬头望着小孩子碗里。小孩子仿佛怕他来舐碗里的饭，举手中筷子，劈头就是一下，筷子上粘着有饭，一打又掉了些下来，虎见了又低头去舐。

"倒亏了刘机匠有见识，知道隔壁陈先生会替人出主意，连忙跑到陈先生跟前求计。陈先生想都不想一下就说道：'这虎是从你后门进来的，你快去邻家捉一只小猪，到后山上倒提起来，猪倒提必叫，虎听得猪叫必跑出来寻找，只要骗出了你的后门，就不怕它了。'刘机匠照着陈先生的计策一做，猪才叫了两声，虎果然头也不回地仍从后门冲出去了。"

蒋辅卿道："好计策，这陈先生真了不得，大哥就同我去求他吧。"李德生点头道："我不是一个肯轻易佩服人的，这陈先生的才情学问，实在使我不能不五体投地地佩服。老弟这件事，他若说没有巧妙的方法对付，就是诸葛孔明复生，只怕也想不出巧妙的方法来。"

蒋辅卿此时急得如热锅上的蚂蚁，拉着李德生急匆匆地下山，不多一会儿便走到了陶真人祠。李德生在前，蒋辅卿在后，刚走进祠门，只见十几个蒙童学生，一步三跳地拥到祠门口来。李德生回头对蒋辅卿道："我们来得正好，陈先生已放学了，免得我们说话，耽搁了这些学生的功课；又免得这些学生听了我们说的话，拿着去外面向人乱说。"蒋辅卿还没有回答，猛听得"哎呀"一声，只见一个汉子跌倒在地下，口里不干不净地骂起来。

原来是李德生一面朝祠里走着，一面回头和蒋辅卿说话，不提防这汉子低着头劈面跑来，彼此都没看见，一下撞了个正着。李德生是练了一身武艺的人，那汉子撞近身来，不知不觉地将身体迎着紧了一下。那汉子哪里受得住，一跤跌了几尺远，只跌得头昏眼花，一身生痛，不由得冒起火来，开口便骂。李德生是个粗人，没有涵养功夫，自己并不是有意打人家，挨骂自然不服，不等待那汉子爬起来，早蹿过去一脚踏在汉子的胸脯骂道："我并非存心将你碰倒，只怪你自不小心，怎么倒不干不净地骂我？"

那汉子被踏得气结了喉，话都说不出了，蒋辅卿正要上前劝阻，里面已走出一个老头儿来，和颜悦色地对李德生说道："李大哥放他去吧，他身上有人命关天的事，迟一步没有救了。"李德生见是陈先生来了这般说，料知不是等闲的事，慌忙踢脚，并将汉子拉起来。陈先生对汉子挥手道："快去快去，还来得及。"汉子气喘气急的，话都不说，掉头就往祠外跑去了。

李德生这才向陈先生拱手问道："请问先生，这汉子是谁，他身上有什么人命关天的事？"陈先生笑道："本来是无事的，只怪我结习难忘，欢喜多事，倒险些儿弄出一桩大事来。"说时望着蒋辅卿问李德生道："这位是谁，和李大哥一道儿来的么？"蒋辅卿即上前来行礼道："我姓蒋名辅卿，因听李大哥说起老先生，使我钦佩得了不得，此来一则给老先生请安，二则还有点儿私事，不知道应如何处置，特来求老先生指教。"陈先生往里面让道："请进去坐坐。"

三人一同到教书的学堂里坐着，李德生记挂着那汉子的事，先开口笑道："我此刻带我这位朋友到老先生这里来，原是有极要紧的事求教，不过刚才那汉子的事，因有'人命关天'的这句话在里面，我不听老先生说出一个所以然来，心里终觉有些放不下，求你老人家先把这人命关天的事说给我听，好么？"

不知陈先生怎生回答，究竟是怎样一回事，请看以下第三章便见分晓。

第三回

陈学究神课触灵机
李壮士奋勇斗恶霸

话说陈先生见李德生这么说，便点了点头笑道："说起来倒是一件有趣味的事，今天不是八月二十一吗？前几天我放了学，独自在祠门外站着，只见一个中年妇人，手提一把瓦壶从南朝北走来，看见我好像是认识的，立住脚问道：'老先生就是这祠里教书的陈先生么？'我说不错，那妇人听了反现出踌躇的样子，似乎有话想说，却说不出口的神气。我便问道：'娘子有什么为难的事吗？不妨说出来，只要是我能替娘子设法的，一定替娘子设法。'那妇人仍有些害羞的神气，半晌才说道：'我知道老先生起课拆字都非常灵验，我打算求老先生起一课，或拆一字。但是我身边没有钱，听说你老人家起课拆字是要二十文钱的，所以我又不敢说。'

"我忍不住笑道：'我起课拆字并不算灵验，也不一定要钱，只因一文钱不要，来找着我起课拆字的人太多了，绣花大姐掉了一口针，也来求我起课拆字，我不胜其烦，所以订出要钱的章程来，其实并不是靠起课拆字吃饭的。娘子有什么事要问课，不妨且报一个字我拆拆看。'

"那妇人便说道：'我没有钱送给先生，我想请先生起一个课，看我丈夫什么时候可以回来。'我说起课太麻烦，在这祠门外不行，须进祠里去取课筒。你随口报一个字拆拆，也是一样的。那妇人听了我这话，倒似乎有些为难起来。我说不拘什么字都使得，你只信口说一个就得咧！

"那妇人忸怩了一会儿才说道：'我实在一个字也不认识，不知道要如何报才好。'说时即将手里的瓦壶举起来说道：'就报这么一个字行么？'我又忍不住笑问道：'你这壶里是什么东西？'那妇人道：'是才买来的醋。'我说：'好吗？就是这个醋字吧！你丈夫准在本月二十一日回家吃晚饭。'那妇人很高兴地问道：'先生这话靠得住么？'我说：'怎么靠不住，一定在二十一日回家吃晚饭。'那妇人笑嘻嘻地边走边说道：'只要真靠得住就好了，我早点儿杀一只鸡煮熟了等他回来吃。'说着就去了。

"刚才忽然跑来那个汉子，一见我的面，就怒气冲天地问道：'你就是会替人起课拆字的陈先生么？'我打量那汉子满身尘土，脚上还穿着草鞋，也是灰尘很厚，一望便知道出门行路的人；而问我这话的语气很奇怪，不像是闻我的名，特来找我起课拆字的，只好随口答道：'曾替人起课拆字的事是有的。'那汉子接口就问道：'你前几日曾替一个三十来岁的妇人，拆过一个醋字么？'我说不错，那妇人问她丈夫几时能回，我说本月二十一日，准能回家吃晚饭。

"那汉子听了，脸上的怒气，立时退去了，改换了一副笑脸说道：'先生的字，拆得这么灵验，我也要报一个字请先生拆。'说毕即从腰间掏出一个手巾包来，里面大约包的是钱，掏出来就用手去解，无奈手巾四角结得太紧，手解不开，便拿口边用牙齿去咬。我一看他这咬手巾的情形，觉得不好，连忙对他说道：'你的字不用拆了吧，快跑回家去，救你老婆的命，你老婆此刻正在家里上吊，迟一步就救不活了。'那汉子不敢踌躇，拔步便向外跑，不提防与李大哥撞了个正着，所以我出来说他身上有人命关天的事。"

李德生道："先生何以见得他老婆在家上吊呢？"陈先生道："这无非是触机，看那汉子初来的情形，以及问出来的话，可知他是不相信老婆曾有拆字的事。他到我这里还怒气不息，在家时更可想而知了。他拿手巾去用口咬，'口'字底下一个'巾'字，不是'吊'字是什么呢？因料定他在家夫妻吵过嘴才到这里来，所以一触到这个'吊'字，就可断定是他老婆在家中上吊。这所触的机验与不验，虽不可比，然古人龟蓍占卜，也都少不了这点儿灵机，不验的时候绝少。"

陈先生有这般闲情逸致地谈论人家夫妻的事，蒋辅卿只为自己的老婆被人奸占了，前来求计，心里早已如油烫火烧地难过。听了这汉子的事，想起这汉子的老婆，对丈夫何等恩爱，自己也是一对恩爱夫妻，活生生地被瞿宣矩奸占了，不得团圆，想起来越觉得难过。伸手在李德生衣角上拉了一下，低声说道："天色已晚了，就请你把我的事向陈先生说一说，求他老人家快替我出个主意。"

李德生便开口向陈先生说道："有一桩使人听了气破肚皮的事，我却想不出出气的法子，所以特地到先生这里来，敬求先生代替出一个主意。"陈先生接口笑道："听说你李大哥还不曾办喜事，就有什么气破肚皮的事闹出来呢？"李德生听了不由得怔了一怔问道："先生这话怎么说？"

陈先生笑道："我是和李大哥开玩笑的，据我看现在的人，都把老婆看得重，只有老婆偷人养汉，是最伤心最气苦的事，除了这桩事，就是可气也没有什么大不了得。"

李德生也笑道："先生这话虽是开玩笑的，却被先生说中了。我是没有老婆的人，本来这类龌龊气还轮不到我头上来，不过我这个蒋辅卿老弟，他有这么一桩事，简直使我气得比自己老婆偷人，还要厉害。如果是老婆和丈夫没有夫妻恩爱之情，老婆爱上了旁人，

93

和旁人相好，做丈夫的虽也免不了怄气，然一半也得怪自己不好，不应该不讨老婆欢喜。至于我这个蒋辅卿老弟，这番所受的龌龊气，就与平常丈夫所受的不同。先生的两眼，是光明如镜会看人的，看了我这个老弟的举动模样，必知道他是一个很诚实、很规矩的人。他虽是在人家帮生意，然家里还有　点儿祖业，夫妻两个并一个两岁的女儿，一家三口很舒徐地过度，夫妻也甚是恩爱，从来没有口角闹意见的事。我们和他要好的朋友，平日见他夫妻和好，凡事有说有商量的，很羡慕他们是一对好夫妇。谁知瞿老五那个混账东西竟敢在青天白日之下，与林氏强逼成奸，林氏又羞又忿，只得将被强逼的情形，向丈夫哭诉。

"我这个老弟，也会几下拳脚功夫，当下听了就磨快了一把尖刀，待与瞿老五拼命。瞿氏兄弟的凶恶厉害，在一都地方，是早已出了名的，没有不畏惧他兄弟的人。林氏知道瞿老五敢是这么横行无忌，无非仗着一身武艺没人敌得，料知自己丈夫，是万分斗那混账东西不过的，白送了一条性命，也是枉然。就劝我这老弟不可和瞿老五硬干，须得思量一个好计策去对付，总要能出气，不致再怄气才好。我这老弟心想也是不错，便把拼命的念头打退了。

"两夫妻正在商议如何对付的时候，不料瞿老五那东西，竟大摇大摆地走进来了。我这老弟既没有与他拼命的心思，自然以暂时避开为好，一见瞿老五进门，立时就起身待往外走。凭你老人家说，亲夫见奸夫来了，倒起身避开，这个亲夫之懦弱怕事，也可算到极处了。无论如何凶狠没有天良的奸夫，在这时候还能对亲夫说出欺负人的话来吗？我也不知瞿老五这东西，是一种什么心肝，倒向我这老弟说了一大套不怕气死人的话。我越想越气，也述不出来。"说时回头向蒋辅卿道："你自己说给先生听吧。"

蒋辅卿便接着将瞿宣矩进门时说的那些话，照样述了一遍道：

"这事实在使我太难堪了，无奈我是一个帮生意的人，既没有学问，想不出好主意，对付那恶毒东西；又没有多钱可以和那东西打官司。我平生要好的朋友，就是李大哥，只有他听了我这种事，决不至笑话我，所以迳跑到他家里去，找他替我想方法出气。承他的情，为我怄气着急，并想了几个方法。但是那几个方法，我觉得都不甚妥当。听得李大哥说，唯有先生足智多谋，许多人有为难的事，求先生设法，无不如愿。我平日不来亲近先生，这时有为难的事，才来求先生想办法，原是没有道理的。不过我听李大哥的话，知道先生是个学问渊深、道德高尚的长者，听了我这种不平的事，必蒙原谅我，发慈悲救我一条性命。"说罢，起身对陈先生作了一个揖。

陈先生忙立起来回礼，望着李德生说道："承你的情，替我揄扬，将这种事来照顾我。这位大哥，我今日才是初次见面，那个姓瞿的，我更是连姓名都不知道，又是这类暧昧的事，教我有什么主意可想呢？你与蒋大哥是多年的好友，应该替他帮忙，替他设法，还是请你去和他好好地商量，看怎么办怎么好。"

蒋辅卿见陈先生这么推却，不便说勉强的话，只得望着李德生，现出很着急的神气。李德生道："我和他论交情，自然是应该替他帮忙，替他设法。不过像这样不平的事，不要说是多年的好友，就是一个我不知姓名的人，被恶人欺负到了这步田地，我不知道便罢，知道了便教我拼着性命去打不平，我也是不推辞的。无奈这回的事，我纵然肯把性命拼了，不但不能替我这老弟出气，反替他惹出无穷的祸来。他到我家找我的时候，我因替他想的几个法子都不行，就提起先生，要带他来。此时他也曾虑及与你老人家素昧生平，而这类暧昧的事，又与寻常为难的事不同，恐怕你老人家避嫌，不肯替他设法。我竭力地说你老人家是个最喜与人方便的人，绝没有不肯设法的。他见我这么说，才跟我来，想不到你老人家倒责备我不该多事。"

陈先生刚待回答，蒋辅卿已双膝往地下一跪说道："先生或者是因我的来意不诚，不愿理会我这等龌龊事。于今我求先生出主意，先生有主意教我，我便依照先生的去做，如果先生一定不肯理会，我也不敢勉强，只好求李大哥帮助我一臂之力，哪怕就送了性命也说不得。与其活着在这里受气，倒不如死了的干净。"

陈先生连忙弯腰扶起蒋辅卿说道："我不是不肯替你出主意，不过这种事，也是人命关天的事，我非亲非旧，如何好胡乱替你们出主意。你于今既是这么求我，我若始终不作理会，害你白送了一条性命，我于心也不安。我且和你两位商量商量，看应该怎么办才好。瞿家兄弟的武艺高强，我虽曾听得地方人谈起过，但是他们为人究竟怎样，我是不得而知的。据你说瞿老五在你家里那种情形，果是可恶，不过李大哥也是一个很精明强干的人，他想出来的方法，应该是不错的，怎么觉得不甚妥当？毕竟是几个什么方法，请先说给我听，好大家斟酌一番。真是不妥，再作计较。"

李德生道："瞿家兄弟的性格，没有一个不是穷凶极恶的，他兄弟所做的事，没一件不是使人听了切齿的。我多久就存心要替地方除害，只为自顾力量有限，恐怕不是他兄弟的对手，这回的事，却由不得我顾虑了。我原打算今晚同辅卿老弟回家去，乘那东西不防备，我两人同时上前，大概不至于杀他不死。杀死之后，连夜将尸身抛向大河里去。辅卿老弟却说杀死他一个做得到，他还有四个哥子，不能一齐杀却。这类杀死了人的事，尽管做得干净，将尸身消灭，然从来没有不破案的，事后遭起人命官司来，更是怄气。我见这个方法所以不妥的缘故，就是怕他那四个哥子报仇，事后遭人命官司，就主张将那东西杀死之后，一家三口即时逃往外省去，不在这地方住了。瞿家兄弟找不着对手，仇也无从报，官司也无从打。

96

以为这法子可以行了，辅卿老弟又虑及无地方可逃，手中并没有积蓄，这里一点儿产业，不变卖就没盘川，变卖又一时找不着承受的人，这法子也是不能行的。我见这不行，那不行，只好主张连同奸夫淫妇，一刀两断，杀了自去巴陵县出首，辅卿老弟还说不妥当。我是再想不出更好的法子来了，所以将他带到你老人家这里来。"

陈先生微微地点头道："你这些方法都不错，就是免不了后患，委实不大妥当。但是这种报复的手段，无论用什么方法，只要留得他四个哥子不死，想免后患是很不容易的。依我的意思，最好是不存报复的念头，要变卖这里的产业，虽一时找不着承受的人，然低些价钱卖出，房屋田产是不愁没人承受的。变卖田产之后，即移家到旁的地方去住，只要离瞿家在一百里以外，我料瞿老五决不至再来无礼了。有一句古话说'恶人自有恶人磨'，瞿老五既是这般横行无忌，你让了他，他断不知道改悔的，必然横行得更厉害。一旦恶贯满盈，遇着了对头，便是他的死期到了。到那时你睁起两眼在旁边看着，不是一点儿不费事，看别人替你报仇吗？不知你的意思，以为我这方法怎样？"

蒋辅卿听了，心里又是好气，又是好笑，暗想：亏你说得出口，这难道也算是方法吗？这样的方法，谁人想不出来，我巴巴地跑到这里来找你干什么？照这种主意看起来，如何算得是会替人出主意的人，倒不如李大哥想的几个主意，虽说免不了后患，却还痛快，是报仇出气的举动，这方法简直是要我忍气吞声当忘八就是了，真是笑话。蒋辅卿想是这么想，但不好这么说出来，只做出不愿意的神气，望着李德生不开口。

李德生性情直爽，也不以陈先生这个方法为然，不过自觉不是事主，蒋辅卿不表示意见，不便先说这方法不好。及见了蒋辅卿的神气，就低声问蒋辅卿的意思怎样。蒋辅卿道："这方法是好，只是我的性子太急，不能忍耐，等不到有恶人磨他，只怕我已经气死了。"李德生跟着说道："人争气，火争烟，依你老人家这样方法做去，后患真是没有，然而千万人唾骂的乌龟忘八蛋，又如何受得了呢？他瞿氏兄弟其所以敢在一都地方，是这般横行无忌，就为让他等他去遇对头的人太多了。凡上了瞿氏兄弟的当，及受了瞿氏兄弟欺负的人，一个个都是如此存心，有谁是他们的对头？他们的恶贯，待到什么时候才能满盈呢？"

陈先生听了抬头大笑道："上当受欺负的人，果能一个个都知道如此存心倒罢了，两位既是都说这方法不好，便用不着说了。我还有一个方法，虽过于恶毒些儿，对他兄弟倒也说不得。我有一句话，得先事问明白，这方法能行不能行，方敢决断。据你说瞿老五是强逼成奸的，第一次的奸，我相信是由强逼而成，只是以下第二次、第三次，以及多少次，都是由强逼而成呢，还是本人也有一点儿心甘情愿呢？这里面的分别最要紧，必须问明白了才好用计。"

蒋辅卿羞得两脸通红说道："敝内的性情，我知道得很透彻，我敢替她具断头切结，决不致心甘情愿和瞿老五通奸。先生有什么方法，必须问明这话？"陈先生见蒋辅卿羞惭满面，忙安慰道："你不要因我问这话，觉得难过，我若可以不问的，也就不问了。我这个计策，保管置瞿老五于死地。他死后不但使他几个哥子不能向你寻仇，并且能使他们连口都开不得，正是'哑巴吃黄连，说不出的苦'。不过这计策非与你娘子商通，内应外合，不容易办到。你若有把握，能料定你娘子能做内应，这计策便能行，万一你心里觉得靠不住，那就不是当耍的，打草惊蛇，也是不但出不来气，说不得更要怄气。"

蒋辅卿道："我已说了可以替敝内具断头切结，安有靠不住的？我说句你老人家不可多心的话，只求你老人家的计策靠得住，教敝

98

内做内应是万无一失的。我若有丝毫觉得敝内靠不住的心，李大哥主张的那个一刀两断，自去出首的办法，我无所谓不妥了。请你老人家且把这计策说出来，看是怎样，你老人家的计策，自是没有错的，但是我一个没有能为的人，计策虽好，若我的力量做不到，也是白好了的。"

陈先生摇头笑道："我这计策，此刻还只能对你两人说出一半，一半不能就说，你们依着我的话，做好了上半，下半得我亲自动手。李大哥既引你特地到我这里来问计，不答应替你设计便罢，答应了就得保管你一计成功，决不致有差错，使你画虎不成。你能相信我的话，去行那一半计策么？"

蒋辅卿虽不知道这陈先生究竟是何等人，然因听了李德生推崇备至的话，又见替那妇人拆字如此灵验，心里原已十分相信，陈先生确是一个了不得的人物了。只是一听他说的第一个计策，是不存报复的念头，恶人自有恶贯满盈的时候，心里立时觉得这种迂腐的话，算得什么计策。第一个计策，他自己所谓最好的，尚且如此不中用，不得已而思其次，安知不比第一个更不行呢？

蒋辅卿是这般着想，当然不能相信，就是李德生也有些怀疑，不知陈先生葫芦里卖的什么药，陈先生看出两人迟疑的神气，便笑着说道："家庭间的私事，非至亲密友熟悉彼此情形的，原没有干预的道理。蒋大哥为自己的事，尚且恐怕做得不干净，有瞿氏兄弟出来报仇。我这个老朽无能的人，此时替你出主意没要紧，如果事后传到瞿氏耳里去了，我难道就不怕他兄弟来报仇吗？还是请李大哥原谅我，不要使我为难吧。"

李德生还没回答，蒋辅卿见陈先生忽然变卦，说出这几句不负责任的话来，却又急起来了，慌忙起身央求道："你老人家不可因我踌躇，以为我是不相信你老人家的计策，我一定依你老人家的吩咐去做一半。"李德生知道除了这陈先生，没人能帮着对付瞿宣矩，当下也帮着蒋辅卿央求。

陈先生才点头说道："像瞿氏兄弟，那一类凶横不法的人物，既落到我手里，我何尝不想能替地方除害。不过杀人的事，非同小可，天道好还，杀人的结果必为人杀，我居心本是要劝你，不动声色地全家避开，你两位既都不以我那方法为然。论理我本可以趁此敬谢不敏，无奈你说我不设法，你就得去拼命。与其眼望着你把一条性命，送在恶人手里，就不如先除了恶人，救你的性命，权衡轻重，才有这计策出来。今夜是已经来不及了，明日你悄悄地回家去，对你娘子说，夜间尽管仍旧陪瞿老五同睡，等到瞿老五睡着之后，偷偷地起来，将房门开了。这时你和李大哥，就得在房门外等候，房门开了便进去，乘瞿老五睡着了去动手，大约不至擒捉他不住。如果你两位恐怕瞿老五厉害，不妨再邀几个会武艺的好朋友帮助，总得将瞿老五捉住捆缚起来，到那时我自会亲来处置。不过你明日须预备几样应用的东西，免得临时取办不出。"

李德生道："他瞿老五就是一只猛虎，睡着了也不愁捉拿不住。不过练武艺的人，睡时多比平常人警醒，只要房中略有响动，就得惊觉。万一我们进房的时候，他已惊醒转来，在势不能不动手捉他。两下对打起来，各以性命相扑，手脚无情。我固然难保不被他打伤，我也难保不打伤他，若是将他打伤了才捉住，也不妨事么？"

陈先生道："打伤虽不妨事，能不打伤更好，他身体疲乏了才睡，估量他不至一闻声响就醒。我也曾闻瞿老五的名，若在醒的时候去捉他，恐怕不容易将他捉住，所以我这计策，必须蒋家娘子做内应。"

蒋辅卿道："这一层我包可办到，请说出要预备的东西来。"陈先生就书案上取了纸笔说道："要预备的东西有好几样，你心里有事的人，口说恐怕你忘记，开一张单子给你吧。"旋说旋提笔写字。笔还不曾落纸，忽听得有人在神殿上，高声喊道："陈先生在里面么？"陈先生即将笔搁下应道："是哪位？请进来。"这话说出，就仿佛听得有两人低声谈语，随即走进来了。

蒋辅卿看来的不是别人，就是进陶真人祠的时候，李德生撞跌了的那个汉子，身上的衣服已更换了，不是灰尘堆积的行装打扮，脸上也改变了一副和悦的颜色，不是那种匆急慌忙的神气了。那汉子走进房，并不向人打招呼，回头对着门外说道："进来呢。"接着便见一个中年妇人，衣服也穿得齐齐整整，低头走进来。那汉子在妇人衣袖上拉了一下，同走近陈先生跟前，真是男不作揖，女不万福，拜菩萨也似的，并肩跪拜下去，汉子口里语道："老先生是我的救命恩人，特来叩头道谢。"陈先生想不到会有这么一回事，只慌得回礼不迭。

二人拜了起来，汉子开口说道："老先生真是神仙，我若不是经老先生指点，回家略迟了些儿，敝内一定没有命了。我前月因有事去长沙，去时并不约定何时回来，到长沙之后，也没寄信说明归期。今日到家的时候，只见敝内立在大门口，好像盼望什么人来的样子，脸上涂脂扑粉，不似平时我不在家的模样。我见了心里就有点儿疑惑，及进门又见桌上，已安放好了两副杯筷，我家里只我夫妻两个，并没有第三个人，我既不在家，桌上安放两副杯筷做什么呢？因此我心里更决定敝内有外遇了。敝内当见我面的时候，虽曾喜滋滋地说道：'我知道你这时分会回来，所以站在这里盼望你。'进门又指着桌上的杯筷说道：'我连饭菜都预备好了，只等你来家同吃。你看，不是杯筷都安放好了吗？'

"我听了这几句话，更气愤不过，以为是随口掩饰的话，我又不曾寄信回家，在长沙未动身以前，连我自己都没有决定什么时候回家，敝内偏说知道我这时会回来，并弄好饭菜等候我回来同吃，这不是鬼话吗？一时火冒起来，便懒得说什么，卸下背上包袱，一手就把桌子推倒了，桌上几样下酒的菜碟，也都打得粉碎，口里骂将起来。敝内怔住了，问为什么事生气。我还只道她故意装糊涂，伸手抓住她的头发，没头没脑地便打。敝内听我骂她无耻的贱货，才明白我生气的意思，对我说出在老先生这里拆字的缘由来。我听了仍不相信有这种怪事，问她在这里拆字的情形，问明了即时跑到这里来，打算问老先生是不是有这种事。及听老先生说出来的话，和敝内说的毫不差错，就不由得后悔太鲁莽了。心念敝内本是极贞洁的人，她对我一番好意，我不领情倒也罢了，反疑心她不干净，骂她打她，问心也太过不去了。所以我也想请老先生拆个字，看敝内不至因我这番的举动鲁莽，就存心怨恨我么。

　　"我听得敝内说平时老先生替人起课拆字，是要二十文钱的，谁知才拿出手巾包来解钱，老先生就说敝内在家上吊。我心里虽相信老先生的话多灵验，然跑到半路上，还疑心不见得便灵验到了这一步，跑到家见房门关了，才觉得不妙。叫了两声，不见敝内答应，一脚踢破门进房看时，敝内的身体，已悬在房中间来回地荡动，只要在路上迟了两步，就不能救治活转来了。原来敝内并不知道我是到这里来对质，以为我因疑心她有外遇，气愤得不在家里住了。她一个人越想越难过，觉得唯有一死的干净，取了一条带子就上起吊来。这回若不是你老人家指点，等我从容走回家时，敝内自然救不活，而我是这么冤枉逼死了她，也无颜再活人世了。你老人家这样救命大恩人，我夫妻不亲来叩谢，不成了忘恩负义的禽兽吗？"

　　陈先生摆着手笑道："快不可这么说，凡事都有一定的，因为你娘子不应该这么死，你才遇着我，现出那口咬手巾的机来，这与我完全无干。"李德生道："在你老人家自然不肯居功，然他夫妇受恩

102

的人，应不忘谢，若没有你老人家说破，这娘子又如何能救活呢?"陈先生道："你只知道没有我救不活，就不知道没有我不会寻死吗?我不能算他夫妇的救命恩人，倒是你可以称得是他们俩的恩人。"

李德生诧异道："这话怎么讲?"陈先生道："世间一切的事，都是因缘和合而成，倘若他听了我那上吊的话，跑回家去，在门口不被你撞跌，就是撞跌了不开口乱骂，或骂了你不用脚将他踏住，他一口气跑回家去，没有那刹那的耽搁，到家时他娘子还正在想上吊不曾上吊。夫妻见面，事情已解释明白了，不是没有这一回险事生出来吗?所以我说，你倒可以称得是他们俩的恩人。"说得大家都笑起来了。

那汉子带着妇人去后，陈先生才重新写出一张单子来，交给蒋辅卿道："你照着这上面写的办好，临时自有用处。"李德生凑过来看时，只见上面写着：长麻绳一条，要一丈开外，剃头刀一把、破烂裳衣一件、无色颜料各少许、棕须一大束、棕叶十多枝、扁担一条、旧笔四五支。

李、蒋二人看了这些东西，都莫名其妙，猜不透有什么用处，怔怔望着陈先生。陈先生笑道："到了明夜，你们自会知道这些东西的用处。不过我有一句话须叮嘱，你们事后不可漏出一点儿风声来。我不是这地方的人，在此住一日、算一日，若怕人寻仇，不妨提起腿跑路。你们两位就不然，都是此间土著，常言'好汉难敌三双手'，万一事后得意忘言，招了后祸，那时我只图自顾，便不能顾你们了。你两人不向人漏出风声，我永远担保他兄弟，找你们不上。"蒋辅卿道："我们虽蠢，这自寻苦恼的事，是不会做的，何况你老人家还特地叮嘱了呢?"说罢，揣好了单子，和李德生作辞出来。这夜蒋辅卿就在李家歇宿了。

次日，二人办齐了应用的物件，蒋辅卿因恐怕瞿老五没有走开，不愿意回家去，自己在僻静地方躲了，教李德生假装访蒋辅卿到家里去，进门故意大声喊道："辅卿老弟在家么？"林氏闻声走出来道："原来是李大哥，他昨夜没到你府上去吗？"李德生点了点头，伸出五指做着手势，低声问道："还在此么？"林氏已哭起来说道："凑巧刚出去买东西，说了就要回来的。他和大哥已商量出什么方法来么？"李德生道："那杂种既说了就要回来，我不宜给他看见，计策已商量停当了，但此时不能细说。"随即将陈先生教林氏做内应，偷开房门的话说了，仍退了出来。

这次也是瞿宣矩的恶贯满盈，合该死在妇人之手，原来他出去买什么东西呢？因和林氏缠起了劲，嫌蒋家贫寒，没有好吃的东西，自己去买了些酒菜来，好与林氏吃喝个痛快。林氏也是很能干的妇人，心里越痛恨瞿宣矩，表面上越装出欢喜爱慕的样子来，好使瞿宣矩不起疑心。

据林氏事后说，若蒋辅卿再迟几日，没有稳妥解决的方法，她自己打算乘瞿宣矩睡着了，用剪刀将瞿宣矩的下阴剪断，自己也拼着一死。不过这是事后的话，究竟确与不确，或是说着掩丑的，都不可知。总之拿性命去换节操，是古圣先贤所难做到的事，本不能拿着去责备寻常妇女。

闲话少说，且说瞿宣矩，亲自提了许多鱼肉酒菜回来，对林氏说道："我回到家里，大哥对我说，这两夜一家人都听得大门外有鬼哭，平日一有人听得鬼哭，不过几日，不是左右邻家病死了人，便有人跌在河里淹死。大哥因此不放心，说我欢喜喝酒，时常喝醉了，夜深还在外面行走，恐怕不留神，失足掉下河里去；又不会泅水，夜间遇不着救的人，不是当耍的。教我无论在什么地方，天色尚早才可回去，黄昏过后，就不妨在人家歇宿，免得家里人担忧着虑。我大哥从来不愿意我在人家歇宿的，因为怕我嫖坏了身体。我在这里和你要好，回家对他们都不能说。二哥、三哥、四哥整日整夜地嫖人家的女人，大哥明知道也不说什么。唯待我不同，说我的年纪太轻，身体不曾长足，嫖多了是不会长寿的。为人只要眼前得快乐，管他长寿不长寿，人到七八十岁，嫖也嫖不得了，吃也吃不下了，眼睛也不能看了，耳朵也不能听了，就是活着不死，又有什么快乐？只是尽管我这么说，大哥总不肯放我在外面整夜地嫖。难得这回有这么一只好鬼，在我大门外哭了一会子，把我大哥哭得教我在人家歇宿了，你看这鬼不是我两人的恩鬼吗？"

林氏听了喜问道："你大哥不知道你在我这里吗？"瞿宣矩道："我没有向他们说，他们怎得知道。"林氏故意问道："你为什么不向他们说呢？"瞿宣矩道："我不是说了，大哥怕我嫖坏了身体吗？我将在你这里的事，说给他们听，虽也不要紧。但是一则害得我大哥，替我的身体担忧；二则我一和他见面，就得听他啰啰唆唆的话，不如索性不向他们说明的好多了。"

林氏道："你大哥曾问你昨夜，在什么地方歇宿的话吗？"瞿宣矩道："问虽问了，我不安心说实话给他听，问也是白问了。"林氏又忽然放下脸来，做出娇嗔的神气说道："你既说了给我丈夫一百银子，教他去另娶一个老婆，我就算是你的老婆了，你为什么连说也不敢向家里说呢？难道你瞿家的规矩，娶老婆不娶到家里去，就在外面住着的吗？"

瞿宣矩笑道："这个你不用着急，你奉承得我快乐时，我自然有娶你到家里去的时候。此时对家里人说与不说，都算不了事。四个哥子都娶了嫂子来家，岂有不许我娶老婆的道理。至于一百银子的话，不过是当面说得好听一点儿，谁肯真个掏腰包，拿出一百银子来买老婆。你不相信，尽管去打听，看我家四个嫂子，除了大嫂是明媒正娶的而外，这三个谁不是看了中意就带回家来的？"

林氏嘻嘻地笑道："你说的话，我还有不相信的吗？你就不说出来，我也料到你一百银子的话，是随口说出来的，不能作数。好在我那个丈夫很知趣，自愿让你。我听得邻家赵奶奶说，他昨日就动身出远门去了，临行对他的朋友说，这一辈子也不回一都来了。"瞿宣矩问道："这话是真的么？"林氏道："你不相信，我就叫赵奶奶来，问给你听。"

瞿宣矩喜道："你相信我的话，我就不相信你的话吗，叫来问什么呢？我带来的鱼肉蔬菜，你好好地烹调出来，我们饱吃一顿好安睡。我在家吃惯了好的，到你这里没好菜，吃不下饭，半夜里饥饿起来，弄不到吃的，真是受罪。此后每夜得留出些酒菜来，半夜饿了的时候，起来同吃一顿再睡，是这般一夜可以抵两夜。"林氏听了，正合心愿，连忙恭维瞿宣矩想得周到，生成是享福的人，才能有这般举动，瞿宣矩被恭维得浑身畅快。

这夜林氏待瞿宣矩分外地就热，天色一黑，就双双携手入帷，一觉睡到二更时候，林氏悄悄地坐起来，原打算下床偷开房门，放蒋、李二人进房动手的。刚坐起来，瞿宣矩就惊觉了，问道："你起来做什么？"林氏吓了一跳，恐怕他生疑心，连忙说道："你不是吩咐我，半夜弄酒菜给你吃喝的吗？此刻已是半夜了，料想你睡了这么久，必已觉得饥饿了，我打算去厨房里弄菜，你还是睡着等吧，我弄好了再来叫你起床。"

瞿宣矩信以为实，一翻身朝里面睡着，合了眼说道："我这时正睡得舒畅，你去弄吧，我再睡一会儿也好。"林氏见瞿宣矩又睡了，才大胆下床，开了房门出去。这时蒋、李二人早立在大门外面等候，林氏轻轻开了大门，借着天上星月之光，一手向睡房里指着，一手做出曲肱而枕的样子，意思是说瞿老五已经睡着了，尽管进去。

李德生拉着蒋辅卿，凑近耳边说道："我两人同时进去，你按住他的下身，我按住他的上身，陈先生既说以不伤他为好，我们便不可使他受伤。"蒋辅卿点头应是。

二人直走到床前，瞿宣矩还是鼾声如雷，李德生不由得心里暗笑，这小子徒有虚名。我两人到了床前，尚兀自睡着不醒，算得了什么好武艺？一面这么想着，一面二人同时撩开帐门，照着预定的捉拿方法，一个抢半截身体，猛力按住。李德生在瞿宣矩耳旁说道："恶贼也有这日么，你的本领到哪里去了，怎不使出来？"说时听瞿宣矩的鼾声，并没有停息，身体也似失了知觉的，绝不动弹。

李德生对蒋辅卿道："我这里按住了，你且把恶贼的腿捆起来，须捆得结实，这小子还假装睡着，不要中了他的诡计。"蒋辅卿应了句好，刚腾出一只手来，取腰间带来的绳索，不提防瞿宣矩的大腿一起，已将蒋辅卿踢得身体腾空，跌倒在墙角落里，离床已有一丈远近了。李德生见瞿宣矩一腿的功夫，竟有这般厉害，心里也着实有些惊骇。哪敢怠慢，用尽平生之力，仍紧紧地按住上半截身体。看瞿宣矩还像是睡着了不会醒，就是起那一腿，也仿佛在无意中抬起了一下，随即又照原样落下，上身并没转动半点。因李德生加劲按下去，才好像被按得有点儿知觉了，胳膊也向上抬了一抬。亏得李德生的武功，比蒋辅卿高了几倍，知道这一下若不躲闪，虽不见得和蒋辅卿一般地跌到一丈开外，然跌下床去是免不了的。连忙闪让了一下，跟着又按下去。

这一按却把瞿宣矩按醒了，睁眼望着李德生问道："你是哪里来的？武功倒还不错。只是你练就这般一身功夫，很不容易，犯不着拿来和我为难。我是很爱惜你，才向你说这些话，你自己站开些让我起来吧。"

李德生劈面"呸"了一口道："你这恶贼，今日是你的死期到了。我生性专喜除强梁恶霸，非取你的命不可！"瞿宣矩冷笑道：

"还早呢，你这点儿本领，哪里就够得上说除强梁恶霸的话。你既不识抬举，我就只好对不起你了，你按紧吧，我要少陪你了。"这话刚说毕，李德生不知不觉地浑身震动了一下，身体立时按在虚空之处，竟不知道瞿宣矩如何抽身逃脱的。慌得跳下来寻找时，只见瞿宣矩赤条条地立在床前。

此时蒋辅卿早已从墙角落里跳起来，手擎那把磨快了的尖刀，见瞿宣矩赤条条地下床，不顾性命地持刀直刺过去。瞿宣矩并不回手，只闪开一旁说道："你不必在我跟前动手动脚吧，像你这种不中用的脓包货，打死也不算一回事，不过污秽了我一双手，所以我不愿意回手打你。如果你定要讨死，再拿刀来逼着我，就说不得要赏你一下。"蒋辅卿这时正是怒气填膺，这些话哪里听得入耳，益发气红了眼睛，又杀将过去，李德生也从腿上抽出两把解腕刀来，直向瞿宣矩下部滚结进去。

瞿宣矩的能耐真了得，毫不费事地就将蒋辅卿手中的尖刀夺了，和李德生略斗了几下，知道要杀翻李德生，也非容易。究竟心虚的人，不敢恋战，也没工夫给他穿衣裤，就赤条条地一纵身，将窗门踢开，只一个鹞子翻身，便翻出窗外去了。

李德生哪里肯放他逃走，也飞身追了出去，双脚才点地，猛觉一条白影，从旁边扑过来，欲待躲闪，已来不及，只得顺势往这边一倒，瞿宣矩已扑到身上。李德生最得意的武艺，就是滚跌功夫，见瞿宣矩扑到身上，不觉逞口叫道："来得好！"瞿宣矩只顾招架着，并不回手，问道："你毕竟是哪里来的，姓甚名谁？快说出来，我此后永远不再上蒋家的门了。"

李德生又跳起身来说道："怕了你的算不了好汉，我便是鹅绒山的李德生。你说此后不来，我现在便不能放你去。"说着又杀过去。瞿宣矩忍不住怒道："你倒想吃住我么？来，来！看到底是谁强谁弱。"二人就在大门外晒谷场上，一来一往地恶斗。

论李德生的武艺，究竟不敌瞿宣矩受过名师指点的精微巧妙，数十个回合以后，渐渐有些敌不住了。蒋辅卿虽也追到了场上，无奈武艺生疏，够不上帮助李德生，只立正一旁看了干着急。

李德生勉强支持了一会儿，终被瞿宣矩一腿踢倒在地。瞿宣矩赶过去踏住说道："我原没有害你的心，并想结识你这个汉子，叵耐你成心要和我作对。你这种硬汉子，我今夜就饶了你，你将来做得我翻的时候，也还是要做翻我的，真是姑息不得。说时掉手中刀尖向下。

蒋辅卿见了这危急的情形，只急得号哭起来，双手掩着面孔，不忍看李德生为他的事丧命。就是李德生到了这时候，也唯有瞑目待死，正在那刀尖将下未下的时候，猛听得远远地有人喊道："刀下留人啊。"这声音不知怎的，竟和被风刮到耳根上来的一般，由远而近。"人"字才喊了，就听得瞿宣矩"哎呀"一声，李德生顿觉身上没东西踏住了。忙睁眼一看，星月之下，看得分明，来的不是别人，正是在陶真人祠教学的陈先生，一手抓住瞿宣矩，与提一只小鸡子无异。

瞿宣矩虽也东撑西拒地想脱开，陈先生伸起胳膊抓住，睬也不睬，回头问李德生道："李大哥身上没受伤么？"李德生这时的惊喜，真是形容不出，一蹦起身说道："还好，还好，没受伤。"陈先生笑道："我来迟了一步，险些儿被这孽障，干出不堪设想的事来。这孽障居心太可恶，可以逃不逃，偏要逞能，还打算取你的性命，这还了得，进去吧，我们慢慢地处置他。"

蒋辅卿喜得跑过来，望着陈先生叩头道："你老人家再迟一步不来，李大哥丧了命，我也没有命了。"陈先生一手搀起蒋辅卿笑道："照你这样说来，我不又成了你们的救命恩人吗？"李德生道："这还算不了救命恩人，世界上就不应该有'救命恩人'这四个字！"陈先生道："本来如此，但是此时也没工夫说这些闲话。"

李德生见陈先生已将瞿宣矩抓住了，伸手想接过来，陈先生道："这孽障肚子里倒有几句《春秋》，不换手的妥当些，虽不怕他逃了，只是麻烦得讨人厌。"李德生也觉得自己的能为，是不及瞿宣矩，当下便由陈先生抓回蒋辅卿的卧房。蒋辅卿这才从腰间取下绳索来，就陈先生手中将瞿宣矩捆了个结实。

瞿宣矩倒在地下望着陈先生问道："你是哪里来的怪物，竟有这般厉害？"陈先生笑道："怪不得你不认识我，我是在陶真人祠教蒙馆的先生，你家三代没有读书的人，你怎么能认识教书先生呢？"瞿宣矩现出很迟疑的神气问道："有了这么高强的本领，为什么在这里教蒙馆呢？"

陈先生哈哈笑道："我这点儿能为，只在你们一都还勉强用得着，如何够得上说本领，天下有高强本领的人多着啊！"瞿宣矩半晌才悠然叹道："我若早知道就在一都地方，也有这般本领强似我的人时，也不敢如此横行无忌了。"李德生在旁说道："休说你这目中无人的小子，不知道有这般本领的人在一都，我难隔三天不见老先生的面，半年来也直到此刻才知道呢。"

陈先生指点着瞿宣矩说道："我是在此地教书的人，往日与你无冤，近日与你无仇，本没有为难你的心思。无如你为人行事，太伤天理。据我看必是山川乖戾之气，钟集在你一家，因此你五兄弟，一个个都是横暴无伦、天理丧尽的恶物。如果因重惩你一个，能使你那四个哥子见了，便回心向善，固是地方之福，也是你瞿家之福；若重惩之后，你哥子仍怙恶不悛，我可断定必有重惩你哥子的人，在那里等着。"

瞿宣矩听了，料知哀告无益，禁不住流泪说道："我悔不听丁师

110

父的教训，至于今日，如丁师父尚在，怎得许我在外面胡行乱走。"陈先生道："你不悔不该从丁师父练武，却悔不听丁师父的教训，你可知道你兄弟的罪孽，全是丁师父一人造成的么？可恨丁昌礼有武艺，不择人而教，使地方受无穷的害。"说时，回头问蒋辅卿道："昨夜教你预备的东西，已办齐全了么？取出来吧！"蒋辅卿应声出去，不一会儿，抱了一大捆进来。

不知陈先生怎生处置，且俟第四回再说。

第四回

小土豪奸淫受恶报
娇女子卖解诛亲仇

　　话说陈先生，见蒋辅卿抱了那些应用的东西进来，即起身一手提起瞿宣矩，教李德生将上身的绳索解开，又教蒋辅卿把预备的扁担拿过来。陈先生接着就灯光仔细看了一遍，见扁担上面没有特别的记号，是一条新买来的，才点了点头，交还给蒋辅卿道："你和李大哥，每人捉住这孽障一条胳膊，分左右张开来，把这条扁担横绑在两条胳膊上，两头须捆扎得紧，使他无论如何抽不出、挣不断。"

　　蒋、李二人答应着，一人抢住一条胳膊。论力量蒋辅卿何能捉住瞿宣矩的胳膊，无如此时的瞿宣矩，顶心发被陈先生一手抓住了，连身体都被提得悬空了，两腿又被绳索捆缚了，纵有飞天的本领，落到了这一步，也就无可施展了。但忍不住不说话，咬牙切齿地问陈先生道："你要打死我便打死我，要杀死我便杀死我，为人迟早免不了一死，我也不怕。我自作自受，就被你打死、杀死，好不怨恨。只是你于今将我这般捆了，究是一种什么举动呢？"

　　陈先生笑道："你瞿家兄弟，是一都地方周围百数十里的有名恶霸，谁不闻名心惊，见面落胆。我们是何等纯良百姓，敢打死你、杀死你吗？既是不敢打死你、不敢杀死你，我们这些小户人家，又没有地方能把你监禁，没奈何，只好和你开开玩笑，使你略受点儿

112

凌辱，出出胸中的怨气，旁的心思是不敢存的。"陈先生说话时，二人已将两条胳膊，就扁担两端捆扎得结实，除了有人代替他解开，他自己一个，是决计解不开、挣不断的。

李德生便问陈先生道："这下子又将怎么办呢？"陈先生指着地下的棕叶说道："你可将这些棕叶，一片一片地插在蓑衣上，插成两个鸟翅膀的样子。李德生与蒋辅卿，依着陈先生的言语，插好了棕叶。陈先生这才将瞿宣矩放下地来，逼令他弯腰俯首，用麻索一端缠在他颈项上，一端缠在他脚跟上，使他两脚向左右不能分开，仅能向前从容移动。头、颈、身体因被麻索牵扯住了，伸不起来。

陈先生一手拍着瞿宣矩的后脑，问蒋辅卿道："你会剃头么？"蒋辅卿笑道："是要把这些头发剃光吗？这用不着会剃，还愁他怕痛吗？"说时取剃刀在手问怎生剃法。陈先生道："只把后脑这一半剃光就得了。"蒋辅卿先理好了瞿宣矩的头发，才一刀一刀剃下，直将后脑剃成一块白肉，陈先生便吩咐不用再剃了。教取出笔墨和颜料来，亲自动手提笔，在后脑上画了一对圆眼，一只尖鼻，余下的前脑头发，散开来披绕在颈项上。然后将插好了棕叶的蓑衣，披上瞿宣矩的背，俨然一只大鸟张开两片大翅膀。

陈先生取了一大把松枝，扎成扫帚模样的东西，从腿缝里向后面伸出来，远望就仿佛一条尾巴，又剪了瞿宣矩身上一块衣角，在手中团着问道："你有什么话想说么？想说的快趁此时说出来。再过一会儿，便不容你开口。"瞿宣矩道："算我倒霉，遇着对头人了，还有什么话说。"陈先生笑道："你既不打算说什么话了，这张口留着无用，张开来给你堵上吧。"瞿宣矩见自己双手已被张开缚住，若再把口堵塞，不能呼人解救，岂不更苦，只得将牙关紧紧咬住，不肯张开。

李德生拿烛照着瞿宣矩的脸，陈先生把剪下的衣角搓成一个圆团，送到瞿宣矩口边说道："张开来呢，咬紧牙关有什么用？"瞿宣矩发出要哭的声音求道："只求免了这一着吧！"陈先生笑道："这话是白说了，快张开来，谁有工夫久和你歪缠。"瞿宣矩知道哀求无益，仍咬紧牙关不张口。陈先生伸左手托着瞿宣矩的下巴，只将拇指和中指一捏牙关，瞿宣矩忍不住"哎呀"一声，口就张开来了。

陈先生乘势塞进衣角，伸着脖子向窗外看了看天色说道："是时候了，就此饶了你，放你回家去吧。"说着将瞿宣矩牵到门外，并正色告诫他道："你自己的行为，讨来这种报应，不能怨人，我也只要是这么惩罚你一遭，使你以后知道改悔，不再蹈前辙，就对得起你师父丁昌礼了。我本当待到天光明亮了，才放你回去的，只为你的年纪轻，怕你将来不好做人，所以趁这天未明的时候，放你回去。你快些走吧，天光一亮，路上就有行人了。"

瞿宣矩听得分明，想不到就这么肯放他走，自然不肯停留，虽则两脚被麻绳牵住了，不能大踏步地走，然一步也可以移动尺多远。练过武艺的人，身法毕竟不同，尽管弯着腰，张着胳膊，两脚还是走得不慢，顷刻便走离了蒋辅卿家。

蒋、李两人眼望着陈先生，是这般放瞿宣矩走了，心里不明白有什么作用。李德生开口问道："好容易才把这淫贼捉住，连打都不曾打他一下，就这么放他回去，不太便宜了他么？"陈先生笑道："这般凌辱他，不比打了他还厉害吗，如何是太便宜了他呢？"蒋辅卿道："我也觉得罚不抵罪，实在太便宜他了，若等到明天放他走，使他在地方丢一丢脸，倒也罢了。此时才过三更，此处离他家不过十来里路，像他这种走法，不待天明准到家了。路上没一个人看见，于他的颜面并无损伤，我们今夜岂不是白费气力？"陈先生点头道："你两人的见解都差不多，此刻不妨悄悄地跟上他去，万不可发出什么声音来，使他知道有人跟着，送他到了家，看他兄弟见面，是如何的情形，即时来报我知道。"蒋、李二人欣然答应，追上瞿宣矩探看去了，陈先生也自回陶公祠中安歇。

且说瞿宣明这夜三更时分，被一阵砂石打在屋瓦上惊醒了，一听后山上有哭泣的声音，接着又听得一种怪叫的声音，吓得连忙将妻子推醒，那泣声还时起时歇。他妻子说道："这时分哪有人在山上哭泣，不明是鬼哭？我小时候就曾听过鬼哭，正是这种声音。也有一种野鬼，专打砂石吓人的。"正说着，哭声停止，怪叫的声音又起了。细听那叫声，并不是停着不动的，从这方面叫起，箭也似的就叫过那边去了。叫声未已，便有一阵冷风吹得窗纸瑟瑟作响，瞿宣明夫妇都不由得打了个寒噤。

瞿宣明说道："我往日只听说有鬼叫，并不曾亲耳听过，这声音并不觉得如何凶恶，但是听了不知怎的，脊梁上如有人浇着冷水的一般，遍身的汗毛，根根都竖起来了。"说话时忽听得瞿宣枚，在隔壁房里喊道："大哥，大哥，醒来了么？"瞿宣明连忙应道："三弟，你也听得了什么叫声么？"瞿宣枚道："吓死我了，一大把泥沙从窗眼里打进来，我床上都落了不少。大哥快来吧，我害怕。"瞿宣明平日对四个兄弟，都异常友爱，见宣枚害怕，即下床开门到宣枚房里去。

原来宣枚的妻子，在近日回娘家去了，宣明的妻子见丈夫起身去了，也害怕得跟了过来。这么一来，把全家的人都闹醒了，听得鬼哭鬼叫的，并不仅宣枚和宣明夫妇，宣泽及瞿家雇用的长工，都一般地听得仔细。大家你言我语地议论了一会儿，瞿宣明说道："我常听得老辈闲谈，说夜间听得鬼哭鬼叫，这地方必不清吉，大概不出半月之内，定有人死，所以说是鬼叫伴。还有一种豺狗，在夜间叫起来，声音也和鬼哭差不多，非常凄惨，那东西一叫，地方也是不清吉的。五弟近来专喜喝酒，时常镇日地在外边玩耍，夜深才酒气熏人地回家来。于今到处塘满坝满，万一走失了脚，跌到水里去了，没喝醉酒还好一点儿，若是喝醉了酒，在前面堤上跌下河里去了，此刻的河水正急，看去哪里呼救！从今夜起，以后须在黄昏以前回家来，如果在人家玩耍，不觉坐到天黑了，不妨就在人家借宿，等次日早起回家，免得家里人悬心吊胆。"这夜瞿宣矩在家中歇宿，他睡着了不曾听得鬼叫，被家里人闹醒了，起来听得他大哥这么说，正合他的心思，所以次日就买了些酒菜，准备在蒋家歇宿。

这夜黄昏以后，瞿宣明见瞿宣矩还不曾回家，便对瞿宣觉等三个兄弟说道："五弟夜间不回家，我总放心不下，你们知道近来常在什么人家走动么？"瞿宣觉道："他去外边玩耍，从来是独自一个人去的，他常说单嫖双赌，嫖女人万不可和人同去。并且他嫖的女人，不肯给人知道，恐怕有人夺了他的，他是这种脾气，我们若追问他，没得倒使他生疑心。"

瞿宣明叹道："这种事不给人知道倒也罢了，我们今夜大家留神听着，如果昨夜那东西，再来后山上哭叫，我们一同出去追赶，给他一顿臭骂。我想鬼是属阴的，我们的阳气足，可以吓退他；由他只管在这后山里哭叫，叫得我心里不畅快。"

瞿宣枚道："我也是这么想，一都地方的人，尚且没一个不怕了我们，什么恶鬼，敢到这里来吓我们吗？我们把单刀、花枪磨快，不管杀得着杀不着，齐心合力地朝他哭叫的方向杀过去，不愁不能将他杀跑。"瞿宣泽道："听说烧硫黄可以辟邪，火药里面有硫黄，可以把鸟枪上起来，只等他一叫，就赶过去吹他几枪，比磨快单刀花枪去杀的强多了。"瞿宣明道："不错，鸟枪是能将阴气冲散，多上一点儿火药，响声大些更好！"

瞿宣泽当即把两支鸟枪装好了子药，并装了发火的铜帽，挂在顺手的地方，各人很留神地睡了，一夜却没听得再有哭叫之声。直到四更过后，瞿宣泽睡的房间，在前面靠近大门，忽听得大门上有东西撞的声响，却又不像是有人敲门，即厉声喝问了一句是谁，不见有人答应，撞响的声音倒更大了。瞿宣泽因有昨夜鬼哭的事在心中，见大门不是寻常敲响的声音，问又不答，已觉得可疑了，跳起来耳贴墙壁细听，就听得一种哼声，仿佛野猪的鼻息。

一都地方本来时常发现野猪，而这种撞门的响声，又正像是野猪用嘴在那里抵撞。野猪的嘴很低，这时抵撞的所在，也听得出只离门限数寸，细听之后，便断定是野猪来了。瞿宣明等都很警醒地睡着，不等瞿宣泽去报告，大家听得响声奇怪，不约而同地各操兵器，跑到大门口来。

瞿宣泽低声说了已听出是野猪的话，瞿宣枚道："既是野猪，小枪子打去是没有力量的，上大枪子打吧！"瞿宣泽慌忙换上大枪子。瞿宣明不相信野猪会到人家撞门，一面口中喝问是谁，一面从门缝里向外张望。喜得门缝很宽，外面也还有点儿残余月色，一眼就看见两个大翅膀张开，一条大尾巴翘起，满身绿毛茸茸的怪物了，当门立着，不住地用脚撞门，并哼声不止。

瞿宣明看了这种怪物，只吓得浑身发抖起来，一把拉了瞿宣枚教他看。瞿宣枚的胆量最大，主意最多，看了虽是不免有点儿害怕，只是绝不踌躇地回身，取了一支鸟枪在手说道："索性把门开了好打些。我和四弟开枪，大哥、二哥提刀准备，若两枪打不死，便是一顿乱刀，也得砍死他，怕什么？"瞿宣觉听了，随即拉开大门，只见那怪物回身跳着逃跑。瞿宣枚追上去擎枪喝道："跑到哪里去！"喝声未了，轰然一枪已朝怪物的背心打去。

怪物来不及倒地，瞿宣泽的第二枪早又发了，怪物一声都不曾叫出，已翻身倒在地下。瞿宣觉恐怕两枪还不曾打死，蹿过去手起刀落，将怪物的头劈了半边，瞿宣明也赶过来一刀，原是打算劈掉

117

翅膀的，想不到一刀劈在扁担上，觉得不对，怎么怪物翅膀上有木头呢？低头细看，才看出是人装的，当下大惊说道："不好了，是谁假装这样一个东西来吓我们？这样无端地闹出一场人命官司来，怎么好呢？"

瞿宣枚看了说道："管他是谁，这只能怪他自己讨死，何能怪我们？"瞿宣明道："话虽如此，死在我兄弟手上，又死在我家门外，总与我们家里不利。唉，这真是哪里来的晦气！"说罢连连地跺脚不止。

瞿宣枚道："大哥用不着焦急，这本来算不了一回事。大哥若不愿意和人啰唆，最好趁此刻天光亮时的时候，我们将这尸身拖到前面堤上去，往急流头一抛。到天明时，已不知被水推跑到几十里以外去了，谁有什么凭证，知道是我们兄弟打死的呢？"瞿宣明听了喜道："还是三弟心里灵巧，有主意。事不宜迟，定是这么办吧！"

瞿宣泽走过来就动手拖脚，瞿宣枚忽摇手止住道："是这么拖使不得，一则草地上拖去有痕迹；二则有鲜血流出来，若一路滴过去，就打扫也打扫不干净。且取一扇门板来，将尸身放在门板上，连门板扛到堤上去，回头再洗门板上的血迹就容易了。"瞿宣明不绝口地赞道："三弟真可以，不是三弟这么细心，我们难免不闹出乱子来。"

瞿宣觉已跑回家里，取了一扇门板出来，四兄弟同时动手，哪敢迟慢，扛起来飞奔到堤上，四人都有很大的气力，捉脚的捉脚，提翅膀的提翅膀，猛力向急流的河心一掼，可怜瞿宣矩纵有飞天的本领，也一点儿施展不来就死了。

四兄弟眼望着"扑通"一声响，将水打成一个大漩涡，浪花都溅了丈多高，待到波纹一合，早已无影无踪了。瞿宣枚道："我们不可在此停留，快回去将草地上的痕迹消灭。这门板也得洗刷干净，事后方不至给人瞧出破绽来。"瞿宣明道："东方已经发白了，幸亏

118

此地不当大路，咦？你们看，那边不是有两个人朝西走吗？"

瞿宣觉等三人随着瞿宣明所指的方向看时，果见两个黑影朝西去了。瞿宣枚忽叫了一声"哎呀"道："不好了，那不是两个好东西！"瞿宣明一面抬着门板向回家的路上走着，一面很吃惊似的问道："三弟怎么知道不是两个好东西？"瞿宣枚道："大哥难道真个急糊涂了吗？你刚才还说幸亏此地不当大路，又看见那两个东西是朝西走的，我们的家在东边，那两个东西，不打我家门口经过，如何能走到那条路上去？并且我看那两个东西跑得很快，不像是行路的人。"

瞿宣觉道："三弟素来多疑，这回只怕又是疑心生暗鬼。若是有人商通了，有意装这么一个怪物，来惊吓我们，同来的人见我们开枪，就应出来拦阻……"瞿宣枚不等瞿宣觉说下去，即插口说道："二哥这话不对，我家住在一都，有谁敢来这般戏弄？我想但怕已中了人家借刀杀人的毒计。"瞿宣觉道："即算是中了人家借刀杀人的计，也没什么大不了的事。我料想如果是这么一回事，刚才看见的那两个东西，十九就是用计的人。用计的人，虽是亲眼看见我们动手杀死的，谅他也不敢出头做证。"瞿宣枚听了不开口，只独自向家里跑。

瞿家离河堤原不过半里路，转眼就跑到了。瞿宣明等见他先跑，也跟着飞跑。只见瞿宣枚跑到门前草地上，弯腰在怪物中枪的地方，像寻觅什么的样子。天明是很快的，东方一发白，只霎眼之间，就大地通明了。眼见瞿宣枚在草上，拾起一件东西，擎在手中，反复看了几眼，立时口里哇哇地叫了两声，仿佛干号的神气，而脚乱跳了几下，身体一歪，便倒在草地下不动了。

瞿宣明等不由得大惊，奔上前来，三弟、三哥地乱叫，瞿宣枚竟像是死了的一样，听凭三人叫唤，动也不动一下。这时瞿家的人

119

都出来了，当开枪的时候，睡着的人，自然都被惊醒了。但是大家都只道他兄弟，是出外打鬼去了，以为打鬼是没有什么可看的，并且恐怕跟着跑出去，被飞子误伤，所以大家都在床上挨着不睡，想等瞿宣明兄弟打鬼回来，再听打鬼的情形。及听得三弟、三哥地乱叫，叫声带着慌急的意味，才知道是出了意外的事，因此大家跑出来看。

瞿宣明见宣枚不省人事，一面教人快拿姜汤来灌救，一面细看宣枚手中，还握着沾了鲜血的鞋子，遂伸手去取那鞋子。谁知宣枚紧紧地握着不放，用力剥开手，方取了出来。瞿宣泽的快眼，一见这鞋子便喊道："不得了，不得了，这鞋子不是五弟的吗，怎么会穿在这怪物的脚上呢？"瞿宣明一听，也急得登时倒地昏死了。

瞿宣觉、瞿宣泽至此方明白，四兄弟合力打死的怪物，并非怪物，就是自己的胞弟瞿宣矩，也忍不住号啕大哭起来。一家人哭的哭、救人的救人，好一会儿先将瞿宣明灌救得醒来，捶胸顿足地哭道："我的五弟呀，你是多聪明、多能干的人，怎么会遭这种惨死？是谁把你弄成这个模样？使你惨死在同胞兄弟之手，你的阴魂有灵，务必把仇人的姓名说给我听。你有四个金刚一般的哥子，若不能为你报仇，也无颜在世间做人了。"

哭的那种凄惨声音，岂但能使石人堕泪，宿在巢中的鸟鹊，都听了这哭声难过。一只一只地插翅飞离了树林，放声哀鸣，飞过草地而去，仿佛要将这凄惨的情形，去报告它的伴侣。

这时瞿宣枚也被灌醒转来了，倒不哭泣，只咬得牙关喳喳地响，仰面望着哀鸣飞过的一只乌鸦说道："祸事已经见过了，还要你叫些什么？我们活着的四兄弟，若不能替五弟报仇，誓不做人了！"说着睁眼立在旁边的瞿宣明和长工道："你们只管围绕着我干什么呢，还不趁早快去河边捞尸吗？"大家被这一句话提醒了，当即忙着用长竹竿，扎了几个铁钩，一窝蜂似的拥到河堤上。

此时一轮红日，已高出地面，只见河水滚滚东流，趁早风的船只，都满扯风帆，橹桨都无用处，哗哗地破浪而行。瞿宣明揩着眼泪，望着瞿宣矩落水起漩涡的河心说道："我们四个绝无天良的东西，不是把五弟掼到那河中间的吗？你们看那地方的水，流得多么快，此刻只怕已流下去好几里了。"瞿宣枚道："从下流头来了条船，船头上有人坐着，我们且去问问，看他们曾瞧见河中有浮尸推过么？"旋说旋迎着那上水船走去。

喜得这一段的河流很急，上水船只能靠着河堤拉纤，在河堤上的人，好和船头上的人谈话。瞿宣枚迎上去，向船头上的人咦了一声道："我问你们一句话，你们的船从下流头开来，曾看见水上浮着有死尸么？"坐在船头上的人听了，翻眼望了望瞿宣枚，现出很不高兴的神气，对同在一块儿的伙伴说道："是哪里来的晦气？今早开头就听得乌鸦叫个不住，于今偏又遇了个问死尸的，你看晦气不晦气？"那伙伴也瞪眼望了望瞿宣枚道："理他做什么，只当没听得就不相干了。"

瞿宣枚的脾气，在平时尚且十分暴躁，无论遇着什么人，不开口问话则已，开口便是凶神恶煞的模样，一句话不如意，就要破口骂人。他骂人照例不容人回驳声辩，人家只一回驳，他动手就打起来了。这时他心里痛恨他兄弟惨死，更是没好气对人说话，若遇着本地方的人，知道瞿氏兄弟如狼似虎的性格，见了他害怕，不敢说出冲撞他的言语，倒也没事；偏巧遇着过路的船户，他们哪里知道瞿氏兄弟的厉害，只觉得瞿宣枚问话时的神情，大模大样的讨厌，而问出来的话，又是不中听的水上浮尸。

当船户的人，禁忌最多，尤其是清早起来，异常怕听触犯禁忌的话。时有因人无意中，说了触犯他们禁忌的话，两方闹起口舌来，以致请客评理，勒令说话的人写"包成字"。包成字的用意，就是包管他们船户，不致因触犯禁忌而发生意外；万一真个在多少时日以内，出了什么变故，那因说话写了包成字的人，便得赔偿船户，为意外变故所受的损失。

船户既有这许多禁忌，当然不睬理瞿宣枚。只是瞿宣枚出娘胎到于今，这回算是初次逢人白眼，一时简直气得胸脯都要破裂了，破口大骂道："狗人的杂种，老子问你的话，你是聋了呢，还是哑了呢？你敢在老子跟前，使出这般嘴脸来，只怕是活得不耐烦了。弄发了老子的脾气，连你这劳什子船一并戳翻，你自去阎王那里喊冤。"

两个船户也从来不曾见过这般凶横不讲理的人，无端挨了这一顿臭骂，如何忍受得下呢？遂也跳起身来，就在船头上破口大骂。船舱里及船艄的水手将瞿宣枚的话听得分明，也都伸出头来，帮着向堤上乱骂。

瞿宣明在后面看了，恐怕瞿宣枚又闹出祸乱来，连忙趱赶上前，瞿宣枚已奋不顾身的，将要跳上船头去打人。亏得瞿宣明手快，一把就拖住了瞿宣枚的胳膊，低声劝道："我们都是不识水性的人，不可去上他们的当。并且五弟的尸，还在随波逐流地不知去向，我们怎忍心撇了他的尸不去捞，倒和过路的人争闲气呢？劝三弟忍耐了这一遭吧。"瞿宣枚虽则凶横暴躁，但是尚肯听信瞿宣明的言语。众船户见瞿宣明后面跟来不少的人，一个个手拿长钩，也不免有点儿害怕。船主出来将一干人喝住，一场风波才无形地消灭了。若两边都逞气愤，动起手来，一定又要打出一两条人命，被打死的，不待说是船上的人。

架既不曾打成，瞿宣明遂率着瞿宣枚等，一路向下流头寻去。寻了十多里，才在一处沙滩上发现了。瞿宣矩身上的松枝棕叶，早已被水洗去，仅剩了一件破蓑衣披在背上，两颗大枪子皆中要害，头颅被劈去了一半，一条胳膊也劈断了。

瞿宣明等四兄弟看了这种惨死的情形，心中怎不悲痛？当下解开了捆缚手脚的绳索，掏出口中的衣角，四兄弟抚尸痛哭了一阵，才扛回家装殓葬埋。

从此四兄弟到处明察暗访，只是始终访查不出陷害瞿宣矩的仇人来，也猜不出为什么人家要用这般毒计，陷害瞿宣矩；更不因瞿宣矩得了如此的结果，四兄弟遂改变行为。好嫖好赌的，仍是嫖赌如故；好行凶打架的，仍行凶打架如故。又继续横行了两年，益发没有人敢惹瞿家的兄弟了。

这年夏天，一都地方，忽然发生了一种谣言，说来了几个江湖上的术士，专一取妇人的胎婴，传说得有凭有证。瞿宣枚有一个曾经奸占的妇人，丈夫姓王行五，地方人就叫这妇人为王五嫂。王五嫂有了六个月的身孕，这夜忽然死在床上，下体鲜血淋漓，肚中的胎，仿佛已被人取去了。据王五对人说：这日下午，陡然下起雨来，有一个做杂货生意的人，挑着一担簏篓，到王五家来避雨。王五在人家做长工，夜间照例不回家歇宿的，家中只有王五嫂和一个未出嫁的姑娘。邻居有两老夫妇，这日的雨，偏下一个不住，直到天黑了，还是大一阵小一阵。避雨的杂货担，因怕雨打湿了杂货，不肯冒雨走出去，只得要在王家借歇。王五嫂虽不情愿，但觉得做小本生意的人，若将一担货物打湿了，不能卖钱，岂不是一件大苦恼的事。有此一着念，便说不出拒绝借歇的话来了。

那做杂货生意的人，并不是在里面房间睡着，连同杂货担，就在大门旁边地下打盹儿。邻居老夫妇世故甚深，知道不认识的人，来家里借歇，是得防闲偷盗的，临睡曾关照王五嫂小心门户。从大门口到王五嫂睡房，须经过三重门。这三重门在未睡以前，姑嫂同时关锁好了，并堆些桌椅在门内，使在外面的人，无论如何推不开。

一夜睡到天明，邻居老夫妇起来，见雨也止了，大门也开了，杂货担也不知在何时去了，而对王五嫂房里去的三重门，仍是很严密地关着。平日王五嫂起得最早，开门总在邻居老夫妇未起床之前，只有王五嫂的姑娘，起得很迟，每日须睡在床上，等她嫂子的饭菜弄好了，叫她起来吃，她才起来。

邻居老夫妇，当时就觉得诧异，不知王五嫂今早为何这时分，还不开门出来。不过虽是这么疑惑，也没人去敲门呼唤，直到早饭已熟了，才见王五嫂的姑娘开门出来，慌里慌张地对老夫妇说道："不好了，我嫂子昨夜死在床上了。我刚才睡醒过来，听厨房里没一些儿动静，叫了几声嫂子，也不见她答应，只得起来，先到厨房里看看，灶里冷冰冰的没有火，锅里也空空的没有米。又叫了几声才去嫂子房里，谁知嫂子已死在床上了。"边说边哭了起来。

邻居老夫妇听了，自然吃惊不小，登时同去探看，才看出王五嫂下体淋漓的鲜血来，肚子里的胎已有六个月了，立起睡下，肚皮都鼓起来很大，此时却和没身孕的时候一般平小了，确是被人将胎取去了无疑。但是三重门都严密地关锁停当了不曾开，就是那做杂货生意的取胎，相隔几重门，又如何能取去呢，不是有邪术吗？当日打发人送信给王五，只因天气太热，不敢将尸在家中停留，次日就葬了。

王五为这事请了几天的假，四处寻觅那个做杂货生意的人，打算拿着送巴陵县治究，只是寻不着。瞿宣枚听得说，想起当日奸占王五嫂时候的情形，觉得王五嫂待自己很不错。这次怀中的胎，说不定还是自己的骨血，是这么被人伤害了，实在太可怜。并且自觉一都地方，是他瞿氏兄弟的势力范围，竟有江湖术士，敢在一都不求他兄弟的许可，擅取妇人之胎，那江湖术士的眼睛里，还有他瞿氏兄弟吗？

瞿宣枚一动了这两种念头，也就到处留神，决心要把那取胎的术士拿住，当众处死，以显他瞿氏兄弟的手段。

一日，瞿宣枚在地方闲行，一则想于无意中访得陷害瞿宣矩的谋主；二则为那取胎的事，看有无新消息可得。走到一处田亩之中，猛听得前面喊声大作，随着喊声起处看去，只见有一大群老少农民，也有拿锄头的、也有拿扁担的，一路呐喊着追赶。一个年约四十多岁，身穿短衣的大汉，不要命地往前逃跑，追的一迭声喊拿住。

瞿宣枚心想看这大汉的衣服，不像是本地方人，不知为什么事触犯了众怒，以致这么多人拿锄头扁担追赶他。我知道一都的农民，素来多是很老实的，对外路人尤不敢欺负，可知这大汉必不是一个好东西，或者就是那次取王五嫂胎的恶贼，不可让他逃了。我从这边抄过去，看他再往什么地方跑？主意一定，遂从田塍上包抄过去，口里也高声喊道："大家加一把劲追上去，不要给他跑了。"

众农民见前面有人包抄堵截，并都认识是瞿宣枚，知道他的武艺极好，不愁敌不过大汉，登时精神陡长，脚步也比前更快了。只是那大汉，见瞿宣枚从前面抄来，把去路截住了，绝不踌躇，折身跳下禾田中，踏着禾苗向山上飞跑。

瞿宣枚料知这大汉非常精悍，若仍依照原来形式，一个前走，大家跟在后面追，不但永远追这汉子不上，并且一遇树林茂密的所在，追向前的人，还恐怕受这汉子的暗算。随即向众农民摇手喊道："你们不用是这般追赶了，他于今既逃上这山里去了，就暂时放他逃去也没要紧，因为这山里没有出路。他不打算逃出一都便罢，若想逃出一都，免不得还须走上这条大路来。我只问你们，为什么事定要拿他？"

一个年老些的农夫，走近前喘着气说道："现在我们一都地方，来了好几个取妇人胎、剜小儿眼的恶贼，瞿三少爷还不知道吗？这大汉就是一个，刚才在我那村里，正待下手剜周大嫂的儿子眼睛，幸亏周大嫂听得儿子哭声，出来得快，撞破了，不曾被他剜去。"

瞿宣枚道："既是这种恶贼，万不能容他逃走。你们各自分开来，去向这山上包围，不必急促，尽管边走边沿途多邀帮手，不妨人多。只要拿着了这一个，他同党的姓名及窝藏之处，就不怕他不实供出来了。有一句话要紧，你们须切记在心，向这山上包围过去的时候，尽管从容，这山里没有可吃的东西，不问他多大的本领，一挨饿便不行了。切不可单独一个人上前去拿他，围着了的时候，我自会和他动手。"

众农民平日虽见了瞿氏兄弟的背影都害怕，然此时一般人的心理，都要借重瞿宣枚的武艺，去对付这大汉，便无形地将害怕的态度，变成亲近的态度了。大家觉得瞿宣枚的计划不错，哪敢怠慢，当即分做几路，依着计划实行邀众包围去了。瞿宣枚也不停步地单独遵着大汉的去路追赶。

原来大汉逃上去的这座山，这边是绿沉沉一望无际的禾苗，那边是浪滔滔一望无际的湖水。八百里洞庭湖，以此处为最宽阔，在冬季水干的时候，山下还有沙滩可以行人。于今在夏季，正是水满湖堤的时候，除了有船只，在那边山下等候以外，就插翅能飞，也飞不过这天水相连的湖去。

大汉不知道这山的形势，在急不暇择的时分，以为山上有邱壑岩石便于隐藏，但能翻过山那边去，便不难脱险了。当时逃进山中，躲在岩石背后，喘息了一会儿，拾了许多小圆石子在手，静候有追赶的到来，准备一颗石子对付一个人，且打伤几个精悍善追的再逃。无奈等了些时，并不见有一人追赶进山，逆料这边是不好回头走的，曾跟着这边的人，必能认识他的面目，只得揣了些石子在怀中，藏藏躲躲地爬上山巅。低头向山下一望，这才叫一声苦不知高低，再回头望这边山下时，只见操刃执杖的，每十多人为一股，也看不清有若干股，缓缓地向山下包围过来，绝不似刚才追赶他时争先恐后的模样。还不曾围到半山中，大家便停止前进，好像守候什么的神气，并看见从田塍上抄截他的那人，也跟着来了。走到这一股人跟前，仿佛吩咐了几句话，又走近那一股人，也是一般的举动。若干股都吩咐遍了，方独自向山上走来，旋走旋抬头举眼朝山岭各处张望。

大汉自知藏匿的地方好，在下边的人，仰面不能看见。擎石子在手，等到相差不过二三丈远近了，两眼朝别处张望的时候，猛不防同时发出两颗石子，一颗直射瞿宣枚的头颅；一颗直射胸脯。石子脱手，就不觉得叫了一声"着"，这是他平日发暗器打人的习惯，此时失了检点，照倒逞口说了出来。

他自信石无虚发，以为避了一颗，避不了二颗，只要打着了，没有不受伤倒地的。哪知道瞿宣枚机警绝伦，就寂静无声地将石子打去，尚且未必能打着，何况先给瞿宣枚一个信呢？只见瞿宣枚应声往下一蹲，射胸脯的石子，擦头皮过去，一点儿损伤没有，倒使瞿宣枚知道他隐藏的所在了。

大汉见瞿宣枚这般能耐，禁不住心里一惊，第三颗石子竟不敢发了，只好准备拼命。瞿宣枚虽因石子，发现了大汉隐藏的所在，但是并不急急地抢上前去动手，仍是行所无事地从容过去。边走边笑向大汉隐藏之处说道："好家伙！已领教过了，还有好些儿的么？再来一个给我看看。"

大汉突然跳上石岩，对瞿宣枚拱了拱手说道："请问好汉尊姓大名，我有下情奉告。"瞿宣枚哈哈笑道："你到我一都地方来取妇人胎、剜小儿眼，却不认识我，怪不得要受些磨难。我便是瞿三少爷，常言'入国问禁，入境问俗'，你到一都也应打听打听，可有你们横行的份儿?"大汉似乎吃惊的样子说道:"这些话从哪里说起,我何时取过妇人的胎、剜过小儿的眼? 真是冤枉。"瞿宣枚冷笑道:"你自然说没有,可是由不得你狡赖,我试问你既是没有,为什么要这么拼命逃跑?"

大汉来不及回答,瞿宣枚已到切近动手打起来了。大汉闪让了一步说道:"确是冤枉,求瞿三少爷容我细说。"瞿宣枚道:"你若不打我两石子,我未尝不能相信你是冤枉,此刻我只能相信一都地方的人,断不会无故欺负过路的人。你不是心虚情急,为何躲在这岩石背后拿石子打我? 幸亏我能避让的了,若在旁人,性命不断过在你手里了吗? 就凭你这一点狠毒之心,已是死有余辜的了,无须摇唇弄舌,你少爷非取你的狗命不可。"

大汉知道软求是没用的,就也圆睁两眼喝道:"姓瞿的不要欺人太甚,须知我并非怕你,你定要打,尽管来吧!"瞿宣枚也不答话,搭上手便打起来。

半山里的众农民,见瞿宣枚已与大汉交手,遂一步一步地逼过来。这里才打了几个回合,众农民中见大汉的武艺很高,任凭瞿宣枚眼明手快,只能支持一个平手,仓促不能取胜。众人中多有练过武艺的,但自信皆不是瞿宣枚的对手,若瞿宣枚被大汉打败了,要凭众人的本领将大汉拿住,确不是一件容易的事。因为山里不比平阳之地,这边虽则人多势大,却以地势高低倾侧,大汉躲闪容易,众人不能一齐拥上。

其中有几个年轻正在练武的,一来看人动手,有些技痒;二来恐怕瞿宣枚万一失败,大汉便少了一个劲敌,遂不待瞿宣枚招呼,即舞动手中短棍,帮助瞿宣枚夹攻大汉。他们当进山的时候,瞿宣枚曾吩咐过的,听凭瞿宣枚独自上山与大汉交手,他们只包围守候不动,如大汉的能为果然出众,瞿宣枚自知不能战胜,临时再口发一种信号，招呼众人中之武艺高些儿的，上前助战；没有信号就不可移动。无奈众民众心恨大汉，不是有纪律的军队，自难事事谨守命令。有一两个急头上前的，便不知不觉地牵动全体了。这两个使短棍的，一夹攻进来。

大汉不但不慌，倒仿佛精神陡长的样子，提起臂膀向短棍迎上去，喝一声"来得好！"短棍已被夺到他手里去了。使棍的人因牢牢地握着，想夺回来，哪里敌得过大汉的气力，被拖得扑地一跤。大汉夺了那短棍并不使用，只一顿脚，就从倒地人的身上蹿过去了。

若单是和瞿宣枚一个人动手，瞿宣枚的精神专注，大汉要想抽身逃跑，实不容易。并且在半山守候的人，因相离较远，看得分明，大汉向哪一方逃跑，在哪方守候的人，来得及准备抵御，瞿宣枚在后面追赶的，也好施展他矫捷的功夫。助战的一不待招呼，守候的又不遵吩咐，瞿宣枚就因此分了神了。不仅瞿宣枚分了神，连守候的，也只顾看双方交手的变化去了。大家以为有三个人，围住一个人打，这个人是决不能脱身图逃的，做梦也想不到大汉反脱身得这般迅速。

大汉既从那人身上蹿过，就双手举起那根短棍，用打梭镖的手法，对准一个相隔最近，年纪最老的射去。那时枪炮没有盛行，长兵器中有一种叫作梭镖的，在打得好的人用起来，非常厉害。能在数十步以内，射人无不应手而倒，若在近处交手，又可以当兵器使用，巴陵地方人会用这种梭镖的最多。大汉将短棍当梭镖射去，那年老的人，不提防有这一着，正中胸膛，身体一仰，便一路翻滚下山去了。

大汉的身法真快，乘那人仰倒的时候，让出了一条隙路，只将身躯一扁，仿佛鹞子翻身的架势，但见影儿一晃，已冲出了重围。守候的人一个个惊得呆了，连追赶都忘记了的神气。毕竟是瞿宣枚不凡，也不追赶，只弯腰拾了几颗石子，朝着大汉的背后打下去。大汉匆匆逃跑，由上而下的暗器，又是从背后打来，怎能躲闪？脊梁上正着了一石子，身体被打得往前一栽，也险些儿翻滚下山去了，不敢再如前一般地直跑，一路之字步逃下山去了。

众人见大汉遭了一石子，才同声发吼追赶。瞿宣枚气愤地大骂道："你们都活见鬼，到这时候才想起来要追赶，早肯听我的话，看他如何能逃得了。我们上百的人来拿他一个，尚且是这么容易地被他逃了，你们丢面子算不了一回事，我以后真无面目见人了。"说罢怒气冲冲地自回家去。

他自从经过了这番事故之后，疑心瞿宣矩就是被这类取胎、剜眼的人陷害的，益发每日出外，访查这类形迹可疑的人。只是始终不曾访出一点儿线索，而取胎剜眼的谣言也停息了。

光阴迅速，瞿宣矩已死过一年了。事过境迁，宣明兄弟虽矢志要替宣矩报仇，无如访不着设计陷害的人，满贮着四肚皮的怨气，无处可以发泄，不知不觉地冷淡下来。

这日瞿宣明因四十岁做寿，地方贺客来得不少，宣觉等三个兄弟爱热闹，特地从长沙叫了一班戏子来家演戏。一都地方的富厚人家虽很多，然以乡风俭朴，特地到长沙叫戏班来家演戏庆寿的事，数十年中未曾有过。因此有许多生平没有出过远门，没有看过演戏的人，便是平日和瞿家不通来往的人，也都借着做寿来瞿家看戏。百数十里的乡人，多有被引动了的，瞿家不少的房屋，竟内外拥挤得没丝毫隙地。

中午时候，众贺客都坐在席上饮酒看戏，宣觉三兄弟陪宣明，在堂上正中间坐一席，大家正兴高采烈，忽有人走到瞿宣明身边说道："现在外面来了夫妇两个，带一个女儿，据说是在江湖上卖解的，特从巴陵赶来庆寿。"瞿宣枚听了即截住话问道："带了个多大的女儿，模样如何？"来人说道："大约有十七八岁了，模样生得实在太好，就是身体好像太弱了，只怕她不能玩把戏。"

瞿宣明问道："他们是空手来的吗？"来人道："那男子挑了一担篾箕，妇人肩着一捆刀枪棍棒，只那姑娘是空手。"瞿宣觉道："既是特地从巴陵来，给大哥庆寿的，也难得他们这一番敬意，不妨传他们进来问问，看他们有些什么能耐？今日宾客盈门，正好叫他们凑凑热闹。"

瞿宣泽道："这也是大哥的福分好、声望好，才有这些人从远方来庆祝，自然传他们进来，也使大家好见识见识。一都这样乡僻的地方，不是有大哥做寿的风声传出去，如何会有卖解的到这里来？"

瞿宣明见三个兄弟，都打起精神凑趣，自也高兴。当即仰面摇头哈哈笑道："什么福分好、声望好？要我破费几文罢了！就去传进来给我看看。"来人应着是转身去了。

不一会儿，只见引着一男一女进来。男的年约五十岁，身体很瘦弱，不像有多少能为的样子；女子年约十七八岁，虽是布衣蓬首，然态容绝妙，体态轻盈，一眼望去，竟是大家小姐的风度；只是行动弱不禁风，更不像是卖解的女儿，可以当场显出身手的。一路走上堂来，使满座的宾客，人人停杯放箸，围聚着眼光，注射在这女子身上。年轻佻达的，看出了神，不知不觉地立起身来，一堂的秩序都几乎乱了。

那人引导着父女两个直到上座，男子先向瞿宣明屈膝请了一个安，起来教女儿拜寿，女子低头现出害羞的样子。瞿宣明嬉笑得眯缝着两眼说道："罢了，罢了！亏了你们巴巴地多远跑来替我凑个热闹，我心里已很高兴了，拜寿的话不敢当，我就叫厨房里，开一桌丰盛的酒席来，给你们吃喝。你父女有什么好看的玩意儿，可在前面天井里做点儿出来，使众宾客看了快活快活。做得好时，我重重地赏你。"瞿宣枚接口问道："你父女会些什么玩意儿？若是刀枪拳脚等把戏，就没有什么看头，少弄点儿吧！"

卖解的男子答道："可惜我们只会这些刀枪拳脚的玩意儿，不会旁的把戏，却是怎么好？"瞿宣明道："就是这些玩意儿也罢，只要打得热闹就行了，姑娘们玩起来，就是玩得不好，也比男子玩的好看些。"随即回头向伺候的人说道："去叫厨房里另开一桌酒菜，在前面天井里，等他们卖解的玩耍过了，就给他们吃。"

卖解的父女走到天井中，那妇人已将刀枪棍棒，扛到天井里，男子取出一对雪亮锋利的双刀来，直立在天井当中，面朝着堂上的宾客说道："刀枪拳棒这些玩意儿，拿到瞿府上来卖弄，自知是班门弄斧。不过我父女靠此谋生，也顾不得丢丑，只得求各位老爷少爷们包涵一点，不要认真。"说罢抱了抱拳，两把刀就翻飞上下地舞起来了。

瞿氏兄弟见刀法平常，正看看有些耐烦了，猛见男子就地打了一滚，双刀尖冲向女子的脚下，即见小小的金莲一起，正踏在刀尖上，身体就凭空直立起来。这一只脚的鞋尖，也踏在这把刀尖上，男子在地下一翻一滚地过去，女子的身体，也直挺挺地跟着回转。男子举刀向上，坐起来，立起来，女子始终直立在刀尖上不动。

这么一来，不由得瞿氏兄弟连声喝彩，瞿宣枚忘了形叫道："这种功夫应得赏赐，三少爷赏你一锭银子吧。"说时从怀中掏出一个十两重的银锭来，举手向女子打去。银锭直奔女子的头面，女子不慌不忙举出两个指头，轻轻一夹，将银锭夹住了，众宾客看了，都不约而同，暴雷也似的喝了声彩。就在这彩声当中，听得卖解的男子说道："谢三少爷赏去。"这话声才了，只见女子身轻如燕，从刀尖上腾空一纵，已飞过几重筵席，直落到瞿宣枚跟前，便听瞿宣枚"哎哟"一声，把满堂的宾客都惊得呆了。

不知谢赏是怎生谢法？且俟下回再写。

第五回

独眼龙远道续良缘
湖萝葡故乡警污吏

话说瞿宣枚举起一锭银子赏去，见女子两个指头便轻轻夹住了，正自看了得意。心里打算要如何才能将这女子弄到家里做妾，不提防一瞬间，女子已凌空飞到了跟前。说时迟，那时快，女子的双脚还不曾着地，已在瞿宣枚头顶上劈了一掌。瞿宣枚仅叫了一声"哎哟"，身体就栽倒在地，脑浆都迸出来了。

瞿宣明等三兄弟眼睁睁地看着，因是出其不意，仓促竟不知道要捉拿这女子，而这女子也并不慌张逃走，只转身一纵，仍立在天井当中。堂上的宾客，一个个吓得离席惊慌乱窜，倒把出路拥塞了。瞿宣明兄弟虽都睁眼看见女子，转身纵到天井当中去了，却被众宾客拥塞了出路，一时不能挤出去。瞿宣明兄弟的武艺虽高强，但都不会纵跳，并且见瞿宣枚被劈倒地，手足关情，不能不急急地看伤势如何。

及看了瞿宣枚脑浆迸裂，才一个个咬牙切齿的，也顾不得挤伤了众宾客，瞿宣明一面口喊捉拿凶手，一面领着宣觉、宣泽分开众人，追赶出来。到天井中一看，卖解的三人都跑得无影无踪了。有几个宾客，指着大门外说道："已逃出大门去了。"三兄弟随即追出大门，只见卖解的夫妇，带着那女子正向前跑，脚下真快，一转眼就跑上河堤去了。瞿宣明振臂呼道："我们万不能放凶手逃跑，不拿住凶手，三弟的冤仇，便永无报雪之日。"

瞿宣觉、瞿宣泽听了，都尽力追赶，无奈相离太远，等到瞿氏兄弟追上河堤，卖解的已上了堤下停泊的一只小船，开离河堤有三四丈远近了。那女子独立在船头上，左手执弓，右手扣弹，燕叱莺嗔似的，向河堤上瞿氏兄弟说道："冤有头，债有主，瞿宣枚无端聚众，围困我父亲，我父亲已经突围而出了，瞿宣枚却还不舍，打了我父亲一石子，使我父因伤身死。我今日是特来报父仇的，父仇既报，不与你们相干，劝你们各自回去，不许追赶。"

瞿宣泽也不答话，想追到河面仄狭处纵身上船，仍不停步地跟着小船追赶。宣明、宣觉自也不肯罢休，只听得那女子喊道："我与你们无冤仇，不值得取你们的性命，如果你们真不自量，定要讨死，我只得对不起了。"说时，弓弦一响，一颗弹子丸，直向瞿宣泽下部射到。

瞿宣泽来不及躲闪，正打在脚背上，弹近力猛，竟弹进肉中去了。脚背上既中了这一弹，不但不能向船上纵跳，连一步也不能移动了，当即倒在河堤上，不能挣扎。瞿宣觉看了怒不可遏，破口大骂："贱丫头不要走，我一条命也不要了，就和你拼了吧！"遂不顾瞿宣泽的伤势如何，从瞿宣泽身上跳过去又赶。瞿宣明知道自己兄弟不是那女子的对手，追上去徒然送了性命，只得把瞿宣觉拉住道："二弟不用追了。"

瞿宣觉的性格极刚暴，当下只气得乱跳，反喝问瞿宣明道："三弟、四弟就由这贱丫头打得死的死、伤的伤，我们便不和她算账了吗？"瞿宣明流泪说道："不是我做大哥的，忍心望着三弟惨死，江河里面是弄不过人的。这丫头的能耐，不弱似你我，加以她在船上，又有弹弓在手，我们休说不能跳上船去，和她拼个高低强弱；就是

134

上了她的船，你看那一巴掌大的船头，我们能在上面施展武艺么？只若在堤上跟着追赶，我们不能伤损她一根汗毛，挨她一弹子就得躺下，何苦再去上当呢？"

瞿宣觉的性子虽暴躁，但亲眼看见瞿宣枚，被女子一掌就劈得脑浆迸裂，瞿宣泽又中弹倒地，他自信武艺不比两个兄弟高强，贪生怕死的心思，不问智、愚、贤、不肖，是人人有的；不过性情暴躁的人，须得有人提醒罢了。瞿宣觉既经他大哥提醒，随即把勇锐之气挫退了。

此时瞿家宾客中之胆气壮些儿的，及与瞿家有关系的人，都相率赶上河堤来了。看那小船顺风流水，似弩箭离弦地往下流头奔去，相差已有一二里河面了。随后赶到河堤的人，见瞿氏兄弟尚且不敢追去，更有谁肯去送死呢？一个个如痴如呆地望着小船去的看不见风帆了，才大家跺脚叹气，说可惜便宜凶手逃走了。

瞿宣明、瞿宣觉都泪流满面地搀扶着瞿宣泽，忍痛归家。瞿三娘已抚着瞿宣枚的尸体，哭得死去活来，堂戏早已停锣不唱了。胆量小的宾客，不知道将闹出什么大乱子来，各自怕受连累，一个个趁瞿氏兄弟去追赶凶手的时候，不辞而去。瞿宣明想起何等热闹的局面，只一霎眼工夫，就变成这般凄惨的景况了。任凭如何凶恶狠毒的人，处到这种境遇，心中也没有不悲哀惨痛的，还幸亏瞿宣泽的弹伤在脚背上，不是人身要害之处，只将弹丸取出来，敷上些刀创药，不过十天半月工夫就好了。

他们三兄弟把瞿宣枚的丧葬，办理完结之后，瞿宣觉对宣明、宣泽提议说道："我瞿家搬到这一都地方来住，虽只有二十几年，然我瞿氏兄弟的雄名，远近一二百里内有谁不知道？怎奈家运不好，意外之祸，接连而来。五弟惨死的冤仇，尚不曾报得，三弟又死在那贱丫头手里了。我们现在活着的三兄弟，若不能替两个死去的兄弟报仇，不仅对不起三弟、五弟，将来我们到九泉之下，又有何面目见父亲、母亲呢？并且我瞿氏兄弟是素负盛名的人，如果自家兄弟被人打死了，不能报仇，此后我们的威名扫地，还能在一都地方，向人说得起半句响话吗？我仔细思量，大哥是当家的人，家中事多，不能分身走动；四弟的脚曾受伤，虽经医治，总难如前一般便利，也以在家多调养些时为好。我平日在家，本来没什么事可做，正好出门寻觅仇人，碎尸万段，以出我胸中恶气。我此次决计出门报仇，大哥四弟不用问我的归期。我何时报了仇，便何时回来。若是三年五载还不回来，不是仇人不曾遇着；就是我的能耐，敌不过仇人，反死在仇人手里了。我为三弟、五弟报仇而死，没有不甘心瞑目的。不过我的妻室儿女，得烦大哥四弟关顾关顾罢了。"

瞿宣明听了流泪说道："近年来我家的家运不好，以致天外飞来的惨祸，层现迭出。据我的意思，三弟、五弟的仇，固然都是要报的，但是我觉得这几年不宜去报，因为到我家算八字的先生，都是一般的说法。说我前年正交了什么'禄堂运'，说什么'禄堂，禄堂，家败人亡'，又说什么'禄堂，禄堂，眼泪汪汪'。我仔细想来，我家自从前年起，直到今日，整整的两年，委实没有过一件遂心顺意的事。三弟、五弟的惨祸，是不用说的了，就是居家种种碎琐的事，也是一桩也不得如意。

"人家喂养得好好的母猪，每年下两窝小猪，每窝都是十三四只，乳水也足，不到两个月就出窝，大的三十来斤一只，最小的也是十七八斤。这样的好种母猪，弄到家里来，谁说不是赚钱的货色。无奈我交的禄堂运太坏，劳神费力地用强将那母猪弄到家里来，哪知道竟变了卦，到我家第一次走草，偏遇着一只老脚猪（即牡猪），就不曾照起（湘人称猪交为照），只得又花钱照第二次。照起后才两个多月，便下了一窝不成形的小猪。母猪也会小产的事，不仅从来不曾见过，也没有听人说过。

"这一都地方，哪一家不养鸡鸭，有养得多的，每年的鸡、鸭蛋，也是一项出息。我家虽不靠鸡鸭蛋卖钱，然一家二十多口人，也须吃不少的蛋。从我前年一交上禄堂运，连鸡鸭都闹出种种的花头来了。雄鸡会张开翅膀，飞到别人家去；雌鸡也会飞上灶头，将灶上的饭碗菜碗打破；鸭婆在夜间关在笼里的时候不生蛋，居然会把蛋带到田里去生，在田里做工的人，时常看见有臭了的鸭蛋。像这一类的事很多很多，我平日懒得提起，因为说起来使人怄气。这虽是些极小的事，然可以见得我当家人的运道不好，家运也跟着不好了。

"我思量在我这禄堂运当中，一家大小，事事都得谨慎。我并不求事之能称心如意，只求不再出伤我家元气的祸事罢了。二弟不可性躁，且在家里躲过这三年，等我这条禄堂运过去了，再一同出门寻仇人报复，料想必能如愿。一般的同胞兄弟之仇，应该大家同去报复，若教二弟一个人去，我和四弟偷闲在家，自己问心也太对不起三弟、五弟了。"

瞿宣泽应声说道："大哥说且在家里躲过三年的话，我以为使不得。休说我们有这样深的仇恨在心，三年的日月，不容易忍耐过去；就是能忍耐，三年之后，人事的变迁必多。我们并不是知道仇人的姓名住处，可以随时前去报复，还要临时去访查，趁此刻事隔不久，访查也容易着手些。若再过三年，我敢断定这仇永远不能报了。大哥欢喜听信那些算八字的胡说，连这样兄弟之仇，都因算八字的一句话，延搁不报。知道的人，必说我们兄弟不中用；不知道的还要骂我们不念手足之情呢！我脚背上那一点儿伤，原算不了什么事，何况此刻已经好了，行动毫无妨碍。我陪二哥一同出门去，即算大哥真是运气不好，我和二哥不见得也与大哥一般。总之家中不可没有大哥，便是不交什么禄堂运，只要留得二哥和我在世，也轮不到大哥亲自出马报仇。"

瞿宣觉连忙接声说道："四弟这话不错，那些讨饭的瞎子，知道什么东西？胡说乱道地哄骗女人和小孩子罢了，我听了就生气。所以大哥每次叫了算八字的进来，我立时抽身就走。最使人听了可恶的，就是算小孩儿的八字，个个都是犯什么关、犯什么煞，送钱给他退治一下子就好了。过不了几日，若再叫一个算八字的来算，又是一般的说法，又得送钱给他鬼混。其实不信他们的狗屁，小孩子也是乖乖地长大成人，果真犯了关煞，岂是他们那种连自己谋生力量都没有的人，所能退治的？我多久就想说，不可听信那些瞎子的屁话，只因为听信也没有大妨碍，可见大哥一团的高兴叫了进来，说了徒然扫大哥的兴，所以不说。于今大哥既为听信那些胡说，要把应报的仇，搁下不报，我就不能不说了。"

瞿宣明悠然叹道："这类阴命相的话，本来信与不信，在乎各人，我原是相信的，不能因你一说，我就不信；也如你原是不相信的，不能因我一说，你就相信的一样，只是于今也无须谈论这些不相干的话。你两人既是同心要去报仇，我没有倒从中阻挡的道理，不过二弟曾说不能报仇，便不归家的话，这话就大错特错了。你也不思量思量，你自己有妻室儿女，我家兄弟虽没有分歧，但是谁人的妻室儿女，终是谁人肩上的担子。你若为仇不曾报得，便一去不回，你试代你老婆设身处地，如何得了？如果四弟同去，存心也和你一样，又请你试代我设身处地，看我一个人，拿了这四房的少男幼女，更如何得了！你们去，我不阻拦，也没有旁的话可说，只有一句话，你两人非听从不可。此去无论仇人访查得着与否，至多一年须归家，哪怕归家住一夜又去也使得，免得你们的妻埋子怨。"瞿宣觉不能不应允，从此宣觉、宣泽两兄弟就出门访寻仇人去了。

暂时且将他兄弟访寻仇人的事，搁下一边，好趁这时分把瞿宜枚的仇人复历叙述一番，再归正传。

却说湖南长沙省城北门城外，有一家开瓷器店的，店主姓金名发兴，招牌也就叫作"金发兴"。这金发兴的原籍，并不是湖南人，他初到长沙的时候，年纪才二十五六岁，生得腰圆背厚，目大眉粗，望去不像个做生意的人。只是每日挑着一担瓷器，到城外十多里乡村人家，沿门叫卖。他说话略带些江西口音，那时江西人在湖南做生意的极多，大家都承认他是江西帮的瓷器担罢了，谁也不去问他的来历。他仪表虽不像个做生意的人，但做生意的时候，与人议起价钱来，却十二分的和易，从来不因人家还少了价钱，现出不高兴的样子；就是将一担瓷器都翻看遍了，一件不买，他也是和颜悦色地挑着出门。

有一次他挑着一担瓷器，走到一个种田的人家。这家的小孩子很多，平日不大看见瓷器担，忽然看见了这一担花花绿绿的东西，喜得大家跳的跳、跑的跑，一窝蜂似的拥将过来。金发兴正陪着这家的主人讲生意，不提防小孩子推推挤挤的，将这头的担子挤倒，瓷器担上虽照例有麻绳网子网着，但网子只能维持瓷器，不跌落下来，连担子倾倒了，绳网也没有用处。并且有人做生意的时候，绳网已经解开了，当下这一倾倒，只听得"当啷啷"一声响，碗盏杯碟滚了一地，足足地打破了一半。众小孩儿知道撞了祸，吓得又是一窝蜂似的逃走。

这家主人也吓慌了，以为是自家的小孩儿不好，打破了人家的瓷器，自家应赔偿给人。不过眼见得打破的东西不少，哪有许多钱赔偿给人呢？因此急得追上小孩儿，抓住就打，打算将小孩痛打一顿，平平金发兴的怒气，再议赔偿就容易些。谁知金发兴见主人追着小孩儿打，倒赶过来拉住主人的胳膊说道："这事不能怪他们，为什么抓住他们乱打?"

主人听了很诧异地问道:"是他们这些可恶的东西,推推挤挤弄翻了的,怎么不能怪他们?"金发兴摇头道:"不是不是,是我自己不曾将担子安放平正,便没有他们挤过来,也免不了要倒翻的;并且也不曾打破几只碗,算不了什么事。譬如我挑着瓷器担,失脚跌了一跤,把一担瓷器都打破了,却教我去打谁呢?"主人见金发兴这么说,才把怕赔偿的心思放下了。因此一传十,十传百,凡是见过金发兴的人,都知道金发兴是一个最良善的瓷器贩。就有许多人家,不买别人的瓷器,坐等几个月,等到金发兴挑了瓷器上门才买的。

是这般在长沙挑了七八年的瓷器担,就在北门城外开了这家瓷器店。这瓷器店的规模不小,那时湖南全省,没有第二家瓷器店能赶得上的。当这瓷器店初开张的时候,招牌还不曾挂出来,这一条街上的店家,都以为像这么大规模的店子,必是一个大富豪经营的。及打听主人是江西帮姓金的,都只道江西帮里富商多,谁也想不到就是挑瓷器担的金发兴。后来正式开张,金发兴接请众街邻到店里宴会,才一个个钦佩金发兴会做生意。只挑一个小小的瓷器担子,七八年工夫,居然能积聚上万的银两,一步便跳上了殷实商人的地位。

金发兴这时的年纪,已有三十五六岁了,还不曾娶妻,就有许多商人绅士,羡慕金发兴的生意做得好,想将女儿或姊妹嫁给金发兴做老婆的。无奈金发兴虽是一个做小生意出身的人,眼界却似乎很高,凡挽人去说媒的,一概被金发兴婉言谢绝了。说媒的人问金发兴所以中年不娶的原因,金发兴推诿的言词不一。有时说少年时候已经娶妻,夫妻非常恩爱,不料成亲不过三年就一病死了。此时思念前妻,当不能忘情,不忍续娶;有时说在少年时候已经聘订了同乡人家的女儿,未成亲就因饥荒逃散了,至今得不着消息,因有

140

约在先，非俟得到那未婚妻或死或嫁的实在消息，不能另娶。究竟哪一种原因是真的，湖南人固然没人知道，便是向江西帮的客商打听，也没有明白金家历史的。因金发兴捐助江西会馆的钱，比一般人多，而对于同乡公益的事及慈善性质的事业，也都比一般人肯尽力。初时同乡中之势利的，因金发兴是个小贩出身，很存心轻视，及见金发兴为人能识大体，能轻财重义，自奉极薄，而待人极厚，才渐渐地把轻视的心理转了。

金发兴的瓷器生意虽做得很大，店里雇用的帮伙很多，然他自己并不偷闲。每年到景德镇采办两次瓷器，必亲自前去，雇船押运回来。店中的事，不论大小，也必亲自督率着雇伙同做，因此雇伙中没有敢偷懒舞弊的。

生意做到第四年，金发兴已经四十岁了，这日金发兴从景德镇运了一船瓷器回来，码头上挑夫将货挑到店里，金发兴正自指挥着雇伙将货向仓里堆积。忽见一个店伙，神色惊慌地跑来报道："请老板快出去瞧瞧，外面来了一个彪形大汉，说他是来讨钱的吧，进店门并不开口说话，只往柜台跟前一站，就从袖中哗啦一声，飞出一个茶杯大小的圆东西来。张先生正坐在账桌跟前算账，那圆东西不偏不斜地正对准张先生的头顶飞来，将张先生的帽顶结子打落了，吓得张先生一抬头。不提防那东西来去得真快，第二下又对准面门打来了。张先生戴了个近视眼镜，这一下就正打在眼镜上，眼镜掉下来，幸亏落在账簿上，不曾跌破。张先生近视眼，看不出是什么人和他开这玩笑，立起身来问时，那大汉早已收那圆东西，对着架上的五彩花瓷坛，一只一下，打得当当地响。谁说要他不打，他就向谁打来，问他为什么事，他只不开口回答，我的鼻尖上也被他打了几下，不过不觉得很痛，只吓得我不要命地跑进来了。老板快出去瞧瞧吧，架上的货，只怕都要被他打坏了。"

金发兴听了并不惊骇，也不立时提步往外走，面上略露出些踌躇的神气，问那店伙道："你看清楚那大汉的面目，是怎生一个模样么？"店伙道："那大汉的年纪，只怕有五十岁了，紫红色的脸膛，左眼睛角上有一个钱大的瘢痕，连左眼睛都塌陷下去了，好像只有右边一只眼睛能看见。"金发兴听了这几句话，便连连点头道："不用说了。"旋说旋举步往外走，还没有走到柜房，就见管账的张先生气急败坏地低一步、高一步逃了进来。两个学生意的小伙计，也跟着张先生抱头鼠窜。

张先生近视眼，看不见金发兴出来了，劈面撞将过去，金发兴伸手拦住问道："什么事吓得这样乱跑？"张先生才立住脚，双手摸了摸头顶说道："我这头没有打出血来么？啊哟哟，外边来一个大汉，真是蛮不讲理，此刻一柜房的瓷货，只怕一件也不留了。老板不可出去，出去也是要挨打的，快从后门去报官吧，告他白昼打劫，多弄几名会把式的捕快来，方能将大汉捉住。"金发兴连忙安慰他道："请你放心吧，我认识那大汉，知道他不是来打劫的，我一见面便没事了。"说着撇了张先生又往外走。

到柜房只见一个如伙计所说一般的大汉，双手握拳抵在柜台上，圆睁起一只眼睛，向里面张看，好像寻觅什么人的样子。对面左右的店家，及这条街上的过路人，见金发兴店里忽然来这么一个凶恶的人，打得一店的伙计都逃跑不迭，无人不觉得奇怪，大家不约而同地围住店门看热闹。

金发兴直走到大汉跟前，一揖到地说道："原来是你老人家，真是难得你老人家肯光降，请进里面来。"大汉一脸寻人吵闹的神气，至此无形消退了，脸上也透出一点儿笑意说道："大老板也还认识我这个穷叫花么？"金发兴答道："岂敢，岂敢！你老人家这话，折磨杀我了。"说时将大汉引进自己卧室坐定，复回身到柜房，见看热闹的还有许多不曾散去，金发兴即高声说道："承诸位高邻关情，看了刚才的情形，或者要疑心敝店出了什么横事，不免代敝店担忧。其实并不是出了横事，方才来的这位大汉，虽是一个走江湖卖艺的人，然我在少年的时候，穷苦得无力谋生，曾蒙他老人家救过我的性命，我感他老人家的恩，至今没有报答。近来生意虽做的得法，有报答的力量了，无如生意没有帮手，不能抽身去寻找他老人家。他老人家只道我已是忘恩负义，不打算报答的了，所以生气前来找我。就是这么一回事，请诸位高邻不用为我受惊。"

看热闹的人听了，都无言散去，店伙也都安心各做各的事，不以为意了。金发兴才走回自己卧室，带着些儿埋怨的神气，低声对大汉说道："师叔为什么要用这般一个来势，险些儿不把我吓死了呢！"大汉道："你好安闲自在地过了这几年，只这样吓一下子，就经不起了吗？若不这么吓你，你肯出来么，你可知道我们在江西受了多少惊吓？老实对你说吧，你师父此刻已下在南康府监里了。"

金发兴流泪道："这是我早已料定有这一天的，若在八年前肯信我的谏，何至如此！大师兄梁一鸣呢？"大汉道："我就是为受了你大师兄之托，才长途跋涉地到这里来，在他师徒此刻正是忧愁困苦，没可奈何。而在你却是喜中有喜，可谓锦上添花。你师父当日不是曾说过，由他出头作合，将梁一鸣的妹子梁月华，许配给你的吗？梁月华的品性和武艺，你都是知道的，因为你师父有那么一句话，你的心里虽不知道怎样，她心里倒是很甘愿的。你走后据你师兄说：'月华也曾几次劝谏你师父及早洗手，远些儿换一个码头，尚不失一个富翁的地位。'奈你师父不肯听从，致有今日。你师兄就亏了月华见机得早，未遭毒手，于今独自逃亡在外，不知下落。临行才到我家，向我叩头说道：'我的父母都已去世了，没有兄弟，只一个妹子月华，虽是后母生的，然后母也于前年去世了。蒙师父的栽培，使我兄妹能学成一身武艺，本打算追随师父之后，大小做成一点儿事业；无如人心太坏，师父既落了自家人的圈套，我虽一时幸免，终难在此间立脚。尽多人劝我挺身出来接师父的手，团集师父的旧人，不使涣散。舍妹月华执意不可，说我一接手就去死期不远了，逼着我立刻远走高飞。我独自高飞远走是容易，但是舍妹年轻，一个人在家，如何是个了局？我想师弟金石友，在一同跟着师父学艺的时候，他独对月华甚好，所以师父曾说从中作合的话。只因那时舍妹的年纪太轻，以致拖延下来了。现在我既成个这样的局面，只好将舍妹托付师叔，访寻金石友，作成这件亲事。'

"梁一鸣说完这一篇话，也不问我能不能受他托付，又接连叩了两个头，即起身匆匆地走了。我事后思量，既当面没有推辞，他托付的事，便不能不尽力替他去做，只得即日亲去梁家看月华，把一鸣托付的话，说给她听。她一点儿不迟疑地说道：'访寻金师兄的事，暂可从缓，且容我报了师父的仇再说。'我问他师父的仇，将怎生报法？她踌躇不肯向我说明，我料想她必有难说之处，便不追问了。

"又过了几日，这夜三更以后了，我从梦中惊醒，忽觉有人敲门。开门看时，原来是月华来了。突然对我说道：'特来求师叔一同找寻金师兄去。'我说：'我既受了你哥哥的托付，金石友是得去找寻的，不过金石友自离开你师父到于今，已七八年未通音讯了，究竟他当时去向何方，也没有人知道。且等我一个人去各处访寻，得了他的下落，见他将话说明白了，才回头带你去，方为妥当。若就这么冒昧一同动身前去，姑无论你是个年轻女子，行路多有不便。即算你有功夫，能与男子一般和我同走，到底什么时候能访寻着金石友？你一个年轻女子，能三月五月半年一载地在路上漂流吗，这

如何使得？'月华笑道：'如果金师兄当日的去向何方都不知道，此刻去哪里寻找他的踪影？'

"我至此才明白她早已知道你的着落，次日就从九江雇了一条船，打算且到了长沙，再细细探访你的居处。也是天从人愿，这日上船还没有一会儿，月华正坐在舱里，从窗眼看码头上往来的人，忽见你押了十几挑瓷货，搬运到相隔十多丈远近的一条船上。月华叫我看，我看了很欢喜，就要过来招呼，被月华阻拦住了，说我们在这地方不好招呼人，既是见了面，以后跟着开头，跟着停泊就是了。因此才一点儿不费事地得着了你这所在。于今月华还在船上等候，只看你打算怎么办？"

做书的写到了这里，便不能不把这个瓷器小贩，金发兴的来踪去迹，略略地交代一番。说到这个金发兴的家庭履历，在当时也实在是有些足使人称道的地方。他父亲单名一个琰字，江西南康府人，金琰十一岁考幼童进学，十四五岁就文名大噪了。所来往的都是一般负不羁之才的名士，青衣骂座、白眼看人，礼法算是什么东西，在金琰一般人的眼中，简直不屑顾盼一下。科名也不在他们心上，各自以为负着盖世的才华，举人、进士是各自所固有的，何时高兴，就何时去取这头衔戴上就是了。

但是世事哪里有这般容易如人意的，金琰连下了五六次科场，这举人的头衔，只是弄不到手。看平日同负盛名的名士，也都差不多，才不由得有些心灰气短，知道科第不能全仗才华，有许多关系在根基祖德的。十几岁时候那种恃才傲物的神气，已渐渐减退好多了，直到三十岁才中了一榜。因希望腾达的心思太切，金家的产业，在南康也可称得起是一家富室，就花钱捐了四川一个知县。

那时四川的哥老会的气焰，已是很高大的了。他原想将所统治的一县，竭力整顿一番，不使有哥老会存在的。及到四川，仔细一探听哥老会的组织及行动，虽觉得不能与寻常没知识、杀人放火的强盗一例看待，然整顿是不能不存心整顿的。

金琰初次到任的是石泉县，这日带了不少的随从人员，前去石泉上任。走到离城二十来里的地方，一处门临大路的火铺，只见过路茅亭中摆设了一桌酒菜，一个衣冠楚楚的人，中等身材，年龄约在五十左右，拱手当路立着。背后紧跟着两个魁伟绝伦的壮士，包头裹腿，威武逼人。

金琰坐在大轿中，早已看见了这三人的形态，心里虽料想是来迎接自己的，然猜不出是什么人，何以会在这地方，如此情形地迎接。不过金琰从来胆大心雄，不似寻常读书人模样，转眼之间，大轿已到了茅亭前面。在前开道的人，厉声喝三人闪开，三人不理，只见那个衣冠楚楚迎轿长揖说道："闻老父台今日容任敝县，小民敬备杯酒，为老父台洗尘，千万求老父台赏脸。"金琰见这人举止安闲，发声如洪钟，只道是这地方的大绅士，既这么客气以礼相迎，觉得推辞不便，当下就也在轿中拱了拱手，招呼停轿跨了出来。

那人让到酒席跟前，亲自执壶斟酒说道："如此草率，原不成个敬意，只因小民添居四川哥老会中首要，不敢从事铺张，恐怕于老父台官声有碍。小民素无姓字，因小时绰号'湖萝葡'，现在川中的人，还是称小民为湖萝葡，求老父台赏脸，喝了湖萝葡这杯洗尘而兼接风的酒。"

"湖萝葡"三个字的声威，此时在四川，实在可以说是其大无比，金琰陡然听了这派言语，任凭他是胆大心雄的人，也不由得他心里不吃一惊，但是尚能力自镇静，不曾露出惊慌失色的态度来。看湖萝葡的神气，不像是有恶意的，遂接过那杯酒说道："本县未到四川以前，就闻你'湖萝葡'三个字的声名，到四川后顺便访问访问，提起你'湖萝葡'三个字的人更多了。本县心里猜度，以为你湖萝葡能在一省哥老会中当首领，同会中无人不敢不听你吩咐，必是一个形体极魁梧、相貌极凶狠的魔头，想不到竟是这般一个，温文尔雅的人物。可惜此时不能和你多谈，此地也非谈话之所，且俟本县到任后，你不妨迳到衙门里来，既是本县约你来的，决无相害之意，你可放心。"湖萝葡笑道："谢老父台青眼，小民也知道一个县衙门，不是能奈何小民的所在，只要老父台不嫌草野，有事咨询时，小民可以随传随到。"

金琰见湖萝葡说话的口气不小，简直是有恃无恐的样子，究竟不知道他具何等本领，敢当着知县夸这种海口，想问却不便出口，只问道："你家住在哪里？"湖萝葡摇头笑道："小民没有家，小民的家就是四川，老父台若有事要传提，只须对衙役说一句，小民随时可前来拜谒。"金琰举杯略沾了沾唇，即与辞上轿，到任去了。

初到任的官，事情自然忙碌些，然心里时时刻刻离不开湖萝葡的事。过了几日，公事稍闲了些，才传了一个多年在石泉县当差的老捕头，叫何清的问道："这石泉一带的哥老会头目，姓什么，叫什么名字？你应该知道。"何清垂手应道："回禀大老爷，捕头是知道的，这石泉一带的归余维亮。"

金琰问道："余维亮吗？余维亮是个什么样的人，有多大年纪了？"何清道："形象仿佛一个读书人，年纪不过二十零岁。"金琰问道："他有什么本领？二十多岁就当哥老会的头目。"何清道："捕头却没有见过他有什么本领，但知道石泉一带会中人，都推崇他，不敢不听他的号令就是了。"金琰点头问道："还有一个绰号'湖萝葡'的呢，是不是与余维亮一般的头目？"

何清听得金琰问湖萝葡，面色似乎迟疑的样子回道："湖萝葡在四川，没有能与他一般的。"金琰道："这话怎么讲？"何清道："余维亮仅能在石泉一县当头目，过了石泉县境就不行了。湖萝葡是四川全省的大头目，余维亮怎能比得上？"金琰道："湖萝葡是四川人么？"何清道："他就是在这石泉县生长的人。"金琰道："你知道前任邹大老爷，再前任王大老爷，初来这里上任的时候，有湖萝葡在半路上迎接么？"

何清听了，面上仿佛露出些诧异的神色问道："捕头不曾听说有半路迎接的举动。"金琰道："不在半路迎接，有别的举动没有呢？"何清迟疑着说道："有是有的，捕头不敢照实回禀。"金琰听了也觉诧异问道："有什么举动？这是不与你相干的事，尽管照实说。"

何清只得又请了个安回道："说起来实是捕头该死，枉吃了这份捕头的官粮，前任王、邹两位大老爷到任的头一夜，都曾在枕头底下看见了一封信，信上写了几句告诫清廉勤政的话，信封的背面，画着一只'湖萝葡'。王、邹两位大老爷得着那封信，都没声张，只将捕头传上来，责问了一顿，自后也就没有别的举动了。"

金琰心想湖萝葡这次对待我，算是格外客气的了，就他的行为，倒是个豪侠之士，我于今既有缘做了这石泉县，不可交臂失了这样一个人物。随即问何清道："你知道湖萝葡住在什么地方？"何清道："他从没一定的住所，不知道究竟住在哪里。"金琰沉下脸道："胡说，他既是生长在石泉，难道没有一个家，在露天里生长的吗？你尽管说出来，本县知道你们这类无用的捕头，不是他的对手，不能将他传提到案，本县并不责你传提他。你若隐瞒不说，本县就认你们都是呼同一气的，非敲断你的狗腿不可。"

何清见金琰放下了脸，吓得连忙跪下说道："大老爷明见万里，湖萝葡确不是捕头的力量所能传提得到的。他于今也实在没有一定的住所，因为一般人多说他父母，已死去三四十年了，他只单身一个人，又是哥老会的大头目，各州府县的小头目，一个个都巴不得他去多住些时，好亲近亲近，因此他能到处为家。不过他并不避人，

148

所到之处，远近数十里的人多知道。"

　　金琰一想湖萝葡所说，四川就是他家的话，竟不是夸海口的。然则要传询他，只向这捕头说，他确是能前来的了。当下便对何清说道："你起来吧！你哪里知道，湖萝葡曾亲口向本县说过的，如果本县以后有事要传他来问话，只须吩咐你们一句，他自然会来的。他是一个汉子，岂肯无端对本县说假话，你下去，吩咐门房，湖萝葡来须立时传报上来。"何清也猜不出，这位金大老爷是什么举动，只得连声应是，退去来照话吩咐了门房。

　　不知湖萝葡果然来了没有，且俟下回再写。

第六回

惩淫僧巧断忤逆案
忘形迹罚出押柜钱

话说金琰既吩咐了捕头，要传湖萝葡到县衙里来，心里便一面思量，如果湖萝葡真来了，应该如何对付的方法，但是一时也思量不出一个妥善的法子来。因为到任不久，湖萝葡的声名，虽早已如雷贯耳，究竟湖萝葡有多大的本领，何以能在四川蓄成这么大的势力，平日在地方是怎样的行为，都苦于不知道。凭空要想出一个制服他的方法来，本也不是容易的事。一时既思量不出，也只好打算且待他到县衙里来了，会见谈话之后，再作计较。

金琰是个振作精神要做好官的人，到任之初，自然从勤理民刑诉讼案子下手，将前任未了结的案卷，一一翻阅了一遍，应后审的，即时悬牌出去，定期复审。

次日正在坐大堂审案的时候，忽闻下面有妇人喊冤的声音，金琰立时停了审讯，吩咐衙役且将喊冤的妇人带上来。

不一会儿，那喊冤的妇人已上堂跪下说道："求青天大老爷，替小妇人做主，惩办忤逆不孝的儿子。"金琰看这妇人，年龄不过三十多岁，身上虽穿着的是粗布衣服，然清洁齐整，可以看得出，是一个很爱好的妇人。脸上不施脂粉，自然面白唇红，眉梢眼角，尤见风情。暗忖这妇人在少年时候，必是一个美人胚子。于今年纪不到四十岁，她的儿子不待说，至多也不过二十岁，怎么就送起忤逆来呢？随即举眼朝堂下一看，只见有一个衙役，抓住一个年约十三四岁，反缚着双手的男孩儿，站在下面好像等候传呼的样子。

那男孩儿把头低着，从堂上看不出面目来，只身上的衣服破敝不堪，仿佛是一个小叫化。科头赤脚，遍体泥污，料想这妇人送的忤逆子，就是这孩子了。遂向这妇人问道："你这妇人有什么事冤枉了，来本县这里喊冤？"这妇人又叩了头说道："小妇人的儿子忤逆不孝，小妇人办他不了。求青天大老爷做主，把这忤逆子办了，小妇人感恩不尽。小妇人这里有一张状纸。"说着从怀中抽出一张状纸来，即有站班的衙役上前接了，呈上公案。

金琰看状纸上写的意思是：这妇人张刘氏，年三十八岁，丈夫张汉诚是个秀才，在石泉县很有文名，已于三年前去世了。临死的时候，曾遗嘱十二岁的儿子张天爵，务必用心读书，继续书香。张刘氏遵着丈夫的遗嘱，将替人家做针线、洗衣服得来的辛苦钱，送张天爵到附近蒙馆里读书。无奈张天爵极顽皮懒惰，不肯用功，张刘氏屡次教训，不但不听，竟敢和张刘氏对骂对打。昨日居然把张刘氏推倒在地，拳脚交下，亏得有邻人前来解救，方得脱难。因为如此忤逆，只得捆缚公堂求办。

金琰看了状纸，猛然沉下脸来，拍了一下惊堂木喝道："把这忤逆不孝的畜生拖上来。"那衙役答应了一声，即将那男孩子推上，双膝跪在公案下面。金琰看这孩子仍把头低着，筛糠也似的抖个不住，细看他的面貌，虽则是污垢得难看，然五官生得甚是端正，不是下等人模样。两眼流下许多的泪水，将面部的污垢，一道一道地洗得现出肉色，更显得一种可怜的样子。金琰是个精明人，看了这情形，心里已料知其中必有缘故。这孩子纵然不孝，也决不至忤逆到将娘推倒在地，并且拳脚交下。当即喝问这孩子道："你就是张天爵吗？"

这孩子见问，益发抖得厉害了，口里只是回答不出来。张刘氏跪在旁边指着孩子骂道："你这畜生，在家里对我那么凶恶，怎么见了大老爷，就装出这般老实可怜的样子。你昨日打娘的本事到哪里去了呢？"张天爵望了望张刘氏，两眼的泪，益发如撒黄豆一般地掉下来。

金琰又将惊堂木拍了一声，对张天爵骂道："本县生平最痛恨的，就是不孝父母的儿子。你这东西，这么小小的年纪，就敢如此不孝，本县正好把你办个榜样，给一般不孝的儿子看。"说毕回过脸来对张刘氏和颜悦色地说道："本县平生最痛恨的是逆子，而最钦敬的就是节妇。你的丈夫死了，没有遗下产业，你能靠着替人家做针线，洗衣服，辛苦度日；还遵着丈夫的遗嘱，送儿子读书，这真是了不得的节妇。不过你只有这一个儿子，本县若将他办了忤逆，你的后半世却依赖谁呢？"

张刘氏道："青天大老爷在上，小妇人孀居，只有这一个儿子，若不是万不得已，岂肯送惩忤逆。小妇人再四思量，这逆畜既不听教训，凶暴性成，将来必致在外无恶不作，拖累小妇人，并坏他死去父亲的声名。与其日后不仅不能靠他养老，倒得受他的拖累，不如忍痛割舍，求青天大老爷把他办了的好。"

金琰不住地点头道："这话也有道理，你且回家去，本县依法办他就是。"张刘氏又叩了个头，起身退下去了。张天爵看见张刘氏退下去，忍不住伏在地下哽咽起来。金琰也不作理会，吩咐带下去好好地看管。

金琰因为自己精干，判案明决，当审案的时候，照例敞开大门，听凭人民上堂观审，以表他公正无私的态度。这时审案，堂上观审的人，两方和前面都挤满了，张刘氏上堂喊冤，金琰留心看观审人的神气，觉得一般人对于张刘氏，都表示一种不高兴的样子。及听到金琰夸奖张刘氏是好节妇，那些人更交头接耳地议论起来，那种代为不平的神气，在场的多是一样。

金琰看了，心里益发能断定，张刘氏不是一个好东西了。当时退堂下来，传了两个在衙里当差的本地人，打听张汉诚生时的为人。据说张汉诚是个很有文名的秀才，人品也甚正派，他在日张刘氏并没有不端的声名。只近来外边有些人议论，说张刘氏与舍利寺的当家和尚法缘有染，不过表面上做得很干净，外人只是如此猜疑，却拿不着他们苟且行为的证据。张刘氏自张汉诚死后，家里确是四壁萧条，一点儿遗产没有，替人家做针线洗衣服，也是实情。唯张天爵是否不听教训，是否将张刘氏推倒在地，便不得而知。金琰问道："外边人议论的仅有法缘和尚呢，还有别人没有呢？"

这本地的人道："不曾听说有别人，但是还听说有一件好笑的事。张家对门是一家姓王的，家资富有，那个大家都称他为王大少爷的，是本地一个最有名的好色之徒。只是生性悭吝异常，一钱如命，不知在何时看上了张刘氏，屡次向张刘氏调情。大约张刘氏嫌他鄙吝，不愿相从。有一次不知怎的，这王大少爷在街上被张刘氏扭住不放，一面破口大骂，一面举手打王大少爷的嘴巴。亏得过路的人极力解劝，问起缘由，据张刘氏说王大少爷屡次调戏她，她都没理会，这次又向她调戏，并说出些不中听的话，不由得不扭打起来。王大少爷被打得一言不发，自捧着脸回家去了。当时有人在旁听得的说：'张刘氏因怪王大少爷不该对她提法缘和尚的话，说的她恼羞成怒了。'所以有这场口舌。"

金琰道："王大少爷有多大年纪了？"这本地人道："论年纪也有四十来岁了，只因他没有儿子，又不服老，欢喜听人称呼他少爷。若有不知道的人，称呼一声老爷，他必不高兴地问道：'我是你的老爷，你是我的少爷吗？'因此一般人都称他王大少爷。"

金琰打听明白了，心喜这案倒很顺手，毫不费事就探询出来了。次日即派人将张刘氏传来，金琰坐堂说道："你这忤逆的儿子，本县决定将他按律处死，不过本县还有一点儿可怜他年幼的心思，想给他一具棺木安葬。这一具棺木，至少也得十多串钱，这十多串钱，本县不能掏腰包，更不能动用公款，只得仍向你要。你和他母子一场，他虽忤逆不孝，死有余辜，但是他既死了，你给他一具棺木，也见见你做娘的情分。这钱你何时能缴纳上来，本县便何时将他处死。"张刘氏道："小妇人家徒四壁，一时从哪里去筹措这十多串钱呢？"金琰摇头道："这个本县不管。你何时缴纳，本县何时按律办他便了。下去，休得啰唣！"张刘氏只得下去。

金琰又审讯了几件案情，下午接连审讯，正在讯案的时候，衙役上堂报称张刘氏缴款来了。金琰顿时停了审讯，传张刘氏上堂来。张刘氏跪下说道："青天大老爷，吩咐小妇人缴纳棺木钱，现在小妇人已筹措了十二串钱，遵示特来缴纳。"说着回头望望堂下，即有一个粗人肩着十二串制钱，送上堂来。

那时用的制钱，照例大小相同，每百钱串起来，两头小、中间大，唯有当店里出来的制钱，便没有小的。定例如此，因为用小钱去买物品，店家多挑剔不要，贫民典质度日，若典来的钱又不能用，岂不苦恼？所以当店里不用小钱，都是两头一样大的，谓之平头典钱。无论什么人一见，便知道是由当店里出来的。

金琰看那粗人肩送上来的十二串钱，每串都是平头典钱，即问张刘氏道："你既是家徒四壁，这十二串钱，怎的来得这般迅速？"张刘氏道："小妇人哪有这力量，这钱是借了人家的衣服，向当店里典押得来的。"金琰问道："能典押十二串钱的衣服，也就不坏了，你倒认识这种阔人。这阔人是谁，难得他肯替你帮这种大忙，你如何认识这样好人的？"

154

张刘氏道："并不是阔人，就是小妇人隔壁舍利寺的法缘大师父，借给小妇人两件袈裟。因为小妇人家中贫寒，每日替人缝洗衣服，舍利寺的师父们，有僧衣破了，就送给小妇人缝补；换下来的也送给小妇人洗涤，是这般已有两三年了，因此小妇人认识法缘大师父。今日小妇人受了大老爷的吩咐，回家着急筹不出这宗大款，就在家号哭起来，被法缘大师父听得了哭声，亲来询问原由。小妇人诉说了一番苦情，承大师父慈悲，愿意帮助小妇人。不过他手边也没有钱，所以取出两件袈裟给小妇人去当。"

　　金琰不住地点头道："好大师父，难得难得。石泉县有这样好和尚，本县如何能不见他一面。"说着即回顾侍立在旁边的跟随道："快取本县的名片，去舍利寺请法缘大师父，即刻前来，好了结这桩逆案。"跟随的应声去了。

　　金琰又问张刘氏道："是两件什么材料的袈裟，典押在哪家当店里?"张刘氏道："两件袈裟都是大红缎子的，一件崭新；一件只八成新了。因袈裟不及平常的衣服值价，所以两件仅当十二串钱，押在通济当店里。"金琰道："棺木钱既经缴来了，这逆子是办定了，本县给你母子见面决别一场。"遂吩咐衙役提张天爵上来。

　　张天爵提到，法缘和尚也同时传到了。法缘和尚正坐在舍利寺里，等候张刘氏的消息，心中好不自在。忽见小和尚来报，县衙里打发人来了，心中怀着鬼胎的人，就不禁吓了一跳，连忙对小和尚摇手低声说道："你去回我不在家就是了，进来报什么呢?"小和尚道："不中用，他知道师父没出外，我也已经说了师父在方丈里。那人来得很客气，他拿了县大老爷的名片，说金大老爷要请师父就到衙门里去。"

　　法缘见说拿名片来请，心里稍安了一些，只是情虚的人，总不免有些害怕。正待想方法躲避不去，无奈那跟随已闯进方丈来了，对法缘请了个安，将金琰的名片递上说道："金大老爷要请大师父前去。"法缘接了名片，现出踌躇的样子说道："我与金大老爷僧俗殊途，并且我平日素不与闻外事，何以要请我去呢？"跟随的答道："金大老爷是这么吩咐的，至于因何要请大师父去，却不知道。"法缘赔笑说道："且请坐下来，辛苦了你，我这里有点儿小意思，请你喝一杯茶吧！"边说边从橱里取出一串钱来，递给那跟随。

在衙门里当差的人，谁不是见钱眼开的，假意推辞了一下，即随谢收了。法缘打着笑脸问道："金大老爷打发你来请我，究竟为的什么事？你断没有不知道的道理，请你说给我听，我也好有个打算。我出家人不是不识好歹的，将来决不负你帮忙的好意。"

跟随的有钱到了手，自觉不好意思不说，便将张刘氏上堂缴款，和金琰问答的言语，一一述了一遍道："我们大老爷，不绝口地称赞大师父慈悲，是个好和尚，所以吩咐我拿名片来请。大师父尽管放心前去，我们大老爷若有不高兴的意思，也不教拿名片来请了。"

法缘点头道："这话不差，金大老爷若来拘我传我，便不妥当。是这般客气地请我去，大约没有妨碍。"遂便换了一身僧衣，和跟随的一同到县衙里来。

法缘以为既是拿名片请来的，一定在花厅里相见，宾主对坐着谈话，就是那跟随的也这么着想，教法缘在门房里等候，自己上堂来回禀。金琰挥手说道："叫他上来。"法缘听说是堂见，就知道有些不妙。堂见照例得下跪，觉得面子上不大好看，然大老爷既传谕堂见，怎敢违拘？只好硬着头皮，走上堂去。立在两排的三班六房衙役，照例齐喝一声堂威，已吓得法缘和尚抖索索地跪下，口里说不出话来。

金琰很和平地问道："你是舍利寺的当家僧法缘么？"法缘应是。金琰道："你抬头看看这人是谁？"说时用手指着张刘氏。法缘望了望张刘氏，金琰问道："你认识她吗？"法缘道："这是贫僧隔邻的张大娘子，贫僧认识的。"金琰又指着张天爵问道："你认识他是谁么？"法缘道："他是张大娘子的儿子张天爵。"金琰道："你知道他母子，为什么到本县这里来的么？"

法缘道："贫僧曾听得张大娘子说，这孩子很不率教训，并且凶暴忤逆异常，贫僧因张家就在隔邻，张汉诚先生在日，又常和贫僧往来，有些交谊。曾几次劝张天爵用心诗书、孝顺寡母，只是这孩子人小脾气大，不但不听贫僧的劝告，反骂贫僧多事。贫僧自思出家人，本不应管人家家事，也就不顾与他争闲气。谁知他越大越心高气傲，近几个月以来，时常听得他母子在家争吵，有时竟至母子相打起来。张大娘子每次因怄了儿子的气，便到贫僧寺里来哭诉。前两日张天爵居然将张大娘子，推倒在地，按住痛打。贫僧听得张大娘子，大叫救命的声音，到他家解劝，亲眼看见张天爵打他娘的情形。贫僧虽是出家人，不肯轻生真恼，然看了也实在难过，张大娘子愤极了要送忤逆，贫僧便没有劝阻。今日因听得张大娘子在家号泣，贫僧过去探问，才知道大老爷吩示她缴纳棺木钱的事。贫僧见她无力凑缴，只好借两件袈裟给她典押。"

金琰问道："张刘氏送忤逆的状纸，也是你替她做、替她写的么？"法缘道："张大娘子因张天爵种种忤逆不孝的情形，都是经贫僧亲目所见的，所以求贫僧替她做状纸。"金琰又点了点头道："好和尚，你共有几件袈裟？"法缘道："旧袈裟还有，新袈裟就只典押的那两件。"金琰道："像典押的这种袈裟，新制的时候，花多少钱一件？"法缘见金琰专盘问这些不相干的话，不知是什么用意，却又不敢不规规矩矩地回答。

挤在堂上观审的闲人，因见这案子将法缘和尚传来了，多料到有好把戏看。临时增加来看的人不计其数，拥挤得除公案前边，尚留了一块儿隙地外，简直连针也插一口不下了。这许多许多旁观的人，听得金琰专问这些闲话，问得法缘脸上红一阵、白一阵，都觉得有趣，都存心要看一个结果，没一个舍得走开。只听得法缘答道："新制一件大红缎袈裟，得花二十来两银子。"

金琰故作吃惊的样子说道："什么袈裟，得着这么多的银子？本县是读书出身，这样值钱的袈裟，倒不曾看过。当票现在哪里？本县随取出那两件袈裟来见识见识。你的当票呢？"法缘见越问越奇离了，益发摸不着头脑，即从怀中掏出一张当票来答道："当票在这里，连本带息得十二串五百多钱，才能赎取出来。"衙役接了当票呈上公案。金琰看了看说道："本县也拿不出这大宗款子来赎当，且叫这当店里记账再说。"又回头向跟随的说道："拿这当票到通济当店去，取这两件袈裟，并请通济的老板一同前来，快去，快去！"

跟随的领命去了，没一会儿就带了通济的老板，连同袈裟到来。那老板也照例跪下，金琰见是一个六十来岁的老人，满脸慈祥之风，连忙招了招手，叫衙役呼他起来问道："你是通济当店主么？"老人答道："商民周德邻，在老父台治下开设这通济典当店，已有三十七年了。"金琰道："本县特地请你来，因有事要和你商量，你暂且坐在这公案旁边，本县好和你谈话。"

公案旁边，照例是没有第二个座位的，金琰叫跟随的端了一张靠椅来，让周德邻就坐。周德邻打躬推辞道："商民怎敢和老父台对坐。"金琰笑道："你不用客气，且坐下来，本县自有道理。"周德邻这才斜欠着屁股坐了。跟随的呈上两件袈裟，金琰将袈裟反复看了一遍，问周德邻道："法缘和尚说这种袈裟，新制的时候，每件得花二十来两银子，你是开当店有眼力的人，你看是不是真要花这么多银子一件？"

周德邻道："法缘师傅的话不差，确是要花二十多两银子一件。"

158

金琰又对法缘说道："你这样的和尚真难得，为帮邻居的忙，肯拿出这么值钱的袈裟，给人家去典押，实在是少有的了。"法缘道："出家人以慈悲为本，方便为门，我佛祖当日亲手割下身上的肉，给饿鹰吃，袈裟身外之物，算得什么！"金琰道："你真不愧释家的好弟子，能体佛祖舍身救人之旨，这么本县还有一件事，要你大发慈悲，想必你是情愿的。张天爵忤逆不孝的东西，本县按律处死他是不用说了，只是本县平生最痛恨的就是不孝，觉得不孝的逆子，死有余辜，在未将他处死以前，还应打他几板屁股，也使在这里观本县审案的人，一则看看榜样；二则心里痛快痛快。你说应该打不应该打？"

法缘不敢说不应该打，并且也猜不透金琰问这话的用意，随口答道："大老爷说该打是应该打的。"金琰接着问道："该打是该打，不过你看他这小小的年纪，受得住打呢，还是受不住打呢？"法缘一时不好回答，金琰也不待他回答，说道："本县料他也受不住，佛祖当日割肉喂鹰，你今日就仰体佛祖这一点慈悲之意，脱出屁股来，代他受了这一顿打，也成全你释家舍身救人的功德，想必你是没有不情愿的。"说毕，举起惊堂木一拍，随手抓了一大把签往公案下一掷，喝道："拉下去打！"

法缘只吓得面如土色，捣蒜也似的叩头哀求道："贫僧并无过犯，求大老爷看在我佛祖面上，饶了贫僧。"两旁掌刑的见签已掷下，如饿鹰扑兔一般地抢过来，哪容法缘分说，几下就揪翻了，将裤腰褪了下来，举起毛竹板听候催刑的命令。

金琰从容笑道："你有什么过犯，本县因为知道你是一个好和尚，肯替人救苦救难，才教你代张天爵受刑，这正是本县看佛祖的面子，成全你这一件功德。打！"这"打"字出口，下面一、二、三、四……六、七……九、十地吱打起来了。

在场观审的人，看金琰是这般打法缘，无一个不暗暗称快，大家喜形于色，唯有张刘氏在旁看了，心中好生难受。便是掌刑的，也愤恨法缘刁唆张刘氏送惩忤逆，代为不平，有意重打。不到一百板，已打得皮开肉绽，金琰高声说道："这是法缘和尚，代替这逆子受刑，打法缘和尚就和打忤逆子一样。"说着又掣了一把签掼下，连声喝重打，直打到法缘叫喊不成声了，血肉狼藉满地才住。金琰吩咐好生搀扶起来，这一顿板子，打得许多看的人，都眉花眼笑。

金琰于无意中仿佛听得看的人当中，有一人低声说道："王大少爷，你看了不开心么？这也可算是替你出了气了。"金琰一听，记起那桩在街上扭打的笑话来了，故作不经意地循声看去，果见一个年约四十多岁的男子，身上穿得甚是齐整，神气之间，比较一般的人都似乎得意些，站的地位，离公案很近，并听得他又低声说道："这秃驴的前面太快活了，后面应该吃这么一点儿苦才是。"金琰也不理会，是掌刑的仍将法缘引到公案前边跪下，即带笑说道："你说张汉诚在日与你颇有交谊，你这回代替他儿子受刑，他在九泉之下，也应含笑点头，说你这和尚真能不负死友。于今张天爵的棺本钱，已经有了，但是他装殓的衣服还没有，本县知道布施为佛门第一功德，这两件袈裟，你既借给张刘氏当了，本县劝你索性布施给张天爵，又成全你一件功德，料你断无不情愿之理。"

法缘到了这一步，心里已明白金琰，是知道他与张刘氏通奸的事，不便明说出来。一则因没有确实证据，又无人告发，不好坐实其事；二则因张汉诚在日是个负文名的秀才，这种玷辱家门的丑事，一经证实，更使张汉诚蒙羞地下，所以借口代替张天爵打他。就是法缘自己也情愿吃这种暗亏，不愿审问出通奸的罪名来，以后无面目在石泉县见人。听金琰说要布施这两件袈裟，逆料说不情愿也是枉然，只得叩头说听凭大老爷吩咐，贫僧无不谨遵。

金琰即掉转脸问周德邻道："这两件袈裟，典押虽只得十二串钱，然卖出去究竟能值得多少？请你照实估个价值。"周德邻道："两件好值五十串钱。"金琰点头问道："你们当店里带徒弟，是怎生一个规矩，照例须缴纳多少钱的押柜？"周德邻道："敝行带徒弟也是三年出师，须缴押钱六十串。"金琰道："本县看你是一个老成笃实的商人，劝你做了这一件好事，将这张天爵带在你跟前做个徒弟。押柜钱这袈裟可抵五十串，余十串由本县拿出来。这里棺木钱十二串，原是用袈裟典押得来的，袈裟既抵了五十串，这十二串自然应该归还给你，不能教你这无干之人受此亏累。你愿意带这个徒弟么？"周德邻本是个很慈善的老年人，又受了金琰这番在大堂赐座的优遇，休说他原有意成全这孤苦伶仃的张天爵，便是没有这种好意，也却不过金琰的情面，连忙立起身回道："老父台如此仁民爱物，商民若再不能仰体盛意，好好调护这孤儿，真是禽兽不如的人了。区区十串钱，何须老父台拿出？"

金琰摇头道："这个不然。行有行规，店有店例，无不可兴，有不可灭。只要你将张天爵带在身前，从严管教就得了。这三年之内，你不可许他单身外出，等到三年后出师，他已成人了，便可无碍。"遂又回头向张刘氏说道："你的这个忤逆儿子，本县原打算按律将他处死的，后来仔细一想，他死去的父亲，只留下他这一个儿子，若把他处死了，你虽落得个眼中干净，他张家的礼祀，却从此斩了，殊非妥善的办法。然而张天爵既是忤逆，你已将他送惩，是母子的恩义已绝，勉强教他在你跟前，你固然有多少不便，就是这个以方便为门的法缘和尚，这回既代他受了刑，以后见面也有不便，所以本县将他送进通济当店里去，不许出来。你以后见不着他的面，他也不能再到你跟前来，也就和处死了的不差什么，你看本县这办法对也不对？"

161

张刘氏跪在下面，耳里听了种种诛心的言语，眼里看了种种伤心的事情，也明知道自己暧昧的事，被金琰察觉了，真是如芒刺在背，时刻不安，万想不到送逆子送得了这么的结果。她心里仗着与法缘通奸的事，外人没有拿着证据，至多也只能背地议论，不敢当面说穿，做父母官的更不敢乱说，光明正大地送惩忤逆子，有谁能道她半个不字呢？谁知金琰偏是这么办理，绝口不说她不应该送子，更借口把法缘打得狼狈不堪。正在说不出的又悔又恨，金琰偏要问她这番话，问得她不知如何回答。

金琰也就不待她回答又说道："逆子是应该送惩的，送办逆子的状纸，也是应该写的，不过你死了的丈夫，是个负文名的秀才，不见得他生前就没有一个通文墨的朋友，能替你写一张状纸，你为什么偏要找一个和尚代做？在你是因为这和尚，深知张天爵忤逆的情形，又是邻居容易请求，却不知道在旁人看起来，不但于自己没有体面，就是你死了的丈夫，声誉也有些难堪。本县虽是钦敬节妇，但不能容节妇有这种疏忽的举动，为这一点得给些儿痛楚你受，使你以后痛定思痛，好事事谨慎，以保你丈夫的令名。拿下去，掌嘴！"跟着响了一下惊堂木。

掌刑的应声而出，揪住张刘氏的发髻，"啪""啪""啪""啪"，打了几十个大嘴巴。打得两脸红肿如瓢，口吐鲜血，看的人好不快乐。

那王大少爷更是喜得忘了形，跳起来哈哈大笑。忽被后面的人一挤，挤得王大少爷往前一栽，险些儿把公案撞翻了。金琰猛然计上心来，指着王大少爷怒喝道："抓了，抓了！"金琰既喊抓，两旁衙役自然动手将王大少爷拿到公案前边跪下。金琰带怒问道："你这东西怎敢这般肆无忌惮，你知道这是什么地方，许你如此无礼？"

王大少爷叩头说道："求老父台恕罪。生员因见老父台断案，如

162

秦镜高悬，无为不烛，实在痛快人心。生员一时高兴得忘了形，以致冒犯了尊严，求老父台恕了这遭无心之失。"金琰板着脸问道："你还是一个生员吗？这就更该打了，本县审案，原来任人旁观，若在不知道礼法的愚人，纵有放肆的地方，本县也还可原谅，你既是一个生员，安得知礼不守礼，知法反犯法？像你这样肆无忌惮，尚不惩戒一番，本县将来审案，还能许人旁观吗？看你愿认打呢，还是愿认罚？愿打就打五十戒尺；愿罚就罚十串钱。"

王大少爷心想：不好了，张天爵学徒弟所差的十串钱，着落到我身上来了，这是我合该倒霉。舍了这十串钱吧，挨五十戒尺太难为情了。当下即答道："生员情愿认罚。"金琰道："愿罚就得立刻缴来。"王大少爷只得忍痛缴了十串钱。金琰当堂就交给周德邻道："徒弟和押柜钱，都在这里，请你就此带着回店去。张天爵快过来拜师。"

张天爵原是个聪明的孩子，先向金琰叩了几个头道："谢大老爷天高地厚之恩。"起来才对周德邻叩了四个头，跟着下堂去了。

金琰正要退堂，只见从观审的人从中走出一个人来。衣服华丽，举止安详，走到公案前叩了一个头，起来说道："我石泉县人民的福分不小，方能得着这样公正仁慈的父母官，使我不能不拜服。"这人来得如此突兀，金琰倒吃了一惊，定睛看时，原来不是别人，正是名震全川的湖萝葡，实在想不到他是这么来见。

金琰因大堂上不便谈话，忙起身让进花厅。湖萝葡先开口说道："小民承公祖宠召，已足伺候两日了，因见公祖案牍勤劳，不敢进见。只张刘氏这一件案子，已足使小民五体投地，自后决不敢使地方有不安的事发生，操劳公祖。"

不知金琰听了这话如何回答，且俟下回再写。

第七回

金知县延见会党魁
湖萝葡演说乞丐史

　　话说金琰见湖萝葡的举止温文，谈吐大雅，不但不像杀人放火的强盗头目，并像是一个很文弱的读书人。心想这种白面书生，怎么能在四川当哥老会的大头目，使全川的会党，无一人不服从他呢？他到底有什么能服人的本领，我倒得仔细和他谈谈。金琰心里这般想着，当即谦逊答道："惭愧惭愧，本县初临是邑，诚信未孚，以致县城之内，发生了这种大乖伦常的案子，已是上无以报朝廷延百里之寄，下不能尽子民教养之方，若再糊涂审理，就更不堪民牧了。善哉孔子之言：听讼，吾犹人也。必也，使无讼乎！"

　　跟随的捧上茶来，金琰将座位移近湖萝葡说道："我早已知道你是一个草莽英雄，今日相会，彼此都不可拘泥形迹，尽可畅所欲言。我固是奉朝廷之命，来宰石泉，务必勤求民隐，使政简刑清，就是你生长石泉，祖宗庐墓在此，其望治之殷，必不减于我。所以你今日能到这里来见我，我是异常高兴的。我看你的学问人品，确实金马玉堂的人物，却为什么自甘闲散，是这般伏处山野，每有与朝廷律例相抵触的举动，这期间虽不待说，必有你不得已的苦衷，只是究竟何以至此，也可以对我略谈一二么？"

　　湖萝葡道："子民生平没有不可告人的事，何况老父台盛意垂询，更不敢不以下情上禀。子民本是石泉县东乡，胡家围子地方的人，自寒家五世祖勤恪公，于康熙四年卜居于此，人口日渐发达，文武科名，累代不绝。唯有先祖这房头，仅生了先父一人，而先父又未享高年，不到四十岁便弃养了。当先父见背的时候，小民才有八岁，族人欺凌孤寡，逼迫先母改节。先母改嫁之后，小民也不能在家安身。那时小民生性本极顽梗，因见叔伯逼嫁先母，心目中便不以叔伯为尊长，不甘愿在家受伯叔的凌虐，赌气从家里跑出来，乞食度日。因为乞食，始有机缘遇着小民的老师。"

金琰说道："贵老师是谁？想必是一个很有能耐、很有学问的人。"湖萝葡答道："诚如公祖之言，敝老师的能耐学问，非小民所能窥其高深，只知道他是无所不知、无所不能罢了。他的真姓名、真籍贯，小民至今不得而知。非但小民不知，就是与敝老师同道的，也多不知道。他道号'古虚'两字，一般认识他的，见面都称'古虚先生'。"

金琰问道："这个古虚先生是干什么事的人，你怎么因乞食始有机缘与他遇着呢？"湖萝葡道："他是已经得了大道，而来游戏人间的，隐迹在乞丐之中，望去是一个极平常的乞丐。至小民当日遇着他，也有一段很奇特的缘分。小民当日从家中赌气跑出来，只知道要乞食才得生活，并以为乞食是极容易的事，哪里知道乞丐有乞丐的规矩，初落剥不懂规矩的乞丐，受起老乞丐的凌虐来，竟比在家时所受伯叔的凌虐，还要厉害。不过小民那时，虽受尽了老乞丐种种凌虐，并不灰心，也不想再回家去。有一次因一个乡绅家娶媳妇，那乡绅本是巨富，又素有乐善好施的声名，远近的乞丐，有从百里之外来的。乞丐到办喜事的人家乞食，乞丐内伙里叫作'赶期'，就是在喜期以前赶到的意思。那次赶期的乞丐，在一千名以上，其中老少男女都有。年龄最轻而没人率领的，就只有小民一人。乞丐中

165

原有拜师的规矩，小民因不堪内伙的凌虐，久已存心想拜一个在乞丐中有势力、有资望的为老师。只以所遇的大叫化，多不能使小民心悦诚服，加以那些大叫化，势力都有限，在这地方有资望的，换一个地方又不行了。这叫化在这一县境内，尽管资望很好，势力很大，所有的小叫化，都不能不依遵他的号令，然过了县境，受起那县大叫化的欺凌来，和初出来的叫化也差不多，所以这种大叫化不能使小民认他为老师。

　　"这回小民也到那乡绅家赶期，那乡绅在一个大菜园里搭起芦席棚来，给所来的叫化居住，不许到棚外胡行乱走。一个四十多岁的跛脚叫化，坐在园门口把守，园内叫化要出园门，须向跛脚叫化说明原因。跛脚叫化点头答应了，方许跨出园门。小民看那跛脚叫化，从顶至踵，无一处不是堆积很厚的油垢，十月间天气，身穿一件破棉袄，大约至少也有一百个窟窿，每一个窟窿里翻出些棉絮来，仿佛粘了一身白雪。那叫化也没有布袋，也没有竹筒，仅有一根叫化棍，又粗又短，大约是因跛了一脚，用这棍撑支的。满脸极浓密的络腮短胡须，与一脑短而乱的头发相连接，只露出两眼一鼻来。形象之奇丑，在一千多叫化之中，寻不出第二个。

　　"叫化伙里的规矩，从来以所驮布袋出多少，定资格的深浅、与阶级的大小。这跛脚叫化一袋没有，何以有管理这许多叫化的资格？小民心里不免有些疑惑，遂找着一个年老而和气的同伙，打听那叫化的来历。同伙的摇头说道：'我只知道他姓贺，人都称他作贺跛，不是有大喜庆事，我们同伙的大聚会，他不肯到场。他一到了场，谁也不敢不听他的号令。看他的样子，像是很凶恶的，其实待我们同伙的极和气。我们好看几次和他赶期，不但不曾见他打过人，连动气骂我们的时候也少。不过他待内伙里就和气，待外人倒是一点儿不含糊，若是语言之间，对他不大客气，他那两道眉毛一竖，开

166

口骂起人来，就不管人家能受与不能受了。他究竟是什么来历，我也曾向人打听过，内伙里人都不知道。'

"小民又问道：'来历虽不知道，只是他毕竟有什么本领，何以他一到场，我们内伙里上千的人，都不约而同地不敢不听他的号令呢？他一不打人；二不骂人，内伙里为什么不敢不服他呢？'这同伙的道：'这也是奇怪，我和他同赶期五六次，实在一次也没有见他有什么本领。'

"小民与同伙的，在说这些话的时候，因相离园门不远，声音传到贺跛耳里去了，贺跛笑嘻嘻地回过头来，向小民望了一下，随即招手叫小民过去。小民走近他身边，他也不说什么，只管笑容满面地对小民浑身上下打量。教小民伸出左手，他就手掌细看了一番，又用手在小民头顶上揣摸了一会儿，不住地点头，自言自语地说道：'是了，是了。'旋说旋用中指，抵看后脑骨接续说道：'就这一点儿骨头，非同小可，将来成仙得道，也在这一点儿骨头上，你姓什么？为何这小的年纪，就独自一个人出外行乞？'

"小民说了姓名道：'父母都已没有了，家无产业，不出外行乞使得饿死。'贺跛现出异常惊诧的神气说道：'你父母都已死了吗，家里毫无产业吗？'小民只得点头应是。贺跛一面摇头，一面又伸来揣摸头顶，口里'咦'了一声道：'我不相信，你没有孤寒的骨相，安得父母俱亡，毫无产业？你说实话，不可骗我，我是可以帮助你、可以提拔你的人，若再说假话，便是自讨苦吃了。'

"小民听了他这番话，不觉吃了一惊，暗想：外边的人，绝少知道我身世的，因为赌气从家里跑出来，流落为丐。若对人说出身世履历，徒然丢祖宗父母之脸，所以绝口不向外边人谈自家的身世。就是'湖萝葡'三字的绰号，也是因为不愿拿其姓名说给人听，才随口说叫'湖萝葡'。同伙里混熟了的，也都叫小民湖萝葡。贺跛在这次赶期以前，并没有见过小民，更无由得知小民的身世，何以凭一手摸摸小民的头顶，便能知道小民所说的不是实话呢？他既有这一番好意，说得这般慎重，小民只得坐在他身旁，将实在情形向他诉说。

"他听了点头笑道：'世人为侵占产业而欺凌孤寡，本是极平常的事，算不了什么。在没有志气、没有能耐的人，就是有很多的祖遗产业，吃喝嫖赌起来，也不须多少时间，便可以变成乞丐。我看你的年纪虽小，志气远大，将来成家立业，光前裕后，不是一件难事。我很欢喜你这孩子，虽正当叫化的时候，还没有下作不堪的样子。又生得一身好骨相，我愿意帮助你，使你能替你死去的父亲争气。你且说，你的志向，想做成一个怎样的人物，想不想做官？'

"小民还不曾回答，忽听得园外一片喧闹之声，在那喧闹之声当中，有几个人很严厉地喝叫'拿住'。贺跛即起身撑看木棍，走出园门外去了。小民想看热闹，也就跟出园门。还有许多同伙的要跟出来，贺跛回头举木棍一摇，把同伙的都吓得退回棚里去了。小民见贺跛没教退去，仍大胆跟在他背后。只见七八个跟班装束的人，年纪多不过三十上下，身体都十分强壮，一个个凶神恶煞也似的，扭住一个五十多岁的叫化殴打，只打得那叫化抱头求饶。那些人理也不理，拳头雨也似的打下去。贺跛看了仿佛生气的样子喊道：'不要打了，不要打了，他犯了什么罪，可对我说，我自会责罚他。'边说边走到了众跟班身边。

"众跟班虽听了贺跛的话，然回头看了贺跛一眼，面上都不知不觉地露出鄙视的神气来。有一个身穿得胜马褂的跟班，面上登时做出瞧不起贺跛的样子，嘴里'呸'了一声说道：'好不要脸，你是一个什么东西？老子们打叫化，用得着你这臭叫化来开口吗？'说毕又在那叫化背上打了两拳。

"贺跛本已生了气，加以这般羞辱他，哪里还容忍得下呢？也不答话，举手中木棍，对准那跟班的后脑打下。只打得那跟班'哎哟'一声，急掉转身躯，恶狠狠地举拳来打贺跛。贺跛趁那跟班转身之际，用左手只在跟班肩上略点了一点，那跟班的拳头已高高地举起，不能打下来，也不能伸缩，就和失了知觉的一般，呆呆地对贺跛站着。

"那几个跟班，见贺跛举棍打他们的同伴，他们平日都是仗着主人威势，横行无忌的人，被寻常人打了，尚且不肯善罢甘休，何况被叫化棍打了呢？只气得他们连声大叫道：'反了，叫化公然敢打起我们来了，非拿来处死不可！'一窝蜂似的拥上来，都张着胳膊待将贺跛拿住。只见贺跛不慌不忙的，右手仍撑着木棍，左手东指一下，西点一下，立时有五个被点得与那穿得胜马褂的一般，各自张开两条胳膊，呆呆地站着。浑身只有两眼是活的，能转动看人，两眼之外都不能动，连牙关也咬紧了，不能张口说话。剩下两个还见机得早，不曾被贺跛点着，就逃跑进大门去了。

"贺跛向小民笑道：'跑进去的一定是给他们主人报信。'小民指着那挨打的叫化说道：'他此刻倒在地下，只怕是被他们打伤了，这怎么好呢？'贺跛摇了摇头道：'不要紧，谁动手打伤的，教谁医治。这里已有六个办抵的，还怕不够抵他一个吗？'正说着，大门内已纷纷地涌出一大群人来，小民认识那两个逃跑进去的跟班，当先引着众人出来。其中多有衣冠楚楚，像是为官做宰的；当差模样的人，也有不少的跟在里面。那两个跟班跑出来，即指着贺跛对一个袍褂整齐、气象堂皇的人说道：'老爷请看，打我们的就是这臭叫化。'

"那人摸着嘴唇上的胡须，神气十足地对贺跛瞅了一眼，板着面孔说道：'你这强叫化，胆量真也不小，怎敢把本县的跟班，打成这个样子，你用的什么邪术？'贺跛高声回答道：'大老爷明见万里，小叫化怎敢打大老爷的跟班？这个在地下的叫化，就是大老爷跟班打伤的，于今倒在这里已快死了。大老爷的跟班打伤了这叫化，还嫌不快意，又来打小叫化，请看这个跟班，不还是举起拳头要打人的样子吗？这五个也是张开胳膊，来捉小叫化的。小叫化因不敢回手，只得请他们不动，又因为恐怕大老爷听他们一面之词，怪小叫化打了他们，只得请他们留着这打人、捉人的样子，好给大老爷看。谁人不想向上，穷苦而至于当乞丐，已是可怜到万分了。像大老爷这样为官做宰的人，身上穿的是绫罗绸缎，口里吃的是鸡鹅鱼肉，就是大老爷的跟班们，也是穿好的、吃好的。可怜我们当叫化的苦恼，只要拿一只眼睛，略略地照顾我们一下，我们就有生路了。我们当叫化的，只有眼巴巴地望着富贵人哀怜，断不敢有丝毫心思，和富贵人为难做对。这是显而易见的事理，大老爷若不肯高抬贵手，我们都死无葬身之地了。'

"原来这个大老爷，就是那县的知县，并且是那乡绅的门生，这日乘坐四人大轿，到老师家吃喜酒。在将近大门的时候，凑巧那挨打的叫化横撞过来，无意地撞在一个跟班身上。那跟班顺手就在叫化脸上，打了一巴掌。大概那叫化嘴里，也有些不干不净的话骂出来，跟班等大轿进了门，便跑出来拿叫化，以致闹出这番故事来。

"那位大老爷听了贺跛的话，知道这叫化不比寻常。乡绅是本地人，更早就知道贺跛在四川乞丐当中，最有能耐，地方人有称贺跛作叫化王的。当时看了这情形，就凑近那位大老爷耳根，说了几句话。那位大老爷连连点头，对贺跛道：'你是这地方的叫化头儿么？本县看你虽跛了一只脚，但身体也还强壮，并且听你说话，好像曾经读过书的，又有本领能将本县的跟班弄成这个模样，可知不是无力自食的人。何以自甘下贱，当这叫化头儿呢？'贺跛听了笑道：

'大老爷为民父母，自然是极高贵的了，只是世间不能人人做官，不能人人富足，天地间本来是万有不齐的，小叫化并不觉得当叫化头儿便下贱。'那位大老爷，不禁长叹了一声，对乡绅说道：'想不到乞丐之中，也有如此胸襟的人物。'随即改换了和悦的脸色，问贺跛道：'你把本县的跟班弄成这个模样，还不医治好将怎样呢？'贺跛道：'大老爷的跟班弄成这个模样，是他们自讨的，即刻就可以医好。但是这个打伤了的叫化，大老爷将怎么办呢？人命关天，是不分贵贱的，求大老爷开恩先将这叫化治好。大驾回衙的时候，这几个跟班包可随轿护卫。'

"那位大老爷见贺跛这般要挟的举动，心里虽甚不快活，然也不好发作，只好亲身到挨打的叫化跟前，看了看伤势。喜得仅受了些浮伤，乃因气闷倒地，用姜汤灌救，不一会儿就醒转来了。乡绅拿出两串钱来，给那叫化做养伤银，贺跛才在这几个呆立半晌的跟班身上，东捏一把，西扭一下。被捏被扭的，都登时如梦初醒，一个个面带羞惭，躲向大门以内去了。

"小民亲眼看了贺跛这种举动，不由得不心悦诚服，即日要拜他做老师，他却连忙阻止道：'使不得，使不得。不是我的能为不够做你的老师，只因我此刻，还没到收徒弟的时候。收你做徒弟不打紧，我得受我老师的责备。你的骨相生得好，我不妨带你去见我的老师，若他老人家肯收你，你的造化便不小。

"小民问道：'你老人家的老师是谁，于今在什么地方呢？'贺跛笑道：'乞丐的老师，自然也是乞丐，就在离此地不远。等这里的喜事过了，我便带你去见。'小民听了，心中好生欢喜。"

注：原文连载至此中断，《新上海》杂志也未见说明，至于作者后来有无续作，还有待发掘。

平江不肖生年表

徐斯年　向晓光　杨　锐

说明：

1. 本表曾于 2010 年递交平江不肖生国际学术研讨会交流。2012 年 11 月刊于《西南大学学报（社会科学版）》第 38 卷第 6 期。2013 年 4 月又刊于《品报》第 22 期。杨锐近据新见资料做了补充和订正，现将杨之补充稿与原稿加以合并，以飨同人。

2. 表内所记年月，阳历均用阿拉伯数字记载，阴历及不能确认阴、阳历者均不用阿拉伯数字。年龄均为虚岁。

3. 部分著作尚未查明初版时间，附录于表后备查；其中部分著作未见原书，有待辨别真伪并考证写作、初版时间。

1890 年（**清光绪十六年庚寅**）1 岁

是年赵焕亭约 7 岁（约生于光绪四年）。

阴历二月十六日戌时，向恺然生于湖南省湘潭县油榨巷向隆泰伞厂。原名泰阶，册名逵，字恺元。原籍湖南省平江县。祖父贵柏，祖母杨氏。父国宾，册名莹，字碧泉，太学生；母王氏。

按：此据民国三十三年（1944）六修《向氏族谱》[1]。向氏 1951 年所撰《自传》[2]称"六十二年前出生于湖南湘潭油榨巷向隆泰伞店内"。1951 年为 62 岁，是为虚岁。向隆泰伞厂原为黄正兴伞厂，店主黄正兴暮年以占阄方式将伞厂平分，无偿赠予向、王二店员，向姓店员即恺然祖父贵柏。向氏姻亲郭澍霖自幼与黄家为邻，

175

有遗稿述其经过甚详。

1893 年（清光绪十九年癸巳）4 岁

姚民哀生于是年。

向恺然在湘潭。

1894 年（清光绪二十年甲午）5 岁

是年 8 月中日甲午战争爆发。次年 4 月，日本强迫清廷签订《马关条约》。

向恺然开蒙入学。祖父贵柏公卒。

1897 年（清光绪廿三年丁酉）8 岁

顾明道生于是年。

向恺然在湘潭。

1900 年（清光绪廿六年庚子）11 岁

向隆泰伞店歇业，向恺然全家搬回平江。

按：此据《自传》[3]。后迁居长沙东乡，具体时间未详。

1902 年（清光绪二十八年壬寅）13 岁

还珠楼主李寿民生于是年。

向恺然或已在长沙。

按：黄曾甫谓："他的父亲虽曾在平江县长庚毛瑕置过薄户，但后来迁到长沙县清泰都（今开慧乡）竹衫铺樊家神，置有田租 220 石和瓦房一栋。"[4] 黄与向有"通家之谊"，20 世纪 30 年代曾任《长沙戏报》社长。

176

1903 年（清光绪廿九年癸卯）14 岁

湖南巡抚赵尔巽奏准成立"省垣实业学堂"，光绪三十四年（1908）更名"湖南省官立高等实业学堂"。

向恺然考入湖南实业学堂。是年秋，识王志群于长沙。王为之谈拳术理法，促深入研究并作撰述。

按：《自传》云："就在十四岁这年考进了高等实业学堂。但是只读了一年书，便因闹公葬陈天华风潮被开除了学籍……因此只得要求父亲变卖了田产，自费去日本留学。"对照陈天华自尽、公葬时间，考入高等实业学堂时间当在是年年末。凌辉整理之《向恺然简历》[5]谓"考入长沙高等实业学堂学土木建筑"。所记校名与正式校名略有出入，该校初设矿、路两科，"土木建筑"或指路科。

中华书局1916年版《拳术》序言："癸卯秋，识王子志群于长沙，为余竟日谈"拳术理法，并谓："吾非计夫身后之名也，吾悲夫斯道之将沦胥以亡也。欲求遗真以启后学，若盍成吾志焉！"[6]王志群（1880—1941），号润生，长沙县白沙东毛坡人，著名拳术家，以精于"八拳"及"五阳功"、"五阴功"闻名。

1904 年（清光绪三十年甲辰）15 岁

向恺然在读于湖南实业学堂。

1905 年（清光绪三十一年乙巳）16 岁

12月8日（阴历十一月十二），陈天华在日本东京大森湾蹈海自尽，以死报国。

向恺然在读于湖南实业学堂。

1906 年（清光绪三十二年丙午）17 岁

5 月 23 日（阴历闰四月初一），陈天华灵柩经黄兴、禹之谟倡议筹办，运回长沙。各界不顾官方阻挠，议决公葬岳麓山，5 月 29 日举行葬仪。

向恺然参与公葬陈天华，因而遭实业学堂挂牌除名。父亲变卖部分田产，筹集赴日留学经费。向恺然从上海乘"大阪丸"海轮，赴日留学。

按：关于首次赴日留学时间，有 1905、1906、1907、1909 四说。对照陈天华蹈海、公葬时间，1905 年说可排除。湖南省文史馆藏《向恺然简历》（凌辉整理件）记为 1906 年，与向恺然《我失败的经验》中"前清光绪三十二年，我第一次到日本留学"的自述一致。《国技大观·拳术传薪录》说"吾年十七渡日本"，可知他习惯以虚岁记年龄。《留东外史》第一章谓"不肖生自明治四十年即来此地"（明治四十年即 1907 年），当指定居东京时间。《湖南文史馆馆员简历》所收《向恺然传略》谓"于 1909 年东渡日本留学"，经查宏文学院结束于 1909 年，是知"1909"当系"1906"之误。赴日留学经费来源，向一学《回忆父亲一生》云："这田产的来由，是曾祖父逝世后，祖父将向隆泰伞厂收束，在祖籍平江长庚年毛坡城隍土地买了四十石租和房屋一幢，又在长沙东乡苦竹垇板仓（开慧乡）竹山铺樊家神买下良田二百二十石租和房屋一幢。留日的学费就是从这些田产中，拿出一百二十石租变卖而来。"

1907 年（清光绪三十三年丁未）18 岁

祖母杨氏太夫人卒于是年。

向恺然当于是年考入宏文学院并加入同盟会，与湘籍武术名家杜心武、王润生（志群）等过从甚密，并从王润生学"八拳"。

按：或谓向氏先入东京华侨中学，后入宏文学院。《简历》称在宏文"学法政"。经日本早稻田大学中村翠女士查实，宏文学院并无法政科。

王志群于光绪三十一年（1905）赴日留学，在宏文学院兼习柔道，并加入同盟会。民国元年（1912）回国，在长沙授拳。次年得黄兴资助再次赴日。民国四年（1915）回国后继续从事拳术传授，后任湖南大学体育教授。向恺然在《国技大观·拳术传薪录》中叙述在日本从王学拳经过颇详。

中村翠2010年11月22日致徐斯年函谓："弘文学院的校名于1906年改称为'宏文学院'，因此向恺然就读的是宏文学院。根据现存的史料，该学院好像没有设置'法政'科（设置普通科、速成普通科、速成师范科、夜学速成理化科、夜学速成警务科、夜学日语科）。该学院于1906年废止'速成科'。如果向恺然入普通科（三年），他主要学日语，其他科目还有算术、体操、理化、地理历史、世界大势、修身、英语和图画等等。"

1911年（清宣统三年辛亥）22岁

4月27日（阴历三月廿九），黄兴、赵声指挥八百壮士攻入两广总督衙门，与清军激战一昼夜，兵败而退。起义军牺牲百余人，后收敛遗骸72具葬黄花岗，称"黄花岗七十二烈士"。黄兴于29日（阴历四月一日）脱险，返回香港。10月10日，武昌起义爆发，清政府被推翻。

7月，赵焕亭发表小说《胭脂雪》。

是年阴历二月向恺然从日本返湘，于长沙创办"拳术研究所"。三月，与友人程作民往平江高桥看做茶。十一月，借住长沙《大汉报》馆，与同住之新宁刘蜕公相识，常围炉听刘谈鬼说怪。

按：向氏在《我研究拳脚之实地练习》[7]中称：宣统三年"二月，从日本回家"；"三月，我和同练拳脚的程作民到平江县属的高桥地方去看做茶。"程作民即《近代侠义英雄传》第 66 回所写陈长策之原型。《国技大观·拳术传薪录》："宣统三年，主办拳术研究所于长沙，遭革命之变，所址侵于兵，遂为无形的破产。"向晓光 2010 年 4 月 11 日致徐斯年函云："据我伯父的儿子向犹兴回忆，五六年八月从华中工学院因病休学回长沙住在我祖父家南村十号，祖父经常与他聊起祖父以前的经历，谈到一件事，黄花岗七十二烈士、当年祖父也参入（与），要不是跑得快就是七十三烈士了。"向犹兴 2010 年 8 月 15 日所撰《忆我的祖父平江不肖生》谓："祖父说参加了黄兴率领革命党先锋队百多人在广州举行的起义，从下午激战到深夜，因寡不敌众伤亡惨重。我祖父也身受重伤而未致命才免遭一劫。"此段经历在已掌握的向恺然著述中均未见记载，由于缺乏旁证，暂不载入系年正文。

章士钊《赵伯先事略》云："议以广东为发难地，分东西两军，取道北伐。西军经广东，入湖南，会师武汉，黄兴主之。东军贯江西，出湖口，直下江南，则伯先为帅也。"后因邓明德被捕，"凤计不得不变"，改分数队分攻各处，"队员皆同人自充之"。"期四月一日一举而取广州，黄兴为总司令，先率同仁入粤。伯先与胡汉民留守香港，至期会合。于是吴、楚、闽、粤、滇、桂、洛、蜀、越、皖、赣十一省才士乐赴国难，无所图利者，相继来集。"以此推测，向恺然若参与其事，或与黄兴有关，当于高桥归后即赴广州。

向恺然《蓝法师捉鬼》："辛亥年十一月，我住在长沙大汉报馆里，我并没有担任这报馆里何项职务，只因这报馆的经理和我有些儿交情，就留我住在里面。当时和我一般住在里面的人，还有一个新宁的刘蜕公。这位刘蜕公的年龄虽是很轻，学问道德却都不错，他有一种最不可及的本领，就是善于清谈种种的奇闻怪事，也不知他脑海里怎么记忆的那么多。那时天气严寒，我和他既没担任甚么职务，每到夜间同馆的人都各人忙着各人的事，唯我和他两人总是靠近一个火炉，坐着东扯西拉的瞎说。"

1912 年（民国元年壬子）23 岁

1月1日，中华民国成立，孙中山就任临时大总统。2月12日，清帝退位。4月1日，孙中山解职，让位于袁世凯。8月，同盟会等团体联合改组为中国国民党。

9月（阴历八月），向恺然撰成《拳术》（即《拳术讲义》）一卷，署名"向逵"，刊于《长沙日报》。随即返回日本。

长子振雄生于11月28日，字庚山，号为雨。生母为杨氏夫人。

按：1928年5月1日《电影月报》第2期载宋痴萍《火烧红莲寺之预测》云："壬子予佐屯艮治《长沙日报》，一夕恺然来访，携所著《拳术讲义》一卷授予曰：'行且东渡，绌于资，此吾近作，愿易金以壮行色。'"向氏《国技大观·解星科（三）》后记有"壬子年遇曹邑周君子漢于日本"语，是知当年返日。《拳术·叙言》末署"民国元年壬子八月"，是知返日时间或在九月间。

向氏长子振雄，毕业于中央军官学校，抗战期间曾参与长沙、衡阳保卫战等，卒于民国三十五年丙戌六月十八日（1946年7月16日）。母杨氏夫人生于清光绪十五年阴历六月初三，有子二：振雄、振宇。据至亲回忆，还有一子夭折；又有一女，名善初，生卒年均未详，故皆未列入系年。向恺然后来又在上海纳继配夫人孙氏，名克芬，卒于民国十七年。有一领养子，名振熙，8岁夭亡，时在"长沙火灾"前后，亦未列入系年。

1913 年（民国二年癸丑）24 岁

3月，袁世凯指使凶手暗杀宋教仁，二次革命随后爆发。湖南督军谭延闿在谭人凤、程子楷等推动下宣布独立，7 月 25 日组成湖南讨袁军，程任第一军司令（后任总司令），与湘鄂联军第三军（军长邹永成）同驻岳州。8 月初，与拥袁之鄂军在两省边境鏖战，终因兵力不足退守城陵矶。8 月 13 日，谭延闿宣布取消独立，程子楷遭袁世凯通缉，流亡日本。

向恺然任岳阳制革厂书记，并在长沙与王润生共创"国技学会"。曾遇李存义之弟子叶云表、郝海鹏，初识形意拳、八卦拳。湖南独立后，出任讨袁第一军军法官，曾驻岳州所属之云溪。事败，随该军总司令程子楷再赴日本，就读于东京中央大学。

按：向恺然在《回头是岸》中曾说："民国壬子年，不肖生在岳州干一点小小的差事，那时的中华民国才成立不久，由革命党改组的国民党，在湖南的气焰，正是炙手可热，不肖生虽不是真正的老牌革命党，然因辛亥以前在日本留学，无意中混熟了好几个革命党，想不到革命一成功，我也就跟着那些真正的老牌革命党，得了些好处。得的是甚么好处？第一是得着了出入官衙的资格，可以带护兵马弁，戴墨晶眼镜……"对照相关文献、史实，可知文中"壬子"当系"癸丑"之误——《拳术见闻录·蒋焕棠》亦谓："癸丑七月，余创办国技学会于长沙，焕棠诺助余教授。今别数载，不知其焉往也。"《猎人偶记》第六章则谓："民国癸丑年七月，余从讨袁第一军驻岳属之云溪"。"时前线司令为赵恒惕，正与北军剧战于羊楼。余方旁午于后方勤务，无暇事游猎也。迨停战令下，日有余闲，（居停主人）徐乃请余偕猎。"

《湖南省文史馆馆员传略》[8]谓向氏在制革厂所任职务为"书记长"。

182

"国技学会"即"国技会",前身为 1911 年之"拳术研究所"。《国技大观·解星科》:民国二年"复宏"拳术研究所之旧观,"创办国技学会,得湘政府补助金三千元,延纳三湘七泽富于国技知识者近七十人"。遇叶云表、郝海鹏事,见《练太极拳的经验》。

1914 年(民国三年甲寅)25 岁

4 月,《民权素》创刊于上海,编者蒋箸超、刘铁冷。7 月,孙中山组成中华革命党,再发起反袁运动。

向恺然在日本撰写长篇小说《留东外史》,始用笔名"平江不肖生"。

是年十月向恺然当已归国,曾由平江至上海小住。

按:《猎人偶记》第一章云:"及余年二十五,曾略习拳棒,相从出猎之念,仍不少衰于时,家父母亦略事宽假,遂得与黄(九如)数数出猎焉";"十月中旬","持购自日本之特制猎枪",随黄于平江"白石岭"猎麂。所述年龄若为虚岁,则于是年即已归国。

又,《好奇欤好色欤》谓:"甲寅年十月,我到上海来,在卡德路庆安里,租了一所房子住下"就《自传》称 1915 年(乙卯)归国,疑记忆有误。

1915 年(民国四年乙卯)26 岁

1 月,《小说海》创刊于上海,编者黄山民。12 月 12 日,袁世凯宣布实行帝制,改元"洪宪"。12 月 25 日,蔡锷在云南发动"护国运动",各省纷纷响应。

向恺然加入中华革命党江西支部,继续从事反袁活动。

7 月至 12 月,所著《拳术(附图)》(无附录)连载于《中华小说界》第 2 卷第 7 期至第 12 期,署"向恺然"。

1916 年（民国五年丙辰）27 岁

是年初，袁世凯任命之广东都督龙济光先后镇压广州、惠州反袁起义；4 月 6 日，迫于形势，宣布广东"独立"；4 月 12 日，以召开广东独立善后会议为名，诱杀护国军代表汤觉顿、谭学夔等，史称"海珠惨案"。

约于是年初，向恺然受中华革命军江西省司令长官董福开委派，赴韶关游说龙济光属下之南、韶、连镇守使朱福全起义反袁，恰遇海珠之变，身陷险境。当于六月下旬脱险。随后即应友人电召至沪，与王新命（无为）、成舍我赁屋南阳路，专事写作，卖文为生。

3 月，《变色谈》发表于《民权素》第 16 集（未完），署"恺然"。

3 至 4 月，《拳术见闻录》发表于《中华小说界》第 3 卷第 3—4 期，署"向恺然"。

5 月，《留东外史》正集一至五卷由民权出版部陆续初版发行。

8 月，《无来禅师》发表于《小说海》第 2 卷第 8 号，署"恺然"。

10 月，《朱三公子》发表于《小说海》第 2 卷第 10 号，署"恺然"。

11 月，《丹墀血》（与半依合撰）发表于《小说海》第 2 卷第 11 号，署"恺然"。

12 月，《皖罗》发表于《小说海》第 2 卷第 12 号，署"恺然"。

同月，《拳术》由中华书局初版发行（后附《拳术见闻录》），署"平江向迏"。

按：是年 6 月 19 日，云南护国军张开儒部攻克韶关，朱福全弃城逃遁，向恺然因而脱险，与《拳术传薪录》谓："民国五年友人电招返沪"在时间上基本切合。《我个人对于提倡拳术之意见》中亦称："民国五年，友人电招返沪，复创中华拳术研究会于新闸新康里，未几因有粤东之行，事又中止。"《自传》："遇海珠事变，几遭

184

龙济光毒手。"或谓即海珠事变后遭朱福全囚禁。

王新命叙与向恺然、成舍我共同"卖文"等事颇详,包括向恺然为稿酬问题与恽铁樵"决裂",当时与向同居之女友为"章石屏"等[10]。关于与与恽铁樵"决裂"事,经查1916—1918年《小说月报》目录,未见有"向迄"、"恺然"或"不肖生"作品,而署名"无为"者亦仅两篇。

《留东外史》正集卷数据董炳月《"国民作家"的立场:中日现代文学关系研究》;又见范烟桥《最近十五年之小说》。《变色谈》等篇刊载月份均为阴历。按:林鸥自编《旧派小说家作品知见书目》著录有《变色谈》一种,署"向恺然著",不知出版时间及单位,详情待查。

1917 年(民国六年丁巳)28 岁

是年沈知方于上海创办世界书局。1月,《寸心杂志》在北京创刊,主编:衡阳何海鸣。

向恺然在沪。

1月,中华书局印行《拳术》第12版。2月,"奇情小说"《寇婚》发表于《寸心杂志》第3期,署"不肖生"。《中华新报》或于是年连载向恺然所撰《技击余闻》。

11月1日,《申报·自由谈》刊载《留东外史》"第四集"出版广告(按:这里的"第四集"当指后来称为"正集"的第四卷,下同)。

是年又曾返乡暇居,一度出任湖南东路清乡军军职,驻长沙东乡。随后当即返沪。

按:《猎人偶记》第三章云:"民国六年里居多暇,辄荷枪入山,为单人之猎";第六章:"丁巳八月余任湖南东路清乡军,率直隶军一连驻长沙东乡。"返沪时间当在下半年。黄曾甫云:"民国初年军阀混战时期,地方不宁,向恺然曾一度被乡人推任为清泰都保卫团团正（团副为李春琦，石牯牛人）。余幼年读小学时，曾亲见向恺然来我家作客，跨高头骏马，来往于清泰桥、福临铺之间。"王新命《新闻圈里四十年》称向恺然《技击余闻》于《中华新报》刊出后"尤脍炙人口"。据其所述时间，当在民国六年。待核该报。

1918 年（民国七年戊午）29 岁

向恺然在沪。

3 月 1 日，《申报·自由谈》刊载《留东外史》"第五集"（当指正集第五卷）出版广告。

次子振宇生于是年 2 月 25 日，字一学，号为霖。生母为杨氏夫人。

按：《江湖异人传》谓："戊午年十一月，我从汉口到上海来，寄居在新重庆路一个姓黄的朋友家里。"

向振宇，黄埔军校第 15 期毕业，1937 年入空军官校为第 12 期飞行生。1941 年 11 月赴美受训，次年归国，编入空军第四大队。曾驾机参与鄂西、常德、衡阳等七大战役，先后击落日机两架。1991 年 7 月卒于长沙。

1919 年（民国八年己未）30 岁

是年向恺然曾一度自沪返湘，与王志群创办国技俱乐部于长沙，不久返沪。

2 月，《拳术见闻录》由上海泰东图书局出版单行本，署"向逵恺然"。

4 月 1 日，长篇武侠小说《龙虎春秋》由上海交通图书馆出版，署"向逵恺然"。

按：创办国技俱乐部事，见《我个人对于提倡拳术之意见》等。《龙虎春秋》共 20 回，叙年羹尧及"江南八侠"故事。

1920 年（民国九年庚申）31 岁

向恺然在沪。《半夜飞头记》或作于是年。

按：《半夜飞头记》第一回述及友人于"四年前"曾读《无来禅师》，问是否知其故事，因而引起作者撰写本书之意向（见时还书局民国十七年第八版）。据此可推知写作时间；初版时间或即在同年，当由上海时还书局印刷发行。学界多将《双雏记》、《艳塔记》与《半夜飞头记》并列为向氏作品，实则《双雏记》为《半夜飞头记》之一续（二集，书名已在《半夜飞头记》结尾作过预告），《艳塔记》为二续（三集），另有《江湖铁血记》为三续（四集），分别出版于民国十五年（1926）10 月、十七年（1928）7 月、十八年（1929）2 月，均由上海时还书局印行。续作者为"泗水渔隐"，即俞印民（1985—1949），浙江上虞人，曾就读于绍兴府中学堂、上海吴淞中国大学；曾任武汉《大汉报》副刊助理编辑，抗战爆发后任国民政府西安行营少将参议，第一、第十战区少将秘书。《艳塔记》自序略谓："不肖生著《半夜飞头记》，久而未续，时还书局主人访余于吴下，具言不肖生事繁无间，将嘱余以藏其事。余不治小说久矣，昔年主汉口《大汉报》时，以论政之余，间作杂稿以实篇。旋以主人之请，遂为续《双雏记》以应。兹事距今，忽忽两年矣。"

1921 年（民国十年辛酉）32 岁

世界书局改为股份公司，先后设编辑所、发行所、印刷厂，并于各大城市设分局达三十余处。

向恺然当在沪。

187

1922 年（民国十一年壬戌）33 岁

3 月，《星期》周刊创办于上海，编者包天笑。8 月 11 日，《红杂志》周刊创刊于上海，编者严独鹤、施济群。

顾明道《啼鹃录》、姚民哀《山东响马传》分别出版、发表于是年。赵焕亭始撰《奇侠精忠传》。

向恺然在沪。

8 月 3 日，包天笑主编之《星期》周刊第 27 号始载笔记小说《猎人偶记》第一章，署"向恺然"；9 月 10 日第 28 号载第二章；9 月 17 日第 29 号载第三章；9 月 24 日第 30 号载第四章；10 月 15 日第 32 号载第五章；10 月 29 日第 35 号载第六章。同刊 10 月 22 日第 34 号、11 月 5 日第 36 号连载《蓝法师记》（含《蓝法师捉鬼》《蓝法师打虎》两篇）。

10 月 1 日，《留东外史》续集（六至十集）由上海民权出版部出版发行。

10 月 8 日，《星期》周刊第 32 号开始连载《留东外史补》，署"不肖生"，"天笑评眉"。

是年，《聪明误用的青年》连载于《快活》杂志第 24、26、27 期，署"不肖生"。

是年向氏曾为中国晚报社编辑《小晚报》，其间初会刘百川。

按：《留东外史》续集出版时间据董炳月《"国民作家"的立场：中日现代文学关系研究》。向恺然《杨登云》（上）："记得是壬戌年的冬季。那时在下在中国晚报馆编辑小晚报，有时也做些谈论拳棒的文字，在小晚报上刊载……而刘百川也就在这时候，因汪禹丞君的介绍，与我会面的。"《小晚报》详情待查。

1923 年（民国十二年癸亥）34 岁

6 月，《侦探世界》半月刊创刊于上海，编者先后为程小青、严独鹤、陆澹安。第6期始刊姚民哀《山东响马传》。赵焕亭始撰《奇侠精忠传》。

向恺然在沪。

1月5日，《红杂志》第22期开始连载《江湖奇侠传》。

1月21日，《留东外史补》于《星期》第47号载毕，共计13章。

3月4日，《星期》周刊第50号刊载《我研究拳脚之实地练习》。

3月6日，《红杂志》第34期、第50期分别刊载短篇《岳麓书院之狐疑》《三个猴儿的故事》。

5月11日，《三十年前巴陵之大盗窟》发表于《小说世界》第2卷第6期，署"不肖生"。

6月1日（？）《侦探世界》第1期开始连载《近代侠义英雄传》，署"不肖生"。6月21日（？）第3期、7月5日（？）第4期、7月19日（？）第5期分别刊载短篇小说《好奇软好色软》上、下及《半付牙牌》，10月24日第10期、11月8日第11期刊载《纪杨少伯师徒遇剑客事》上、下，十一月朔日第13期、十一月望日第14期刊载《纪林齐青师徒逸事》上、下，均署"向恺然"。

7月6日，《陈雅田》发表于《小说世界》第3卷第1期，署"不肖生"。

9月14日，袁寒云发起"中国文艺协会"，向恺然参会并在同乡张冥飞介绍下与袁寒云相识。

按：《北洋画报》第8卷第355期袁寒云《记不肖生》一文云："予客海上时，曾因友人张冥飞之介识之；且与倚虹、天笑、南陔、芥尘、大雄、东吴诸子，共创文艺协会。"另据郑逸梅《"皇二子"袁寒云的一生》云："克文来沪，和文艺界人士，颇多往还。民国十二年他发起中国文艺协会，九月十四日，开成立大会于大世界之寿石山房，到者六十人，均一时名流，推克文为主席。十一月十五日又开会选举，当然克文仍为主席，余大雄、周南陔为书记，审查九人，为包天笑、周瘦鹃、陈栩园、黄叶翁、伊峻斋、陈飞公、王钝根、孙东吴及袁克文。干事二十人，为严独鹤、钱芥尘、丁慕琴、祁黻卿、戈公振、张碧梧、江红蕉、毕倚虹、刘山农、谢介子、张光宇、胡寄尘、张冥飞、余大雄、周南陔、张舍我、赵苕狂、徐卓呆等。但不久，克文北上，会事也就停止，没有什么活动了。"

9月，与姜侠魂、陈铁生等编订《国技大观》，内收向恺然所撰《我个人对于提倡拳术之意见》（见"名论类"）、《拳术传薪录》（见"名著类"）及《述大刀王五》、《解星科》（三篇）、《窑师傅》、《赵玉堂》（见"杂俎类"之"拳师言行录"）。同月，上海振民编辑社出版、交通图书馆印行《拳师言行录》单行本，列入"武备丛书"；署"杨尘因批眉，娄天权评点，向恺然订正，姜侠魂编辑"。严独鹤主编之上海《新闻报》约于是年下半年开始连载《留东新史》。

是年8月，世界书局出版《江湖怪异传》（前有张冥飞序）。

是年，世界书局出版《绘图江湖奇侠传》第一集（1—10回）、第二集（11—20回）及《近代侠义英雄传》第一集（1—10回）、第二集（11—20回）。

是年由合肥黄健六介绍，向恺然在上海居士林皈依"谛老和尚"，听讲《慈悲永谶》。

按：《侦探世界》第1至8期封面、封底均无出版月日，文中所注时间出自推算。叶洪生《近代中国武侠小说名著大系·平江不肖生小传及分卷说明》谓美国斯坦福大学胡佛图书馆藏有民国十二年世界书局原刊本《绘图江湖奇侠传》。国内曾见此版，似用刊物连载之纸型直接付印，分册装订。《国技大观》扉页署"向恺然 陈铁生 唐豪 卢炜昌著"；"名著类"中除《拳术传薪录》外又收"向恺然

190

注释"之《子母三十六棍》，该篇原出《纪效新书》，作者为明代俞庐江（大猷）。

《新闻报》1924年3月19日始载《留东新史》第26章，由此推测初载当在1923年（待核始载之确切时间）。或称不肖生又撰有《留东艳史》，写作、出版时间未详。

皈依"谛老和尚"事据向氏《我投入佛门的经过》。按："谛老和尚"当即天台宗名僧谛闲法师（1853—1932），俗姓朱，法名古虚，字谛闲。光绪十二年（1886）由上海龙华寺方丈、天台宗四十二代祖师迹瑞法师授为传持天台教观四十三世祖，叶恭绰、蒋维乔、徐蔚如等均为其居士弟子。

《近代侠义英雄传》第一集有沈禹钟序，署"癸亥秋月"。第三至八集初版时间待查。《江湖奇侠传》第三集以后之初版时间有待核查、考证，暂不列入本表系年；参见顾臻《〈江湖奇侠传〉版本研究》[11]。

1924年（民国十三年甲子）35岁

7月18日，《红杂志》出至2卷50期（总100期）停刊；8月2日，《红玫瑰》出版第1卷第1期，编者严独鹤、赵苕狂。

向恺然在沪。

1月，《变色谈》连载于《社会之花》第1—4期，署名"不肖生"。

《侦探世界》续载《近代侠义英雄传》。又，元旦第17期载短篇小说《天宁寺的和尚》，三月朔日第21期载《吴六剃头》，四月朔日第23期载《江阴包师父轶事》，四月望日第24期载《拳术家李存义的死》。四月末，《侦探世界》终刊，共出24期，第24期刊载《近代侠义英雄传》4回，其他各期每期刊出2回，共计50回。

《红杂志》续载《江湖奇侠传》。又，2月29日2卷30期、3月7日31期、3月28日34期、5月16日41期、5月25日42期、6月6日44期、6月13日45期分别刊载短篇小说《熊与虎》《虾蟆妖》《皋兰城上的白猿》《喜鹊曹三》《两矿工》《一个三十年前的死强盗》《无锡老二》。

《红玫瑰》续载《江湖奇侠传》。又，8月9日1卷2号刊短篇小说《名人之子》，9月6日6号刊《李存义殉技讹传》（为《拳术家李存义的死》正讹），10月11日11号、10月18日12号、11月15日16号、11月22日17号、12月6日19号、12月20日21号分别刊载短篇小说《神针》《快婿断指》《孙禄堂》《鬎福生》《没脚和尚》《黑猫与奇案》。

6月26日，《新闻报》连载《留东新史》结束；30日始载《玉玦金环录》。

7月，世界书局出版《留东新史》3册，共36章。

按：《名人之子》为短篇社会小说，正文署"向恺然"，题下有赵苕狂按语云："向君别署不肖生，素以武侠小说著称于世，兹乃别开生面，以此社会短篇见贶。绘影绘声，惟妙惟肖，绝妙一回官场现形记也。读者幸细一咀嚼之。苕狂附识。"《留东新史》出版时间据董炳月《"国民作家"的立场：中日现代文学关系研究》。

1925年（民国十四年乙丑）36岁

向恺然在沪。

《江湖小侠传》由世界书局出版发行。

《红玫瑰》1月17日1卷25号、2月7日28号、2月28日31号、3月28日35号、4月4日36号、4月11日37号、4月18日38号、5月23日43号、6月6日45号分别刊载短篇小说《恨海沉冤录》、《傅良佐之魔》、《侠盗大肚皮》、《无名之英雄》、《秦鹤岐》、《绿林之雄》（上下）、《三掌皈依记》、《何包子》。

5月1日，《新上海》第1期开始连载《回头是岸》，署"不肖生"，至1926年第3期共载七章半。

5月，陈微明设"致柔拳社"于上海，向恺然从之习练杨氏太极拳数月；适王志群来沪，又从之习吴氏太极拳。

按：《江湖小侠传》有初版广告见《红玫瑰》2卷1期。《练太极拳之经验》："到乙丑年五月，幸有一位陈微明先生从北京来到上海"，设立致柔拳社教授太极拳，乃得初习数月。而《近代中国武侠小说名著大系》所收《我研究推手的经过》则谓"一九二三年在上海从陈微明先生初学太极拳"，"一九二三"当为"一九二五"之误。陈微明（1881—1958），湖北蕲水人，曾举孝廉，任清史馆编纂。先从孙禄堂习形意拳、八卦掌，后从杨澄甫习太极拳。著有《海云楼文集》《太极拳讲义》等。

1926年（民国十五年丙寅）37岁

是年7月，国民革命军分三路从广东正式开始北伐。9月10日，国民革命军第八军（军长唐生智）所部刘兴第四师占领湖北孝感，廖磊时为该师第三团团长。

向恺然在沪。

6月1日，《江湖奇侠传》第86回在《红玫瑰》2卷32号载完，编者在"编余琐语"中宣告：不肖生之《江湖奇侠传》共86回，本期业已登完。现请其接撰《近代侠义英雄传》，以备本刊第3卷之用。但3卷1号所载为《江湖奇侠传》之87回，仍系向恺然手笔。6月，世界书局印行之《江湖奇侠传》或已出至第九集（79—86回）。

6月6日，《上海画报》第118期发表《郴州老妇》，署"向恺然"。其"后记"为"炯"所撰识语，云："向恺然先生别署不肖生，技击之术，为小说才名所掩。兹篇（系）愚丐张冥飞先生转求得之者，所述又为武侠佚闻，弥足珍焉。"

同年，上海《新闻报》连载《玉玦金环录》结束（该书连载稿酬为千字4.5元），后由中央书店印行，改名《江湖大侠传》。

《红玫瑰》2月14日2卷17号、3月13日21号、7月7日37号、7月14日38号、7月21日39号、8月5日41号、8月12日42号分别刊载短篇小说《癫福生》、《梁懒禅》、《至人与神蟒》（上下）、《甲鱼顾问》、《杨登云》（上下）。

是年大东书局出版《留东外史补》。

是年撰成《近代侠义英雄传》第51回至第65回。

按：刘兴部占领孝感之后又曾出击广水、武胜关、汀泗桥，占领汉口；10月奉命留两湖整训。

1927年1月之《新闻报》已无《玉玦金环录》，是知连载结束于1926年。稿酬据向晓光所藏新闻报馆民国十五年二月六日致向恺然函原件。

大东书局出版《留东外史补》之时间据董炳月《"国民作家"的立场：中日现代文学关系研究》，待查此版是否初版。

《红玫瑰》所载《江湖奇侠传》回序、回目与后来印行之各种单行本回序、回目不尽相同，参见顾臻《〈江湖奇侠传〉版本研究》。《红玫瑰》3卷1号所载第87回开头有"因此重整精神，拿八十七回以下的《奇侠传》与诸位看官们相见"之语，正文文风亦与前相似，故论者多认为此回与88回仍属向氏手笔。世界书局所印《江湖奇侠传》第十至十一集，版权页所标印行时间与第九集同为是年6月，由于此二集涉及"伪作纠纷"，所署时间是否真实待考。参见顾臻《〈江湖奇侠传〉版本研究》。

《近代侠义英雄传》第51回末陆澹庵评语："著者前撰此书，仅五十回，即已戛然而止，读者每以未睹全豹为憾，今乘暇续成之。"同书第66回开头正文则谓："这部侠义英雄传，在民国十五年的时候，才写到第六十五回。"均指51回至65回写于《侦探世界》终刊之后。

1927 年（民国十六年丁卯）38 岁

2月3日，唐生智第八军扩编为第四集团军，原第四师扩编为第三十六军，军长刘兴；下辖第一师师长为廖磊。4月12日，上海发生反革命政变，国共、宁汉正式分裂。4月18日，武汉国民政府誓师继续北伐，三十六军挺进豫、皖。8月，唐生智通电讨蒋；9月，三十六军沿长江南岸进至芜湖，进驻东西梁山。10月，南京政府决定讨伐唐生智，唐退守湖南，三十六军失利西撤。11月，唐生智下野，三十六军退守湖南长沙、平江、浏阳、金井一线。

向恺然当于2、3月间离沪，就任三十六军军部中校秘书，随军驻湖北孝感。曾建议第一师师长廖磊在天后宫设立军民俱乐部，开展文体活动，敦进军民情谊。8月以后当随军往返于鄂、皖、湘。

是年二月二日（阳历3月5日），《红玫瑰》第3卷第7号续载《江湖奇侠传》第88回毕。编者在"编余琐话"中宣告："不肖生到湖南做官去了，一时间没有工夫撰稿。《江湖奇侠传》只得暂停数期。"此后该刊续载者当皆系伪作。九月，中央书店印行《玉玦金环录》。

按：向恺然在孝感事迹据《向恺然逸事》[12]，然该文所述时间及部分细节与史实不符。本《年表》所记刘兴部进驻孝感时间、番号变动情况等，均以其他历史文献为依据。又《孝感市志·大事记》：是年5月6日，中共孝感县特别支部发起举行"倒蒋演讲大会"，"国民革命军第四师十七团宣传队"曾与会并发表演讲（按：

"第四师"或指刘兴部队旧番号，时已扩编为三十六军，该师或即指廖磊师）；6 月 30 日，国民党极右分子会同土劣进入县城，勒缴农民自卫军枪支，驻军第三十六军第一师及教导团占领县党部、农协、妇协及总工会驻所，史称"湖北'马日事变'"[13]。可知廖磊部（或包括三十六军其他部队、机构）在此期间确仍驻扎于孝感，撤离时间或在 8 月。

1928 年（民国十七年戊辰）39 岁

是年初，刘兴率三十六军撤至溆浦。在李宗仁压力之下，刘兴辞去军职，闲居上海，廖磊接任三十六军军长，部队受桂系节制。4 月 5 日，蒋介石誓师"二次北伐"，白崇禧率三十六军再沿京汉路进军豫、冀，9 月 10 日攻占唐山、开平。11 月 19 日第四集团军缩编，三十六军缩编为第十师，廖磊为师长，仍驻开平。

向恺然随军进驻天津附近之开平。其间或曾挂职于天津特一区区署及市政府。

据《江湖奇侠传》相关内容改编，由张石川执导、明星公司发行之电影《火烧红莲寺》在沪上映；其后连续拍摄至 18 集，掀起武侠影片摄制热潮及武侠文艺热潮。

7 月 17 日，《红玫瑰画报》第 6 期（非卖品）刊出《江湖小侠传》《侠义英雄传》《江湖奇侠传》广告。

9 月 4 日，《红玫瑰画报》第 8 期刊出《留东外史》广告。

按：向氏挂职天津政府机关一事，当与时任天津特别市政府参事之黄一欧（黄兴之子）有关。详见 1929 年《北洋画报》8 月 6 日所载亦强《不肖生生死问题》及 8 月 8 日所载袁寒云《记不肖生》二文。电影《火烧红莲寺》又有第 19 集，为香港所摄制。

1929 年（民国十八年己巳）40 岁

是年初，廖磊部或已进驻北平。3 月，唐生智与蒋介石合作倒桂，刘兴潜回旧部，逼走白崇禧，率部参与蒋桂战争。

顾明道《荒江女侠》开始连载。

向恺然当于是年初随廖磊部进驻北平，随即辞去军职。8 月间，随黄一欧赴津。同年夏秋间，受聘为沈阳《辽宁新报》特约撰述员，为该报撰长篇武侠小说《新剑侠传》。在北平时，曾从许禹生、刘思绶研习太极推手；又曾会见太极拳发源地河南陈家沟陈氏太极第四代传人陈积甫，考察陈、杨两派拳术异同。

同年，《现代奇人传》一册由世界书局出版发行。

3 月 24 日，《上海画报》第 450 期所载《小报告》（署名"网"）称："小说名家向恺然先生，近年在湘中任军法官，昨世界书局得讯，先生已归道山矣。" 4 月 3 日，上海《晶报》亦刊出不肖生"物故"消息。包天笑化名"曼奴"在该报发表《追忆不肖生》，其他报章亦有追挽文字跟进。7 月 21 日，《晶报》载张冥飞文，称不肖生在津沽。随后《琼报》《滩报》发表谴责赵苕狂冒名续写《江湖奇侠传》之文字，而平、津报章亦因《辽宁新报》预告刊载《新剑侠传》而发生不肖生存殁之争。8 月 3 日、6 日、8 日，《北洋画报》发表亦强《不肖生生死问题》《关于不肖生之又数种消息》及袁寒云《记不肖生》三文，证实向恺然确实曾在天津。

8 月 15 日，《北洋画报》刊出向恺然致该社社长冯武越函及近照一张，谣言遂息。

8 月 18 日，《上海画报》第 498 期，刊出署名"耳食"的《不肖生不死》一文，说"前年盛传向君已作古人，兹据北平友人函称，则向君目前确在北平头发胡同甲一号第十三师办公处，已投笔从戎矣！"同期所载《重理书业之不肖生》（署名"悄然"）则云："不肖生向恺然君，自游幕湘南后，沪上曾一度传其已死，实则向已随李品仙部至北平，向寓在西城头发胡同甲一号，唯以随军关系，既不大与外间通问，且不愿以真相示人耳。近闻向已辞去军队生活，而重整理笔墨生涯，其第一步即为沈阳《辽宁新报》撰《新剑侠传》。"

另据《平襟亚函聘不肖生》（刊于 1929 年 8 月 21 日《上海画报》第 499 期，署名"俞俞"）云："前此途中为匪戕害云云，特东坡海外之谣耳〔张其锽（子午）杨毓瓒（瑟君）皆死于匪，向先生被戕之谣，殆即由此传误）。向先生尝致《新闻报》严独鹤先生一书，声明死耗之不确，又询《江湖奇侠传》九集以后之续稿，并谓可以继续为《快活林》撰著，平襟亚先生闻讯，急函约向先生到沪，为中央书店撰小说。每月交□万字（原稿漏字）〕，致酬五百金，订约一年，款存银行保证，暂时不得更为它家作何种小说云。"其间还涉及向恺然与世界书局、时还书局的版权纠纷。

父国宾公卒于是年。

按：向恺然在《练太极拳的经验》中曾说："戊辰七月，我跟着湖南的军队到了北京，当时北京已改名北平。"戊辰七月即1928年 8 月 16 日至 9 月 14 日，而三十六军 9 月 10 日方攻占开平，故文中"戊辰"疑为"己巳"之误，月份是否有误待考。练习、考察太极拳事，见《我研究推手的经过》等文。是年，《红玫瑰》第 5 卷第 20 号刊出《江湖奇侠传》十一集本及《现代奇人传》出版广告。《江湖奇侠传》第十集与第十一集均系伪作，涉嫌侵犯向恺然著作权。关于"物故"谣言及上述著作权纠纷，向为霖在《我的父亲平江不肖生》中亦曾叙及。下述资料较清晰地勾勒出了相关细节：

据《世界书局迎向记》（刊于 1929 年 9 月 12 日《上海画报》第506 期，署名"耳食"）短讯称："听说向恺然先生从北平写信到上海世界书局，提出一个小小交涉，就是《江湖奇侠传》要从第十集

198

重新做过，沈老板大为赞成，赶忙托李春荣君亲自赴平，答应向君的要求，并且要请他结束全书。"又，短讯《快活林将刊不肖生著作》（刊于1929年9月27日《上海画报》第511期，署名"重耳"）则谓："向现仍拟在沪重理笔墨生涯，其开宗明义之第一声，将在《新闻报》上之《快活林》露脸，以《快活林》编者严独鹤君，与向素有交谊，且甚钦佩向君之笔墨也。惟《快活林》之长篇小说，俟《荒江女侠》登完后，尚有徐卓呆和张恨水二君之小说，预计在本年度内，无再登他人小说之可能，故向君现特先撰《学习太极拳之经过》短文一篇，约五六千字，其中关于太极拳之派别及效用，均详述靡遗，极富趣味，不日即将刊载。"11月，《上海画报》第524期（1929年11月6日）所刊《向恺然返湘省亲记》（"振振"自北平寄）称："其尊人忽抱沉疴，得电匆匆，即行就道。"另，《上海画报》528期（1929年11月18日）所刊《向恺然起诉时还书局》（署名"平平"）称："世界书局以八千元了结《江湖奇侠传》版权纠纷事宜；向恺然就《半夜飞头记》署名问题起诉时还书局。"起诉时还书局之结果未详。

1930年（民国十九年庚午）41岁

是年3、4月间，电影《火烧红莲寺》第十一集"因取材偶不经心，致召上海市党部电影检查委员会取缔"（明星公司《普告国内外之欢迎〈红莲寺〉者》）。5月14日，"片经特别市检查会检许"，恢复公映。

向恺然约于3、4月间自北平返沪，继续其写作生涯。

3月18日，上海《新闻报》副刊《快活林》始载向恺然《练习太极拳的经验》，4月20日载完。此文主要总结在北平习研太极拳之心得、见闻，后收入陈微明所编《太极正宗》，列为第七章，题目改为《向恺然先生练习太极拳的经验》。

按：据4月24日《上海画报》第579期所刊《不肖生来沪》（记者）称："小说界巨子平江向恺然先生，著作等身，文名藉甚，近已偕其眷属来沪，暂寓爱多亚路普益公报关行，刻方卜居适宜之地。"

又据是年3月28日《新闻报·快活林》刊载陈微明《一封书证明事实·陈微明致向恺然》云："数年未见，每于友人中探兄踪迹，近始知在北平研究太极拳"，"闻兄仍作文字生涯，其境况可知，何不仍南来一游乎？"可知向氏返沪当在3、4月间。

关于《火烧红莲寺》第十一集遭取缔的时间，据明星公司《普告国内外之欢迎〈红莲寺〉者》文（附载于中央大戏院为该片第十二集上映而在是年7月5日《新闻报》上刊发的广告）推定。文中又说："（遭取缔后）嗣经本公司略具呈文，陈明中国影业风雨飘摇之苦况及《红莲寺》关系国片存亡之实情……差幸检会体恤商艰，业已准如所请。"经查，该片第十集上映于同年2月20日前后，第十一集既已于5月14日经"检会"允许公映，可知知遭禁当在3、4月间。

1931年（民国二十年辛未）42岁

7月15日，国民政府"内、教二部电影检查委员会"依据反对"提倡迷信邪说"之宗旨，在第十一次委员会议上又决议禁止播映《火烧红莲寺》，并吊销已换发之该片第十三至十八各集执照。

向恺然当于是年撰成《近代侠义英雄传》第66至84回。

按：《近代侠义英雄传》第66回："这部侠义英雄传，在民国十五年的时候，才写到第六十五回，不肖生便因事离开了上海，不能继续写下去；直到现在整整五年，已打算就此中止了。""不料近五年来，天假其便居然在内地谋了一桩四业不居的差使；可以不做小说也不致挨饿，就乐得将这支不健全的笔搁起来。……想不到竟有许多阅者，直接或间接写信来诘问，并加以劝勉完成这部小说的话。不肖生因这几年在河南直隶各省走动，耳闻目见的又得了些与前八集书中性质相类似的材料；恰好那四业不居的差使又掉了，正用得着重理旧业。""四业不居的差使"当指所任军职。亦不排除上年业已开始续撰之可能。

关于本年以及 1932 年、1937 年、1938 年《火烧红莲寺》禁映或开禁的情况，均据顾倩《国民政府电影管理体制（1927—1937）》一书第十四章第四节。"内、教二部电检会"为中央级的电影管理机构，正式成立于是年 3 月，由内政部（含警务系统）和教育部联合组成。

1932 年（民国二十一年壬申）43 岁

2 月，湖南省政府主席何键于长沙创办湖南国术训练所，所址设于皇仓湾武圣宫内，首任所长万籁声；5 月，万籁声离任，何键亲自兼任所长。10 月 1 日至 5 日，湖南省第二届国术考试在长沙举行。

7 月，天津《天风报》开始连载还珠楼主（李寿民）所撰《蜀山剑侠传》。

8 月，明星公司呈文内、教二部"电检会"，列述摄制《火烧红莲寺》本意不在提倡迷信邪说诸情，请求重捡、弛禁。获准，遵命改名《红莲寺》，修改不妥内容，重领执照。然而，随之又接警字137 号令，谓据《出版法》，小说《江湖奇侠传》业已查禁，《红莲寺》执照仍应吊销。虽经公司再次力辩该片仅前二集取材于小说，其他各集皆与小说无干云云，陈情仍被驳回。

是年向恺然离沪返湘，居长沙学宫街希圣园，于何键兼任国术训练所所长后出任该所秘书，主管所务。取得友人吴鉴泉、杜心五、王润生、柳惕怡等支持，以顾如章为总教官，刘清武为教务主任，加聘范庆熙、王荣标、范志良、纪授卿、常冬生、白振东等为教官；以李肖聘为国文教员，柳午亭为生理卫生教员。所内南北之争消弭，全所面貌一新。10月派出学员参加省第二届国术考试，取得优异成绩。

是年3月，世界书局出版《近代侠义英雄传》第九至十二集（66—84回）。

按：国术训练所创办时间据《湖南武术史》[14]。向恺然《自传》："民国二十一年回湖南办国术训练所及国术俱乐部，两次参加全国运动会，湖南省皆夺得国术总锦标。"（《长沙文史》第14辑所载肖英杰《湖南省国术馆始末——解放前的湖南武术界》一文谓国术训练所创办于1931年。互联网所载《湖南国术训练所掌故》一文跟帖或谓1929年冬万籁声即应聘入湘就任所长；关于万氏离湘时间，又有1932年7月、1933年7月诸说，似均不确。）湖南省第二次国术考试时间据《湖南武术史》（第一次为1931年9月27—29日）。

岳麓书社版《近代侠义英雄传》之底本即世界书局1932年本，然被删去第15至第19回及第65回、第67、68回共计9回文字，导致文献残缺，殊为可惜。

1933年（民国二十二年癸酉）44岁

10月20日至30日，中央国术馆于南京公共体育场举办全国第二届国术考试。

向恺然在国术训练所任秘书。10月，派出选手多人参加全国国术考试，获得优异成绩。

《湖南省第二届国术考试汇刊》出版，内收向恺然《提倡国术之贡献》《妇女界应积极提倡国术》《写在国术考试以后》《我失败的经验》四文。

是年秋，《金刚钻月刊》第2期以《论单鞭》为题，刊载1924年（甲子）春季陈志进与向恺然来往书信三通。

按：第一次全国国术考试举办于1928年10月。《金刚钻月刊》编者施济群在《论单鞭》之前加有按语云："甲子春，余方为世界书局辑《红杂志》，陈君志进以书抵余，嘱转向君恺然，讨论太极拳中之单鞭一手。盖当是时有某书贾者，发行《国技大观》一书，贸然列向君名，丑诋单鞭无实用，陈君乃作不平鸣。迨鱼雁数往返，始悉《国技大观》一书，非向君所辑，然则向君之受此夹气，非向君始料所及也。岂不冤哉！癸酉仲秋编者识。"文末复按："陈、向二君，素昧平生，因此一度之笔战，乃成莫逆交。语云：'不打不成相识。'信然。今陈、向二君俱在湖南主持国术分馆教授事，倘重读当年讨论单鞭数书，悻悻之色，溢于言表，必哑然自笑也。"

1934年（民国二十三年甲戌）45岁

1月，竺永华出任国术训练所所长，建议何键于长沙又一村成立国术俱乐部。何自任董事长，竺任总干事长，下设总务、宣传、游艺、教务四股。

向恺然兼任国术俱乐部秘书，同时兼任高级班太极拳教员。端午节前，太极名家吴公仪、公藻兄弟应邀抵湘，就任国术俱乐部教员。向恺然主持欢迎仪式，有合影留存，题曰摄于"蒲节前一日"。

是年秋，王志群返湘，向恺然与之相聚三月，晨夕探讨太极拳。

在向恺然主持、筹划下，国术俱乐部之建设以及活动之开展颇见成效，拥有礼堂、演武厅、国术大操场、射箭场、摔跤场、弹子房、民众剧院等设施，组织、推广文体活动，贡献颇多。

是年，向氏撰《赵老同与尤四喇嘛》，连载于《山西国术体育旬刊》第 1 卷第 1、2 期；《三晋武侠传》，连载于同刊第 1 卷第 3、4、5 期（前两期署"肖肖生"，第 5 期署"不肖生"）；《国术名家李富东传》，载于第 1 卷第 7、8 期合刊；《霍元甲传》，连载于第 6 期及 7、8 期合刊。

母王氏太夫人卒于是年阳历 2 月 28 日。

按：与王志群重聚事，见《太极径中径》。《赵老同与尤四喇嘛》等篇多与《近代侠义英雄传》互文。

1935 年（民国二十四年乙亥）46 岁

10 月 10 日至 20 日，第六届全国运动会在上海举行。

向恺然在国术训练所、国术俱乐部任秘书职。以国术训练所学员为主之湖南省国术队女子组荣获全国运动会总分第一名。

6 月，长沙裕伦纸业印刷局印行吴公藻《太极拳讲义》，向恺然为之作序，以答客问方式阐释太极拳精义。

按：《太极拳讲义》序末署"民国二十四年六月平江向恺然序于湖南国术训练所"。

1936 年（民国二十五年丙子）47 岁

何键改湖南省国术训练所为湖南省国术馆。10 月，第六届华中运动会在长沙举行。

向恺然受何键之命，与竺永华专任国术俱乐部事务。湖南省男、女武术队分别荣获第六届华中运动会武术总分第一名。

原配杨氏夫人卒于是年 8 月 25 日。

按：专任国术俱乐部事等据《湖南武术史》。

1937 年（民国二十六年丁丑）48 岁

7 月 7 日卢沟桥事变，抗日战争全面爆发。7 月 18 日，长沙市政府、国术俱乐部等九团体于又一村国术俱乐部召开会议，决定成立"长沙人民抗敌后援会"，24 日改称"湖南人民抗敌后援会"，后又改称"湖南人民抗敌总会"。廖磊率部驻皖，9、10 月间，以陆军上将衔出任第十一集团军总司令兼第七军团军团长。11 月 12 日，上海沦陷。11 月 27 日，新任湖南省主席张治中宣誓就职，何键调任内政部长。

向恺然任国术俱乐部秘书，积极参与抗敌后援等爱国活动。

电影《火烧红莲寺》在"孤岛时期"之上海经"中央电检会"办事处重检，获通过，但又在工部局电检会受阻。

按：向一学《回忆父亲一生》[9]称：向恺然时曾接待、安排田汉、熊佛西率领之抗日宣传队演出及徐悲鸿绘画展览等活动。

上海沦陷之后，城市中心为公共租界中区、西区和法租界，日军未能进入，因而形成四周都是沦陷区的独立区域，史称"孤岛"。国民政府在"孤岛"仍拥有治权，当时内、教二部电检会已被"中央电检会"取代，该会在沪留有办事处。

1938 年（民国二十七年戊寅）49 岁

1 月 23 日，张治中改组省国术馆，原副馆长李丽久升任馆长，任郑岳为副馆长。2 月，日机开始轰炸长沙等地。5 月，湖南各县成立抗日自卫团。6 月 7 日，第五战区司令官兼安徽省主席李宗仁迁省会于大别山区立煌县（今金寨县）。廖磊奉令驻守大别山，以第二十一集团军总司令身份兼任第五战区豫鄂皖边区游击总指挥，9 月 27 日出任安徽省主席，10 月 8 日兼任省保安司令。11 月，日军攻长沙，国军撤退时放火烧城。

向恺然当于是年受廖磊之邀，往安徽立煌县出任第二十一集团军总办公厅主任兼省府秘书；同往之武术界人士包括白振东、粟永礼、时漱石、黄楚生、刘杞荣等。不久，嘱侄孙向次平于返湘时接成佩琼到立煌。是年秋，与成佩琼在立煌结婚，婚礼由第二十一集团军政治部主任胡行健操办。

是年中央书局印刷发行《玉玦金环录》之改名本《江湖大侠传》，署"襟霞阁主人精印""大字足本"，列入"通俗小说文库"，前有范烟桥序及陈子京校勘后序。

上海工部局电检会亦对《火烧红莲寺》开禁，第十八集终于在"孤岛"正式上映。

按：廖磊就任安徽省主席时间据《中华民国史事日志》[15]等，《金寨县志·大事记》作 10 月 24 日[16]。向恺然所任职务据《湖南省文史馆馆员传略》，此外又有"顾问""参议"诸说。成佩琼，婚后改名"仪则"，原籍湖南宁乡，生于民国八年（1919）1 月 6 日。初中毕业后考入国术训练所女子师范班，主学太极拳；毕业后任益阳信义中学体育教师。向斯来 2010 年 12 月 2 日致徐斯年函云："1937 年卢沟桥事变，母亲回到国术训练所。不久，父亲应二十一集团军总司令廖磊的邀请，前往安徽任职总办公厅主任。父亲去安徽时，从国术训练所带了一些男学员随同前往，在廖磊部任职。后来又派他侄孙向次平（曾在行政院任过职）来长沙，说向主任派他来接母亲前往安徽安排工作。当时母亲与父亲只是师生关系，兵荒马乱的年代，工作不好找，有这样的机会，就跟向次平去了。到安徽后，父亲托人向母亲求婚（父亲元配杨氏已于 1936 年去世），母亲考虑父亲比她大 20 多岁，开始没有同意。父亲先后派了唐生智内侄凌梦南、参谋长徐启明、副官处长罗敏、政治部主任胡行健等人，轮番给母亲说媒，做工作，母亲终于同意了。1938 年秋，由政治部主任胡行健操办婚筵，为我父母举行了结婚仪式。"向一学《回忆父亲一生》称："因日机轰炸长沙，全家搬回老家东乡苦竹坳樊家神。

父亲在福临铺抗日自卫团当副团长……后来随桂系廖磊去安徽。"黄曾甫《平江不肖生为何许人》称："1938年长沙大火前，敌机时来侵扰，向恺然携眷下乡，住在长沙县竹衫铺樊家神（在麻分嘴附近）老家。在乡人士组织福临乡自卫团，又推举向恺然任副团长，他招来一批国术训练所的学生，在乡下训练。"经查《湖南抗日战争日志》[17]，"湖南民众抗日自卫总团"由张治中兼任团长，下设区团部，由各区保安司令兼任团长；县设县团部，由县长兼任团长；乡（镇）设大队部，由乡（镇）长任大队长。福临铺为镇，向恺然若任该职，当为福临铺抗日自卫团之副大队长。向斯来2010年12月2日函则云："母亲回忆，抗战爆发后，父亲即随廖磊去了安徽，并没有在长沙出任过长沙县抗日自卫团副团长，一直从事文字和武术工作。此事母亲记得很清楚，因为卢沟桥事变后，她就从益阳回到了长沙（的）省国术训练所。对父亲行止比较清楚。"上述两说，以向一学、黄曾甫说为是。

1939年（民国二十八年己卯）50岁

10月23日，廖磊因脑溢血逝世，追赠陆军上将，葬立煌县响山寺。

向恺然在立煌。殆于是年（或上年？）访刘百川并初识觉亮和尚（"胖和尚"）于六安，又识画僧懒悟（"懒和尚"）于立煌。

女斯来生于是年12月某日，生母为三配夫人成仪则。

按：向恺然《我投入佛门的经过》："我学佛得力于一位活菩萨，那位活菩萨是谁？是六安大悲庵的胖老和尚。这和尚在大悲庵住了五六十年，七八十岁的六安人，都说在做小孩的时候便看见这胖老和尚，形貌举动就和现在一样。凡是安徽的佛教徒恐怕没有不知道他的。他的法名叫觉亮，但是少有人知道，他在大悲庵几十年的行持活动，写出来又是一部好神话小说。不过他是一个顶怕麻烦的人，我不敢无故替他惹麻烦。"向氏与此僧交往之确切时间、过程待考。成仪则《忆恺然先生》："住在六安县的刘百川老师，是全国著名的武术家。此时困住家乡，一筹莫展。恺然先生访知后，和二十一集团军总司令廖磊乘视察军情之机，途经六安，会见了刘百川老师。老友相逢，倍加欢喜。刘百川对恺然先生的事业深表赞同，于是便同来立煌，住在我家。恺然先生向廖磊详细介绍刘的武术及为人，建议安排他的职务。廖磊当时是总司令兼安徽省主席，欣然接受了这一建议，将刘安排在安徽省政府任参议一职。"[18] 姑将访刘百川及初会胖和尚均志于本年。朱益华《五档坡的大玩家》："抗日战争时期懒悟应弘伞法师邀请到金寨（当时叫'立煌'）小灵山。这时候曾经以写《江湖奇侠传》而轰动一时的向恺然，应安徽省主席的邀请来到金寨。向恺然与懒悟一见如故，并写了一副对联送给懒悟。联文是'书成焦叶文犹绿，睡起东窗日已红。'懒悟很喜欢，抗战胜利后携回迎江寺，挂在他的画室里。"[19] 按：懒悟即懒和尚，河南潢川人，俗姓李。生年未详，卒于1969年。以书画闻名于世，属新安画派，称"汪采石、黄宾虹后第一人"。迎江寺在安庆（当时已沦陷）。向恺然初会懒悟之时间待考，亦姑志于本年。向斯来，谱名振来。

1940年（民国二十九年庚辰）51岁

1月11日，李品仙继任安徽省长。

向恺然在立煌。

1941年（民国三十年辛巳）52岁

向恺然在立煌。

女斯立当生于是年。生母为三配夫人成仪则。

按：向斯立，谱名振立。其身份证生日为 1942 年 2 月 14 日，向晓光谓实际出生时间早于是年。而向斯行身份证上生年亦为 1942 年，可知斯立当生于 1941 年。

1942 年（民国三十一年壬午）53 岁

是年春，经教育部批准，安徽省临时政治学院改建为安徽省师范专科学校。12 月底，日军突袭并占领立煌，大肆烧杀，于次年初撤退。

向恺然在立煌。

12 月，广益书局出版《龙门鲤大侠》一册，署"向恺然著"。

子斯行生于是年 8 月 21 日。生母为成仪则夫人。

按：向斯行，谱名振行，卒于 2008 年。《龙门鲤大侠》未见原书，书目所录出版时间为"康德八年"即 1942 年，疑印行于东北沦陷区。

1943 年（民国三十二年癸未）54 岁

安徽师范专科学校升格为安徽学院。

向恺然以省府秘书兼任安徽学院文科教授当始于是年。

女斯和生于是年 12 月 27 日。生母为成仪则夫人。

按：安徽学院后与原安徽大学合并重组，重建安徽大学（时在 1949 年 10 月）。向斯来 2010 年 12 月 2 日函称："父亲在立煌县任二十一集团军总办公厅主任时，兼任安徽大学（按：对照《自传》及相关文献当为安徽学院）教授，教古典文学，每周去授课一天，上午两节课，下午两节课。持续时间大约一年多。"向斯和，谱名振和。

1944 年（民国三十三年甲申）55 岁

向恺然在立煌。奉派以省府秘书身份会同定慧禅师领修被日寇焚毁之响山古寺。《太极径中径》或撰于是年。

按：金寨县政府网 2009 年 4 月 28 日发布《响山寺》简介云："1943 年元旦，日寇犯境，寺被焚毁，荡然无存。1944 年安徽省府为恢复寺庙，派秘书向恺然会同禅师定慧领修，历时 8 个月，于 1945 年建成。"《太极径中径》写作时间据该篇内文推测。此文见于刘杞荣《太空拳》一书（湖南省新华印刷厂 1997 年印行），此前曾否公开发表待查。又，同书另收向恺然《湖南武术代有传人》一文，当作于 1949 之后，未知确切时间。

1945 年（民国三十四年乙酉）56 岁

抗战胜利。安徽省政府由立煌迁至合肥。

向恺然督修之响山寺完工，计重建瓦屋 30 间，分为一宅三院。其左后方为廖公祠、墓（祀廖磊），右为忠烈祠（祀桂系阵亡将士）。

按：响山寺完工资料据金寨县政府网。1947 年 12 月 10 日《纪事报》所载《名小说家平江不肖生匪窟脱险经过》谓：向氏督修之三大工程为"廖公祠、昭忠祠、胜利纪念塔"，而 1947 年 9 月尚"未竣"。《纪事报》所载文当据传闻而写，所叙督修时间及事实或有不确之处。成仪则《忆恺然先生》亦曾说及抗战胜利后督修响山寺及胜利纪念塔，而胜利纪念塔不见载于金寨县志及政府网。

1946 年（民国三十五年丙戌）57 岁

华中军政长官白崇禧在合肥宣布撤销第十战区，于蚌埠设立第八绥靖区，夏威任司令长官。

向恺然应夏威之邀，赴蚌埠佐其戎幕，出任少将参议，主办

《军声报》。2月，安徽省政府教育厅编印之《新学风》创刊号刊载向恺然所撰《宋教仁、杨度同以文字见之于袁世凯——〈革命野史〉材料之一》；该刊第2期列向恺然为特约编撰。是知其时已开始构思、撰写《革命野史》。

6月，上海广益书局出版《太湖女侠传》一册，署"向恺然、许慕羲合作"。

按：任少将参议等事据《湖南省文史馆馆员传略》。《军声报》，民国三十五年（1946）由第八绥靖区政训部创办，社址设于蚌埠华丰街10号，日出对开一大张，次年停办。叶洪生编《近代中国武侠小说名著大系》之《近代侠义英雄传》《江湖奇侠传》卷首《平江不肖生小传及分卷说明》谓：《革命野史》"原称《无名英雄》"，曾以《铁血英雄》之名"发表于上海《明星日报》"。待核实。《太湖女侠传》未见原书。

1947年（民国三十六年丁亥）58岁

9月2日，中国人民解放军晋冀鲁豫野战军（即二野）三纵八旅占领立煌县城。

向恺然时在立煌，因即被俘。审查期间二野民运部长史子云曾建议向恺然赴佳木斯高校任教，向因"家庭观念太重"而未允。解放军遂礼遇而释放之，并开具通行证，乃携眷经六安转赴蚌埠。

按：是年12月间，国民党军与二野二纵在立煌展开拉锯战。次年2月下旬，二野主力转移。直至1949年9月6日，中国人民解放军二十四军七十一师二一三团占领金家寨后，立煌县方正式宣告解放。1947年12月10日《纪事报》所刊《名小说家平江不肖生匪窟脱险经过》谓：向氏于9月3日被俘，在"古碑冲的司令部中"接受审查，"八天"之后获释。所述其他情节与下文所引向氏自述、向

211

斯来函所述基本一致，"史子云"则误作"史子荣"，"民运部长"误作"行政部长"。湖南省文史馆所藏向恺然1953年致"李部长"（当为时任湖南省委宣传部长之李锐）函云："1947年在安徽遇二野民运部长史子云和八纵队政治部许主任，他们都是读过我所作小说的。他们对我说，我的小说思想与他们接近，一贯的同情无产阶级，不歌颂政府，不歌颂资产阶级，并说希望我到佳木斯去当大学教授。我自恨家庭观念太重，那时已有五个小儿女，离开我便不能生活，不愿接受他的希望，于今再想那样认识我的人便不易得了。"向斯来2010年12月2日函谓："经我与母亲及妹妹们回忆"，父亲被俘"是1947年秋天的事，刘邓大军进军大别山后发生的。当时父亲被带走了一个星期，回来后告诉我母亲，新四军对他很好。说他很坦白，有什么说什么；思想先进，和共产党能够合拍；又是文化人，共产党队伍里很需要他这样的人，动员他加入共产党，随部队到东北佳木斯去。父亲一生没参加过任何党派，虽然在廖磊部做事，也并没有加入国民党。父亲对新四军说，他可以随部队去东北，但是，家有妻室儿女大小六人，而且子女年龄都很小，要去得带家属一起去。新四军答复说，战争年代，家属不能随军，但是，蚌埠设有留守处，家属可以留在蚌埠。父亲回复说，此前他之所以没有随二十一集团军去蚌埠，留在立煌没走，自己讨点事做（负责建胜利纪念塔），就是因为孩子都小，走不了。如果家属不能随军，他一个人去东北会放心不下。因此只能答应新四军说，他回湖南后，将来贵军解放长沙，他一定出城三十里迎接。1949年，父亲与程潜等国民党高级将领一起，在长沙签名起义，迎接解放军。在审查父亲的那七天时间里，新四军要父亲帮他们做了一些文字工作，比如写小册子、宣传品等。闲聊中，他们问父亲对共产党有什么看法，父亲说，担心他们挺进大别山离后方太远，怕给养供不上。冬天马上来了，天冷了怎么办？通过审查，父亲一无血债，二无劣迹，而且在当地民众中口碑很好，七天后，新四军把父亲放回来了。临回家前，还请父亲吃了餐饭，一位叫'史团长'的（按：当即向恺然致'李部长'函中所说之史子云）陪同父亲一起用餐。回家后，父亲继续为部队做了一些文字工作。后来新四军给我们家开了豫、鄂、皖三省通行证（路条），我们就离开了立煌县，到六安去了。我们在六安过完春节就从六安去了蚌埠。淮海战役开始前，形势十分紧张，我们又随父亲从蚌埠撤到南京。1948 年冬天，二哥向一学给全家搞来了免费机票，于是，我们全家和二哥一起，坐免费飞机从南京飞到汉口，再从汉口坐火车回长沙。"按：当时"中国人民解放军"虽已定名，但当地仍习惯使用"新四军"这一称呼；"蚌埠设有留守处"之说或属误记，因为当时该市并未解放。又，向一学在《回忆父亲一生》中称其父被解放军"释放"后暂居于"合肥"的"一个庙里"，《纪事报》所刊文亦称向氏"脱险"后"依于合肥城内东大街皖中唯一古刹的明教寺"。是则赴蚌埠前后曾否逗留于合肥，尚待考证核实。《湖南省文史馆馆员传略》仅云："一年后辞（参议）职，任蚌埠实验小学校长。"按：向斯来曾向徐斯年口述父亲被俘经过甚详，略谓：解放军进入家中，父亲先交出佩枪，他们接着入室搜查，但对钱物、字画等分毫不动，这一点给我们留下的印象特别深刻。又按，香港《华侨日报》1947 年 10 月 18 日刊有《不肖生突告失踪》特讯，谓"上海息：小说家向恺然（即不肖生），在抗战时，任廿一集团军总部少将机要秘书，胜利后辞退，隐居立煌山中，研讨印度哲学，遥领省府高参名义。讵在前次立煌被匪窜陷后失踪，至今音信杳然，遍觅无着，合肥文化界，对之异常关怀，刻在设法访查中。"

213

1948 年（民国三十七年戊子）59 岁

12 月，淮海战役接近尾声，蚌埠即将解放。

是年春，向恺然就任蚌埠市中正小学校长。冬，携妻女等赴南京，由次子为霖护送，乘空运署专机飞汉口，再转火车返回长沙，出任程潜主持之湖南省政府参议。

8 月，于佛学刊物《觉有情》月刊第 208 期发表《我投入佛门的经过》。

女斯道生于是年 6 月 6 日。生母为成仪则夫人。

按：中正小学，解放后改名"实验小学"。《上海滩》1996 年第 2 期所载夏侯叙五《平江不肖生身世补缀》："到了 1947 年的元月份，《军声报》忽然停刊了。不久，夏威受命接任安徽省主席，因为省会在合肥，第八绥靖区机关也随之迁往合肥。可是向恺然却不愿意跟随，似另有所谋。果然他通过新任蚌埠市长李品和（湖南人，李品仙的弟弟）的力荐，出任中正小学校长……向恺然上任后，很少过问校务，把校内大小一切事务全部推给了教导主任，他自己则每日读书写作（《革命野史》即在此时动笔）。"按：此文所述时间较含混，经核《蚌埠市志·蚌埠大事记》，第八绥靖区迁合肥时间为民国三十七年（1948）10 月；李品和原任蚌埠市政筹备处主任，确于 1947 年正式设市后出任市长；向恺然任中正小学校长则在 1948 年春。向为霖《回忆父亲一生》："大约是淮海战役后，父亲由安徽来到南京"，随后又"回安徽将家小接来南京"，一同返湘。向斯道，谱名振道。

1949 年（己丑）60 岁

向恺然在长沙随程潜、陈明仁将军和平起义。时居长沙南门外青山祠。

1950 年（庚寅）61 岁

自是年 9 月起，向恺然每月受领军政委员会津贴食米一市担。

4 月，上海元昌印书馆出版《侠义英雄》三册，署"向恺然著"。

5 月，所著《革命野史》由岳南铸字印刷厂印行，署"平江不肖生"。因销量过少而未续写。

按：津贴数额后来略有增加，但因子女众多，生活仍颇窘迫。《侠义英雄》未见原书。

1951 年至 1953 年（辛卯至癸巳）62 至 64 岁

向恺然在长沙。

1954 年（甲午）65 岁

2 月，向恺然应湖南省人民政府之聘，任省文史馆馆员，月薪 50 元。

1955 年（乙未）66 岁

向恺然在长沙。

1956 年（丙申）67 岁

11 月，向恺然于北京参加全国第一次武术观摩表演大会，任裁判委员，受到国家体委主任贺龙元帅接见。

1957 年（丁酉）68 岁

7 月 12 日，香港《大公报》刊出《陈公哲返港谈北游，乐道政府重视无数，参观全国武术观摩并游各城市，在长沙与平江不肖生见面欢技》特讯，谓"武术界名宿陈公哲前日自北京返抵港……于长沙又和六十八岁的武侠小说作家不肖生（向恺然）会面，对发展武术方面，交换意见"云云。

是年向恺然撰《丹凤朝阳》，刊于湖南省文联刊物《新苗》第7期。又应贺龙元帅之请，准备撰写百余万字之《中国武术史话》，因"反右运动"开始而未果，并于运动中被划为"右派分子"。同年12月27日逝世。

附：确切写作、出版（刊载）时间未详之作品目录及部分辨疑

《变色谈》（此为林鸥《旧派小说家作品知见书目》手稿所录书目，原书未见，版别未详）；

《乾坤弩》（有大众图书社版，未见原书，出版时间未详）；

《绿林血》（有大众图书社版，未见原书，出版时间未详）；

《烟花女侠》（未见原书，版别未详）；

《铁血大侠》（未见原书，版别未详）；

《荒山游侠传》（有艺光书店版，未见原书，出版时间未详）；

《情恨满天》（有天津古籍出版社1987年重印本上、下二册，署名"不肖生"，收入"近代通俗文学研究资料丛书"），按：该书实为王度庐所撰《鹤惊昆仑》，系托名之伪作；

《玉镯金环镖》（未见原书，版别未详）；

《小侠万人敌》，署名"不肖生"，上海书局出版，二册全，按：疑为冯玉奇同名之作，待核实；

《雍正奇侠血滴子正传》，署名"不肖生"，中中图书出版社版，二册全，按：该书实为陆士谔《七剑三奇》，当系托名伪作；

216

《贤孝剑侠传》，署名"不肖生"，奉天中央书店康德六年四月一日再版，待考；

《江湖异侠传》，署名"不肖生"，益新书社版，待考；

《神童小剑侠》，署名"平江不肖生"，全三册，上海小说会民国廿二年十月出版，待考；

《风尘三剑客》，署名"平江不肖生"，全三册，民国二十四年五月香港五桂堂书局出版，待考；

《奇人杜心五》（叶洪生称原载沪上《香海画报》，今上海图书馆残存之该画报中未见此篇）；

《武术源流》《太极推手的研究》《我研究推手的经验》（后二文均见录于叶洪生主编之《近代中国武侠名著大系》所收向氏作品卷首，《经验》一文末有"民族形式体育运动""文化遗产"等语，殆作于解放后）；

《湖南武术代有传人》《太极拳名称的解释》（此二文均作于解放后）。

本年表蒙湖南省文史馆、图书馆及向斯来女士，中村翠女士（日本），张元卿、顾臻、林鸥先生，李文倩、石娟、禹玲博士，毛佳小姐等提供相关资料，特此致谢。

参考文献：

[1]《向氏族谱》，民国三十三年（1944）六修版。

[2] 向恺然《自传》，平江不肖生《江湖奇侠传》卷首，岳麓书社，2009，长沙。

[3] 向恺然《自传》，湖南省文史馆藏原稿抄件。

[4] 黄曾甫《平江不肖生为何许人》，《长沙文史资料》（增

刊），1990。

［5］凌辉《向恺然简历》，湖南省文史馆所藏原稿抄件。

［6］向恺然《拳术》，中华书局，民国五年（1916），上海。

［7］向恺然《我研究拳脚之实地练习》，《星期周刊》，民国十二年（1923）3月4日第50号。

［8］《湖南省文史馆馆员传略》，湖南师范大学印刷厂，2000，长沙。

［9］王新命（无生）《新闻圈里四十年》，龙文出版有限公司，1993，台北。

［10］向一学《回忆父亲一生》，平江不肖生《江湖奇侠传》附录，岳麓书社，2009，长沙。

［11］顾臻《〈江湖奇侠传〉版本研究》，《2010·中国平江·平江不肖生国际学术研讨会论文集》，2010，平江。

［12］魏鋆《向恺然逸事》，《平江文史资料》第1辑，平江政协文史资料研究委员会，1988，平江。

［13］《孝感市志》，红旗出版社，1995，北京。

［14］湖南省体委武术挖整组《湖南武术史》，湖南日报第二印刷厂，1999，长沙。

［15］郭廷以《中华民国史事日志》，中央研究院近代史研究所，1988，台北。

［16］《金寨县志》，上海人民出版社，1992，上海。

［17］钟启河、刘松茂《湖南抗日战争日志》，国防科技大学出版社，2005，长沙。

［18］成仪则《忆恺然先生》，平江不肖生《江湖奇侠传》附录，岳麓书社，2009，长沙。

［19］朱益华《五档坡的大玩家》，《安徽商报》，2008 - 07 - 04。

图书在版编目(CIP)数据

江湖异人传·回头是岸 / 平江不肖生著. — 北京：
中国文史出版社，2020.3

（民国武侠小说典藏文库·平江不肖生卷）

ISBN 978 – 7 – 5205 – 1660 – 0

Ⅰ.①江… Ⅱ.①平… Ⅲ.①侠义小说 – 作品集 – 中国 – 现代 Ⅳ.①I246.5

中国版本图书馆 CIP 数据核字（2019）第 262157 号

整　　理：杨　锐

责任编辑：薛媛媛

出版发行：**中国文史出版社**

社　　址：北京市海淀区西八里庄 69 号院　邮编：100142

电　　话：010 – 81136606　81136602　81136603（发行部）

传　　真：010 – 81136655

印　　装：廊坊市海涛印刷有限公司

经　　销：全国新华书店

开　　本：720 × 1020　1/16

印　　张：14.75　　　字数：169 千字

版　　次：2020 年 3 月第 1 版

印　　次：2020 年 3 月第 1 次印刷

定　　价：52.00 元